HAYMON taschenbuch **167**

Auflage:
4   3   2   1
2018 2017 2016 2015

HAYMON tb 167

Originalausgabe
© Haymon Taschenbuch, Innsbruck-Wien 2015
www.haymonverlag.at

Alle Rechte vorbehalten. Kein Teil des Werkes darf in
irgendeiner Form (Druck, Fotokopie, Mikrofilm oder in einem
anderen Verfahren) ohne schriftliche Genehmigung des Verlages
reproduziert oder unter Verwendung elektronischer Systeme
verarbeitet, vervielfältigt oder verbreitet werden.

ISBN 978-3-85218-967-3

Veilchens Winter ist auch als Hardcover-Sonderedition mit beigelegter
Audio-CD im Haymon Verlag erhältlich (ISBN 978-3-7099-7187-1).

Umschlag- und Buchgestaltung nach Entwürfen von hœretzeder
grafische gestaltung, Scheffau/Tirol
Umschlag: Eisele Grafik·Design, München, unter Verwendung von
Edelweiß: Porojnicu Stelian/Bigstock
Satz: Da-TeX Gerd Blumenstein, Leipzig
Autorenfoto: www.fotowerk-aichner.at

Gedruckt auf umweltfreundlichem,
chlor- und säurefrei gebleichtem Papier.

Joe Fischler
Veilchens Winter

Valerie Mausers erster Fall
Alpenkrimi

Joe Fischler

Veilchens Winter

Für meinen Großvater
Höttinger Urgestein
Nicht mehr da, doch unvergessen

Donnerstag

„Mama?", krähte sie mit sattem Bass.

„Kind, um Himmels willen! Bist du krank?"

Valerie Mauser drehte sich auf die Seite und hustete. Gute Frage, dachte sie, selbst erschrocken vom Reibeisenklang ihrer Stimme. Draußen war es noch dunkel. Das Kunstlicht der Altstadt drang durchs Fenster und warf ein Kreuz an die Wand. Dieses wanderte beständig aus ihrem Blickfeld, so sehr sie sich auch bemühte, es anzuhalten.

„Kind, bist du noch da? Hallo? Alles in Ordnung?"

Valerie räusperte sich. „Mama, geht schon. Bin gerade aufgewacht. Ich ruf dich später an." Sie beendete das Gespräch und bemühte sich um Orientierung. Sie war in ihrer neuen Innsbrucker Dienstwohnung, einen Katzensprung entfernt vom Goldenen Dachl, das sie durch den Erker in ihrer Küche sehen konnte, wenn sie wollte. Gerade war ihr einfach nur übel. Einen Augenblick später ging der Radiowecker an und Karel Gott schmetterte Valerie seine Biene Maja um die Ohren. In den Halbschlaf zurückgesunken sah sie sich über duftende Blumenwiesen fliegen. Heftige Übelkeit zwang sie zum Aufwachen und Aufstehen.

Einige Minuten darauf hatte sie an Inhalten verloren und an Erkenntnissen gewonnen. Sie wärmte ihre Hände am Wasserkocher, der so langsam zu röcheln begann, wie ihre Gedanken in Schwung kamen. Gestern. Da war die Antrittsfeier ohne ihren neuen Chef, dafür mit Landeshauptmann und Landespolizeidirektor gewesen, dort der Bauernkeller und jede Menge Hochprozentiges, dazwischen viele Puzzleteile, die ein schwarzes Loch umkreisten. Sie musste sich hemmungslos betrunken haben. Sie erinnerte sich an die

Konferenz, in der sie als neue Leiterin des Ermittlungsbereichs Leib und Leben am Landeskriminalamt Tirol vorgestellt worden war, die spontane Feier auf Einladung des Landeshauptmanns, das Essen, danach ein Schnapserl, dann noch eins, weil's so gut war, dann eines zum Aufstehen, ein weiteres an der Bar, ihre vergeblichen Versuche, sich mit dem bevorstehenden Arbeitstag zu entschuldigen. Zirbe, Marille, Vogelbeere ... hatte sie sich wirklich mit Hubertus Freudenschuss verbrüdert? Und dann? Einem Kurzen aus verschränktem Arm hatte ein Kuss zu folgen. Mit Schrecken dachte sie zurück an ein ähnliches Besäufnis, Jahrzehnte her. Dessen Folge hieß Rebecca, zumindest in ihrer Vorstellung. Die unbekannte Tochter. Der vertraute Stich in der Brust.

Die Spurensuche ergab, dass es diesmal offenbar beim Alkohol geblieben war. Ein Landeshauptkind stand somit kaum zu befürchten. Immer noch steckte Valerie in der Aufmachung des vergangenen Abends. Schwarzes, enges Kleid, dunkle Strumpfhose, breiter, paillettenbesetzter Gürtel, dazu Perlenschmuck – ungewohnt fraulich für ihre Verhältnisse. Andererseits wären Jeans, Rollkragenpulli und Lederjacke wohl kaum dem Höhepunkt ihrer bisherigen Karriere angemessen gewesen. Die Blasen an den Füßen schmerzten synchron und erinnerten sie an ihre neuen Pumps, die sie ein Vermögen gekostet hatten und jetzt spurlos verschwunden zu sein schienen. Nach Schmerztablette, mehreren Tassen Tee, einer kalten Dusche und den wie üblich aussichtslosen Bemühungen, ihr Haar in die Nähe einer gesellschaftstauglichen Frisur zu bringen, rief sie ihre Mutter zurück.

„Doktor Mauser?"

„Mama, ich bin's." Valerie ärgerte sich, dass Pauline Mauser immer noch kein Telefon mit Anruferkennung besaß, und noch viel mehr darüber, dass sich ihre Mutter nach wie vor mit dem Doktortitel ihres verstorbenen Mannes vorzustellen pflegte.

„Valerie! Was ist passiert? Ich sterbe vor Sorge!"

Frau Doktor liebte das Drama, was ihre Tochter mit schmerzhaftem Augenrollen quittierte. „Mama, ich kann nur kurz, bin spät dran. Nichts ist passiert. Geht schon. Die Feier gestern, du weißt schon ..."

„Ja, wie war's mit dem Herrn Landeshauptmann? Ich wär so wahnsinnig gerne mit dabei gewesen. So schade, dass keine Angehörigen erlaubt waren. So ein fescher Mann, der Herr Freudenschuss, seine langen Haare würde ich am liebsten ... hmm!"

„Mutter! Weißt du, wie spät es ist?"

„Ach, Kind, es ist nie zu spät! Nun sag schon, wie war's? Wie ist der Herr Landeshauptmann? Ich bin so stolz auf dich! Und ich sterbe vor Neugier!"

Schon zweimal gestorben, dachte Valerie, hielt ein Geschirrtuch unter den Hahn und presste sich den eiskalt triefenden Lappen an die Stirn. Das Wasser fand seine Wege an ihr herab. Ihre Mutter, die lustige Witwe. Gänsehaut. Unwillkürlich musste sie sich schütteln.

„Schön war's", gab sie zurück, „und reichlich, wie du hörst. Jetzt muss ich aber los zur Arbeit." Musste sie wirklich, denn vor ihr lag ein anstrengender, erster offizieller Arbeitstag.

„Dann ruf mich bitte an, sobald du kannst, ja?"

„Ja, Mama", raunte Valerie, und sanfter: „hab dich lieb."

„Ich dich auch, meine Tulpe."

Zwei Bussis zum Abschied – seit vier Jahrzehnten dasselbe Ritual, mit dem sich Mutter und Tochter ihrer Verbundenheit vergewisserten.

Wenige Minuten später wankte Valerie die Steintreppe des Altstadthauses hinunter. Fuß- und Kopfschmerzen hielten sich mit dem Drehschwindel die Waage. Am schneeweißen Brunnen vor dem Hauseingang entdeckte sie einen ihrer Stöckelschuhe. Der andere lugte aus dem daneben angebrachten Müllkübel hervor. *Na, da gehört ihr Mistdinger auch hin*, dachte sie sich. Ihr war ohnedies ein Rätsel, wie man so etwas einen ganzen Tag lang tragen, geschweige denn darin arbeiten konnte. Weil sie die Entsorgung der brandneuen Folterinstrumente dann aber doch reute und sie vermutete, dass auch ein Obdachloser nicht viel mit ihnen anzufangen wüsste, verstaute sie sie in ihrer Umhängetasche und ging los. Ein Pensionist, der die Szene beobachtet hatte, hob den Hut und grüßte freundlich, sie lächelte zurück.

Ihre neue Arbeitsstelle war in wenigen Minuten zu Fuß zu erreichen, was ihr aufgrund des sicherlich erheblichen Restalkohols in ihrem Körper gelegen kam. Sie verließ die Altstadt an der Ottoburg, schlenderte kaugummikauend das Herzog-Siegmund-Ufer entlang und genoss die angenehmen Temperaturen, die der Föhneinbruch mit sich brachte. Hinter der Markthalle wurden frische Waren ausgeladen, am Inn waren Jogger und Fahrradfahrer unterwegs, unter ihnen ein Herr im Nadelstreif, der Valerie beinahe aufgegabelt hätte, als er sein E-Bike viel zu schnell an ihr vorbeipilotierte. Sie hätte ihm gerne eine Freundlichkeit mit auf den Weg gegeben, doch bis sie die Situation erfasst und sich umgedreht hatte, war er längst davon. Seine Krawatte flatterte hinterher, als wollte sein Rücken ihr zum Abschied noch die Zunge zeigen.

Valerie betrachtete Aufzüge als Notbehelf. Sie nahm sie nur, wenn es gar nicht anders ging. Deshalb war es für sie auch kein Problem, dass es an ihrer neuen Wohnadresse keinen Lift gab – schließlich wusste man ja nie, auf wen man in so einem Treppenhaus stoßen konnte. Und Begegnungen dieser Art waren allemal besser, als sich in einer engen Kabine anzuschweigen, während einem Maschinen die Last der Schwerkraft abnahmen. Von den gesundheitlichen Vorteilen ganz zu schweigen. Die vier Stockwerke in die oberste Etage des LKA Tirol fielen ihr an diesem Tag jedoch außerordentlich schwer. Ihr Herz raste, und keuchend beschloss sie, nie wieder so viel Schnaps zu trinken wie in der vergangenen Nacht.

Neben der Türe zu ihrem Vorzimmer war ein neues Schild befestigt worden, das sie als „Oberstleutnant Valentin Mauser, Leiter EB01-Leib/Leben" auswies. Mit gerümpfter Nase trat sie ein und wurde bereits von ihrem Stellvertreter und Interimsleiter der Abteilung, Major Nikolaus Geyer, erwartet. Der Platz ihrer Sekretärin war leer.

„Morgen, Frau Mauser."

„Guten Morgen, Herr Geyer. Warten Sie auf mich?"

„Ja. Frau Distelbacher ist krank, soll ich Ihnen ausrichten. Und ich würde gerne mit Ihnen sprechen, wenn es Ihre Zeit erlaubt."

„In einer Stunde?" Valerie hätte den ersten Arbeitstag gerne genutzt, um sich im Amt zu orientieren. Da ihr Vorgänger nicht mehr zur Verfügung stand – er war, wie man ihr erst auf hartnäckiges Nachfragen hin mitgeteilt hatte, aus gesundheitlichen Gründen pensioniert worden und nicht mehr erreichbar –, brauchte sie Geyers Informationen, um ihre Leitungsaufgabe wahrnehmen zu können, doch dafür wollte sie etwas nüchterner sein.

„Ich fürchte, es ist dringend und duldet keinen Aufschub."

„Ist was passiert?"

„Ich habe ein Anliegen in eigener Sache."

„Na dann." Mit einer Geste wies sie ihm den Weg.

Auch neben der Eingangstür ihres Büros prangte die fehlerhafte Kennzeichnung. Valerie ließ sich nichts anmerken. Sie gingen hinein und nahmen Platz.

„Frau Mauser, ich sag es einfach gerade heraus. Ich war die Nummer eins für den Leiterposten. Dass ich nicht zum Zug gekommen bin, werde ich nicht akzeptieren. Mir ist es völlig unverständlich, was den alten Berger geritten hat, sich so für Sie ..." Er hielt inne.

Valerie konnte sich nicht vorstellen, worauf sich der unterbrochene Satz über den LKA-Leiter und sie beziehen sollte. Ihr war mitgeteilt worden, dass ihre Qualifikationen wie auch die bisherigen Verdienste für sie als neue Leiterin gesprochen hatten. Dass sie über Jahre hinweg Außergewöhnliches geleistet, selbst knifflige Fälle aufgeklärt und Leben gerettet hatte, weit über den Anspruch hinaus, der an einfache Kriminalbeamte gestellt wurde. Sie hatte sich ihre neue Funktion redlich verdient. Diese Gewissheit wollte sie nicht hinterfragen. Schon gar nicht in Geyers Anwesenheit.

„Herr Geyer, ich verstehe Ihren Ärger. Aber geben Sie uns doch etwas Zeit, um uns ..."

„Nein", unterbrach Geyer und zog ein Blatt Papier aus seiner Schreibmappe, das er ihr mit zitternder Hand überreichte. „Hier, bitte."

Valerie las nur den Betreff, „Versetzungsgesuch", schob das Schreiben zur Seite und rieb sich die Schläfen. Immer noch war ihr schwindlig. „Herr Geyer, halten Sie das wirklich für den richtigen Zeitpunkt?"

„Frau Mauser, ich werde den offiziellen Dienstweg einhalten, exakt wie vorgeschrieben. Sie sind mein Vorgesetzter. Aber ich will hier nicht mehr arbeiten, und das wird auch morgen und übermorgen noch so sein."

„Herr Geyer, ich nehme Ihr Schreiben zur Kenntnis. Trotzdem möchte ich kommende Woche nochmals mit Ihnen darüber reden."

„Bitte, solange die Versetzung nicht durch ist, können Sie natürlich im Rahmen der Dienstvorschriften über mich verfügen, und wenn Sie mit mir reden wollen, dann bitte schön", gab Geyer im Stakkato zurück.

Ein Schrank von einem Mann und dazu der Trotz eines Kindes, dachte Valerie. Sie spürte, dass eine Fortführung dieses Gesprächs nur seine Eskalation bewirken würde. „Haben Sie noch etwas für mich, Herr Geyer?", fragte sie so neutral wie möglich und blickte ihm direkt in die Augen. Er sah weg.

„Nein, das war alles." Nikolaus Geyer stand auf und ging Richtung Tür. Valerie war schon erleichtert, dass er darauf verzichtet hatte, seine Hacken zusammenzuschlagen, als er sich noch einmal umdrehte. „Ach, doch. Der Herr Landeshauptmann hat angerufen, er sucht Sie dringend. Sie persönlich. Es sei wichtig. Aber wir haben ja keine Handynummer von Ihnen."

„Und das sagen Sie mir *jetzt*?", entfuhr es Valerie. Geyer war schon bei der Tür hinaus.

Ihr Anruf im Tiroler Landhaus endete mit der Bitte der Vorzimmerdame des Landeshauptmanns, *dringendst* zu kommen, es gehe *um eine Sache nationaler, wenn nicht internationaler Tragweite*. Solcherart vorgewarnt sprang sie kurz darauf in ein Taxi. Fragen kreisten in ihrem Kopf. Was mochte Freudenschuss von ihr wollen, und warum rief er ausgerechnet nach ihr und nicht nach dem LKA-Leiter, wenn die Sache wirklich so wichtig war? Gut, der Landeshauptmann hatte oftmals beteuert, wie freudig überrascht er gewesen sei, dass es sich bei diesem Oberstleutnant Mauser um eine Frau handelte, was aber kaum den Ausschlag gegeben haben dürfte, sich in bedeutsamen Sachen an sie zu wenden. Denn eigentlich hatte er sie „Dirndl" und nicht „Frau" genannt. Als wäre sie ein Kleidungsstück. Neu war sie obendrein, kaum mit den Tiroler Gegebenheiten vertraut. *Warum ruft er nicht den alten Berger*, fragte sie sich.

Minuten später fuhr sie im Landhaus vor. Dort wurde sie direkt in Hubertus Freudenschuss' Büro geleitet, der hinter seinem schweren Eichenholzschreibtisch aufsprang und sie fast frenetisch empfing.

„Gott sei Dank sind Sie endlich hier, Frau Mauser! Grüß Gott, grüß Gott." Er wirkte erstaunlich nüchtern, gemessen an der Menge Alkohol, die Valerie bis zu ihrem Filmriss in ihm verschwinden gesehen hatte. Zu ihrer Erleichterung dürften Freudenschuss weder die Verbrüderung noch das „Du" des Vorabends in Erinnerung geblieben sein. Vor dem Tisch saßen zwei Personen, die ihr der Landeshauptmann sogleich vorstellte.

„Frau Mauser, das ist Boris Marinov, unser sechster Stern am Tourismushimmel, und seine Frau Janette." Beide standen auf. Boris streckte ihr seine Hand derart offensiv entgegen, dass gar nicht daran zu denken war, mit der Frau zu beginnen. Er trüg die Oligarchenuniform: weißes Hemd, der oberste Knopf offen, um die Mitte deutlich ausgebeult, dunkles Sakko, dazu Jeans. Er schien gut im Futter zu stehen und seiner Kleidung schneller zu entwachsen, als er – oder Janette? – größere kaufen konnte. Auch seine Hand fühlte sich gut gepolstert, vor allem aber riesig an. Valerie hatte ein erneutes Schraubstockdrama befürchtet – vor Jahren hatte ihr ein schwäbischer Geschäftsmann mit seinem Eisengriff einen Mittelhandknochen gebrochen, worauf sie ein Jahr lang nur die linke Hand geben konnte, was absolut dämlich wirkte, doch immer noch besser war, als die Peinlichkeit einzugestehen – doch der Oligarch war mehr Schüttler als Drücker. Janette trug ein cremefarbenes Kostüm, ihr Händedruck war schwach und feucht. Beide wirkten, als wäre ihnen Schreckliches widerfahren.

Es bedurfte eigentlich keiner Vorstellung der Gäste, denn die beiden rauschten schon seit Monaten durch Österreichs Blätterwald. Ein Society-Paar, er russischer Oligarch, im Sog der Aufspaltung der UdSSR zweifelhaft an seine Milliarden gekommen und vor kurzem eingebürgert, sie die zwei Jahrzehnte jüngere Ex-Miss vom Arlberg. Zusammen waren sie Neo-Hoteliers mit strahlendem Fünfsternehaus in Innsbruck, dem sie eigenmächtig einen sechsten Stern verpasst und damit hitzige Diskussionen über die Macht ausländischen Geldes ausgelöst hatten, deren Ausläufer noch in Wien zu vernehmen gewesen waren. Valerie erinnerte sich an die Schlagzeile einer Wochenzeitschrift, die österreichweit zum geflügelten Wort geworden war: „Tiroler, lasst die Hosen runter, die Russen kommen!" Ein paar Tage lang war Tirol ganz im Zentrum der Berichterstattung gestanden, der Sturm hatte sogar deutsche Massenblätter erreicht, was aber vor allem dem Fehlen anderer, bedeutsamer Nachrichten zuzuschreiben gewesen war. Ein typisches Spätsommerlochthema. Valerie pflegte sich von künstlich hochgeschaukelten Aufregern dieser Art fernzuhalten, doch es hatte sich nicht vermeiden lassen, mehr über die Oligarchenfamilie und ihre wundersame Sternvermehrung zu erfahren, als ihr lieb gewesen war. Vom

Sechssterneglanz spiegelte sich gerade herzlich wenig in den Gesichtern der Marinovs wider – seines hochrot, ihres verquollen.

„Bitte, setzen wir uns doch auf die Couch", fuhr Freudenschuss fort, „dort haben wir mehr Platz."

Der Tiroler Landeshauptmann, erst im Frühjahr vergangenen Jahres erneut im Amt bestätigt, musste ein passionierter Jäger sein. Freudenschuss kleidete sich im ländlichen Stil mit einer Vorliebe für Braun- und Grüntöne. Überall hingen Trophäen. Neben Krickerln verschiedener Größen schaute auch das vordere Drittel eines kapital präparierten Hirsches aus der Wand. Während sich Valerie Gedanken machte, wie er denn sein Geweih durch das holzverzierte Loch in der Wand gefädelt haben mochte, ob die restlichen zwei Drittel vielleicht an der Rückseite hingen, direkt über dem Schreibtisch einer armen Landesbediensteten, und sich eines Films entsann, in dem ein Blödian den anderen fragte, wie schnell so ein Hirsch wohl unterwegs sein musste, um dermaßen tief in der Mauer steckenzubleiben, schenkte Freudenschuss seinen Gästen eine Runde Zirbenschnaps ein. „Das brauchen wir jetzt. Zum Wohle!"

Valerie nippte daran und stellte das Stamperl mit dem picksüßen Hochprozentigen auf die Glasplatte, durch welche sie ein ausgestopftes Murmeltier anglotzte. Sie wusste, dass eine fantasievolle Bemerkung zu all dem Jagdzeugs hier drin keinen dankbaren Empfänger finden würde, also entschloss sie sich, die Initiative zu ergreifen.

„So, klären Sie mich bitte auf. Was ist passiert?"

Das Gesicht des Landeshauptmanns wurde finster. Er holte aus. „Zuerst einmal: Das muss alles unter uns bleiben. Keine Öffentlichkeit, keine offiziellen Untersuchungen. Ab-so-lu-tes Stillschweigen. Gegenüber allen. Ist das klar?" Valeries Kopfnicken ließ ihn fortfahren: „Frau Oberstleutnant, es hat sich ein unglaubliches Verbrechen ereignet, und das hier, in unserem Heimatland, mitten in Tirol. Unseren liebsten Freunden wurde übelstes Unrecht angetan, nun stellen Sie sich vor ..."

„Mein Tochter", unterbrach ihn Boris Marinov mit gebrochener Stimme und in ebensolchem Deutsch, „ist gestohlen worden! In Skikurs!"

„Und ich lasse mir meine Töchter ... die Töchter meiner Freunde ... von niemandem entführen!", polterte Freudenschuss. Ab „lasse" betonte er jedes Wort, indem er Zeige- und Mittelfinger geierartig in die Glasplatte zu hauen versuchte. Dann fuhr er durch sein wallendes, beneidenswert folgsames Haar, warf es mit elegantem Kopfschwung zurück, verschränkte seine Arme und versank beinahe trotzig in der Couch.

„Dürfte ich bitte Einzelheiten erfahren?", fragte Valerie in die Runde, während sie nur mit größter Mühe die Kreuzung aus Bruce Lee und einem Tiroler Schlagerbarden aus ihrer Vorstellung verdrängte.

„Lizah", wisperte Janette Marinov, „ist gestern auf der Seegrube verschwunden, aus dem Anfänger-Skikurs, und ich habe das da bekommen." Mit vorgehaltenem Taschentuch entsperrte sie ihr schneeweißes Smartphone und brachte eine E-Mail an die Oberfläche.

——

Von: kriemhild@emailio.de
An: j.marinov@goldenerhengst.at
Betreff: ihre tochter

wir haben ihre tochter. sagen sie der aufsichtsperson, dass sie bei ihnen aufgetaucht ist. berei-
ten Sie 1 mio. euro, 1 mio. us-dollar und 1 mio.
schweizer franken vor, mittel bis groß, keine
nummerntricks, in einem 40-liter-rucksack.
keine suche, keine polizei, keine medien, keine
überraschungen, oder sie ist tot. warten sie auf
anweisungen.

——

„Kriemhild", murmelte Valerie.

„Zuerst glaubte ich an einen dummen Scherz, aber
gegen elf Uhr hat dann der Skilehrer angerufen. Lizah
sei spurlos verschwunden."

„Was haben Sie dann getan?"

„Das, was in der E-Mail stand: Ihm gesagt, dass
sie von alleine zu mir gekommen ist", schluchzte sie
und schnäuzte sich ins bereits mehrfach gebrauchte
Taschentuch. Boris Marinov legte den Arm um seine
zierliche Frau.

„Und dann?"

„Dann musste ich mir von diesem Skifuzzi anhören,
dass es eine Frechheit sei, dass ich ihn nicht schon früher
angerufen habe!", jaulte sie mit breitem Mund und zugekniffenen Augen. Boris schüttelte empört sein Haupt.

„Ich meine, was haben Sie anschließend unternom-
men?", präzisierte Valerie.

„Dann hab ich es Boris gesagt. Und dann haben wir
gewartet und gewartet, aber es kam nichts, keine E-Mail,
kein Anruf, nichts. Die ganze Nacht. Und heute Früh
wollte Boris dann unbedingt ..." Sie brach ab und vergrub ihr Gesicht in den Händen. Der Oligarch nahm sie
fester in den Arm. Mit dem anderen fuchtelte er durch

die Luft. „Nicht sitzen und warten! Nicht Deal. Machen. Lizah holen!" Die Faust krachte so fest auf seinen Oberschenkel, dass Valerie schon das Zuschauen schmerzte, doch der Russe verzog keine Miene und drehte sich zum Landeshauptmann. „So ruf ich Hubertus an."

Janette Marinovs Wimmern erklomm das Falsett. „Damit bringst du unsere Tochter um! Das merken die doch!"

„Boris, Janette, es geht jetzt zuallererst um euren Schutz ...", sagte Hubertus Freudenschuss, beugte sich vor und legte seine rechte Hand auf Janettes Knie, die er eine hochgezogene Oligarchenbraue später wieder einzog und vertraulich fortfuhr, „... damit nicht noch mehr passiert. Es war richtig, dass ihr zu mir gekommen seid. Wir werden die Polizei nicht einschalten – offiziell. Frau Mauser ist äußerst kompetent, kommt frisch aus Wien und hat dort schon viele Entführungsfälle begleitet. Und hier kennt sie noch keiner. Sie wird keinen Staub aufwirbeln, nicht wahr?" Er bohrte einen Blick in Valerie und wandte sich wieder dem Ex-Model zu. „Janette, glaub mir, das würde ich genauso machen, wenn mein eigenes Kind entführt worden wäre."

Freudenschuss schien gut über Valeries berufliche Vorgeschichte informiert zu sein. Oder hatte sie ihm gestern, im Schnaps und Dampf der Feiernacht, von ihren Aufgaben und Erfolgen in Wien erzählt? Egal. Auch wenn „viele" Entführungsfälle reichlich übertrieben war – schließlich konnte man die österreichische Bundeshauptstadt weder mit Sodom noch Gomorra vergleichen –, widersprach sie ihm nicht. „Gibt es irgendwelche Anhaltspunkte?"

„Hier", flüsterte die Tiroler Oligarchenfrau und grub das Foto eines kleinen, blonden Lockenkopfs aus ihrem Louis-Vuitton-Täschchen. „Lizah. Unser *Engel*."

Zu Valeries Überraschung begann nun Boris zu schluchzen. Sie betrachtete die Aufnahme. Das Mädchen auf den Schultern ihres Vaters, der vor Glück zu platzen schien, die kleinen Händchen auf seine rötliche Glatze gelegt. Er stand auf einem Boot, besser gesagt einem Schiff, vermutlich seinem. Im Hintergrund erkannte man ein Stück eines Hubschraubers, wie er auf keiner Oligarchenjacht fehlen durfte. Die Kulisse bildete ein Hafen, dahinter ein Felsen, auf dem der Palast der Grimaldis thronte – sie lagen vor Monaco. Von all dem schien Boris zum Zeitpunkt der Aufnahme nichts so stolz zu machen – und nichts so wichtig zu sein – wie seine Tochter, das vermisste Kind: Lizah. Wieder der Stich. *Die kennen ihre Tochter wenigstens,* dachte Valerie und seufzte. „Wie alt ist sie?", fragte sie das Ex-Model.

„Fünf."

Die nächste Frage richtete sie an Boris: „Haben Sie einen Verdacht? Feinde?"

Dieser schüttelte den Kopf. „Nein, nie, keine Feinde."

Valerie mochte das nicht glauben. „Irgendwer? Ein Punkt, an dem ich beginnen könnte? Irgendwas?"

Schweigen.

„Hm?"

Janette zog bedauernd die Unterlippe hoch, Boris blieb beim Kopfschütteln.

„Werden Sie den Fall übernehmen?", fragte der Landeshauptmann.

Welchen Fall, dachte Valerie. Ein Mädchen war verschwunden, der Oligarch mit doppeltem Pass meinte, keine Feinde zu haben, und offizielle Ermittlungen waren nicht möglich. Dennoch wusste sie, dass sie den beiden helfen musste. Mutter und Tochter zuliebe.

„Ohne Informationen wird es schwierig. Aber ja, ich werde versuchen, Ihnen zu helfen."

„Mit allergrößter Diskretion", forderte Freuden-schuss, „halten Sie sich im Hintergrund. Scheuchen Sie mir den Täter nicht auf."

Valerie quittierte die Äußerung mit Stirnrunzeln und wandte sich den Marinovs zu: „Melden Sie sich sofort, wenn es Neues gibt. Hier, meine Karte." Sie über-reichte ihre Visitenkarte, die sie noch als Ermittlungs-beamtin am LKA Wien auswies. Handynummer und E-Mail-Adresse blieben gleich. Boris und Janette Mari-nov wählten sie an, um ihr deren Nummer zu geben. Valeries Klingelton hellte die Stimmung kurz auf. „Und leiten Sie mir gleich die E-Mail des Entführers weiter, damit beginnen wir."

Der Landeshauptmann begleitete sie bis an die Türe des Vorzimmers.

„Warum ich?", fragte sie ihn leise, aber unverblümt.

„Warum ich dich gerufen habe, Valerie?"

Adrenalinschub. Also war er doch *per Du* mit ihr und hatte sie nur des offizielleren Eindrucks wegen in der Gegenwart des Oligarchen gesiezt. „Ja."

„Weil ich dir vertraue, Dirndl."

Einigermaßen planlos kam Valerie Mauser ins LKA zurück. Als sie hinter ihren Schreibtisch bog, wurde sie von einem schmächtigen Bauarbeiter-Dekolletee empfangen. „Oh!", rief sie erschrocken. Dem Menschen unter ihr ging es gleich, denn nun knallte sein Hinter-kopf gegen die Unterseite des Tisches. Das Geräusch alleine war schon schmerzhaft genug.

„Oje, tut mir leid, bitte, warten Sie!" Inzwischen hatte Valerie gesehen, dass der Mann wohl gerade dabei gewesen sein musste, ihren PC anzuschließen. Sie half ihm auf die Beine und streckte ihm zur Begrüßung die Hand entgegen. „Mauser."

Er rubbelte sich den Hinterkopf, was seine Frisur nicht schlechter machte. „Schmatz."

„Wie bitte?"

„Na, Schmatz heiß ich. Sven Schmatz. Sven wie mein Opa aus Deutschland. Aber Schmatz ist mir lieber. Und du bist die neue Chefin fürs Grobe, von der alle reden?"

Einigermaßen perplex musste sich Valerie erst auf die Ansage des Jünglings einstellen. „Ich bin Oberstleutnant Mauser, neue Leiterin des EB01, ja. Wie, von der alle reden?"

„Na, hier geht's zu wie im Hühnerstall, seit die Leute wissen, dass eine Wienerin ..." Er senkte den Kopf. „Tschuldigung."

„Ach?"

Schmatz sah auf und grinste verlegen. „Ich war gerade dabei, deinen PC einzurichten."

Dem hageren Burschen mit den Sommersprossen schien die Höflichkeitsform völlig fremd zu sein. Dennoch hatte er etwas Entwaffnendes an sich. „Dann kann ich jetzt weitermachen? Bin so gut wie fertig. Alles schon vorinstalliert." Ohne eine Antwort abzuwarten, bückte er sich zum Gerät und schaltete es ein. „Deinen Desktop hab ich aus Wien übernommen, also ist alles so, wie du's gewohnt bist." Wenig später bat er Valerie, sich einzuloggen.

„Ganz schlecht."

„Wie?"

„Na, das Kennwort. Warte, ich zeig dir, wie du ein sicheres Passwort findest, das du dir auch merken kannst."

Nach fünfminütiger Belehrung, konsequent in Du gehalten, war Valeries IT-Zugang sicherer als der des Innenministers, wie Schmatz ihr versicherte.

„Danke, Herr Schmatz."

„Bitte ... und wie sag ich dann zu dir?"

„Frau Mauser?"

„Meinetwegen. Pfiat di, Frau Mauser."

„Danke, Herr Schmatz. Auf Wiedersehen."

Valerie öffnete die E-Mail von Janette Marinov. Schmatz hatte den Raum schon verlassen, als sie ihm nachrief: „Herr Schmatz, kennen Sie eigentlich emailio.de?"

„Den anonymen E-Mail-Provider? Klar! Warum?"

„Lässt sich herausfinden, wer hinter einer Adresse steckt?"

Er stand im Türrahmen und lachte. „Keine Chance. Der Anbieter, dem die Piraten vertrauen. Da haben sich schon die Musikbonzen ihre Zähne ausgebissen."

„Und wie funktioniert das?"

„Du registrierst dich ohne Namen und zahlst per Barsendung. Dann gehst du über Tor drauf und sendest deine E-Mails."

„Über *Tor*?" Die Fußballvokabel schien so gar nicht in die Computerwelt zu passen.

„Damit surfst du anonym, ohne Spuren zu hinterlassen."

„Also ist das Ganze nicht zurückzuverfolgen?"

„Genau."

Valerie rümpfte die Nase. Es fiel ihr schwer zu glauben, dass man im Zeitalter der Informationen Botschaften versenden konnte, die anonymer sein sollten als jeder Erpresserbrief aus zusammengebastelten Zeitungsbuchstaben. Dabei hatte sie sich große Chancen ausgerechnet, über die E-Mail-Adresse an den Entführer zu kommen. Die Webseite von emailio.de bestätigte Schmatz' Angaben: „Als 100 % anonymer Dienstleister speichern wir keinerlei persönliche Daten unserer Kunden. Nur in bestimmten, gesetzlich geregelten Fällen sind wir auf richterlichen Beschluss hin verpflichtet, den E-Mail-Verkehr an die Behörden weiterzugeben." Leider waren der oder die Täter nicht so naiv wie erhofft. Denn selbst wenn die Ermittlungen im Entführungsfall der kleinen Lizah offiziell wären und sie einen richterlichen Beschluss bekäme, müsste Valerie ein Rechtshilfeersuchen an die deutschen Behörden stellen, und das würde viel zu lange dauern und sehr wahrscheinlich nicht viel mehr hervorbringen als ein Konto, das nur für diese eine E-Mail benutzt worden war, und dahinterstehende Betreiber, die unwissend mit den Schultern zuckten.

„Noch was, *Valentin*?"

Valerie fuhr zusammen. Schmatz grinste und deutete per Kopfnicken zum Namensschild neben sich.

„Nein, das war alles. Vielen Dank, Sven ... Herr Schmatz!" Sein Nachname entfuhr ihr lauter als nötig. Wer auch immer sie Valentin getauft hatte, würde sie noch kennenlernen.

Nachdem sie die Namensschilder per Brieföffner abgeschraubt und gegen eilig gekritzelte Post-its ersetzt hatte, tippte sie „Boris und Janette Marinov" in die Suchmaschine ein. Vieles war ihr schon aus den Klatschmagazinen bekannt, die sie gelegentlich zum Abschalten brauchte, doch sie fand im Internet auch neue Informationen. Es war ein modernes Märchen: Der reiche Stammgast des Fünfsternehauses und dessen Rezeptionistin, frisch von der Tourismusschule, hatten sich unsterblich ineinander verliebt. Die Vermählung bettete die Ex-Miss in ein Meer aus Geldscheinen, kein Jahr später kam ihre gemeinsame Tochter Lizah zur Welt. Ein pikantes Detail, das den Landeshauptmann betraf, hatte dieser verschwiegen. Flankiert von den Marinovs lachte er halbseitig aus der Gesellschaftsrubrik des *Tiroler Tagblatts*, das Mädchen im Taufkleid in seinen Armen haltend. Bildunterschrift: „Landeshauptmann Hubertus Freudenschuss mit seinem Patenkind Lizah Marinov und den überglücklichen Eltern, unserem Tiroler Oligarchen Boris Marinov und seiner charmanten Frau Janette."

Das Paar klotzte, statt zu kleckern, rote Teppiche zogen die beiden magnetisch an. Vor ihrem prächtigen Anwesen auf der Innsbrucker Hungerburg stauten sich Bentleys und Ferraris und man feierte rauschende Feste. Seit kurzem waren die Marinovs die Eigentümer des Hotels, in dem ihre Liebesgeschichte begonnen hatte. Im Herbst des Vorjahrs übernommen, war der Goldene Hengst in nur einem Monat auf Hochglanz poliert und neu eröffnet worden. Es kamen Film- und Fernsehsternchen, Sporthelden und Politprominenz, angeführt vom Tiroler Landeshauptmann, der sich besonders gerne mit der reichen Familie zu zeigen schien. Freudenschuss in einem Interview für die *Tiroler Neue*: „Es erfüllt mich mit großer Freude, dass sich Boris Marinov unter all den schönen Flecken auf der Welt den wunderbarsten ausgesucht hat: unser Heimatland Tirol. Und jetzt hat er auch noch unseren berühmten Goldenen Hengst mit neuen Eisen beschlagen und macht ihn damit zum Eintrittstor in den Osten. Wie man weiß, ist der russische Gast der Gast von morgen und wir heißen ihn ganz herzlich bei uns im schönen Tirol willkommen." Auf Berichte über Alkoholexzesse, Schlägereien und maßlose Verschwendung angesprochen: „Ich verwahre mich vor solchen Anschüttungen und kann nur jedem anständigen Tiroler und jeder anständigen Tirolerin raten, es mir gleichzutun. Rufmord am Russen ist unverantwortlich, denn damit schadet man den heimischen Betrieben und der Wirtschaft, die dranhängt! Wer im Goldenen Hengst residiert, weiß, dass es sich bei den Erzählungen über russische Gäste sowieso um völlig verzerrte Klischeebilder handelt. Der Russe, und das sei jedem Tiroler und jeder Tirolerin ins Stammbuch geschrieben, ist ein ausgesprochen zahlungskräftiger und höflicher Gast, den wird mir niemand schlechtreden. Ich kenne den Russen, und ich lege meine Hand für ihn ins Feuer, so wahr ich Hubertus Freudenschuss heiße!" Valerie musste sich schütteln, um das viele Luftgebäck in ihrem Kopf zum Einsturz zu bringen. Nicht nur der Jagdfreund und Landesvater, auch die Tiroler Medien schienen den Marinovs sehr wohlwollend gegenüberzustehen. Fast hätte man den Eindruck gewinnen können, sie wären allseits beliebt gewesen, als Valerie über die Internetseite eines Publizisten stolperte, dessen Steckenpferd es sein musste, sich mit den Mächtigen im Land anzulegen. Der Name der Webseite war mandersischzeit.at, in Anlehnung an den berühmten Spruch des Tiroler Freiheitskämpfers Andreas Hofer: *Mander, 's isch Zeit!* In einem kurzen Artikel warf er einige Fragen auf:

——

Die wahren Russen im Land

Marinov kommt, sieht und kauft. Alles und jeden. Er baut sich seinen fantastischen Oligarchenkokon über den Dächern von Innsbruck. Er braucht keine Außenlandegenehmigung für

seinen Hubschrauber, er fliegt einfach. Er hat
Geburtstag, also böllert er. Die ganze Nacht lang.
Wozu gibt es Lärmschutzgesetze?

Und nun lass dir das auf der Zunge zergehen:
Er wünscht sich ein bestimmtes Hotel, also
wird er es auch bald bekommen. Wie praktisch,
dass sich der Voreigentümer, Spross einer alt-
eingesessenen Innsbrucker Hoteliersfamilie
und politischer Gegner unseres supersaube-
ren Herrn Oberjägers, ein Mann, der gar nicht
verkaufen wollte, gerade rechtzeitig „dazu entschlossen hat", zu sterben. Und jetzt stell dir
vor, unser Russe kommt ziemlich sicher damit
durch, gedeckt von hohen Herren mit noch
höheren Ansprüchen, die zur Krönung alle
polizeilichen Ermittlungen gegen ihn unter-
binden – und ihn jetzt auch noch einbürgern
wollen.

So offenbaren sich einmal mehr, im breitesten
Tiroler Dialekt, die wahren Russen im Land.

——

Das Wort *Oligarchenkokon* war ihr neu, und so dachte
Valerie kurz darüber nach. Sie fand die Metapher interessant: Die gefräßige Raupe, die sich den schönsten
Platz suchte, um sich dort zu verpuppen. Die *kleine
Raupe Marinov* hatte Innsbruck gewählt. Valerie ahnte,
dass es doch den einen oder anderen Menschen geben
musste, den man als Feind des Oligarchen bezeichnen konnte. Kaum hatte sie „polizeiliche Ermittlungen" gelesen, war sie schon im internen System, um
Boris Marinov abzufragen, mit einer Leermeldung als
Resultat. Woher wusste der Autor des Artikels so viel

über die Hintergründe des Hoteldeals und angebliche Ermittlungen, über die sich sonst nirgendwo ein Hinweis finden ließ? Zurück auf dem Artikel suchte sie nach einer Möglichkeit, ihn zu erreichen. Doch es fehlten entsprechende Hinweise, von einem Impressum ganz zu schweigen. Sie hatte schon einmal den Betreiber einer Webseite ausforschen müssen und kannte daher die Register, in denen Eigentümer von Homepages abgefragt werden können. Doch dort war eine „Datenschutzagentur" angegeben. Den Rest konnte sie sich zusammenreimen: Wer sich im Internet auskannte und anonym bleiben wollte, blieb es auch.

Mit weiteren Suchanfragen stieß sie auf die Geschichte des verstorbenen Hoteliers Tobias Hofer, der den Goldenen Hengst vor drei Jahren geerbt hatte und in der Familientradition fortführen wollte. Bei den Landtagswahlen im Frühjahr vergangenen Jahres war er mit einer eigenen Liste gegen Freudenschuss angetreten und hatte der führenden Partei aus dem Stand sieben Prozent abgezwackt. Im Juni war der zweifache Familienvater dann im Inn ertrunken, und wie das *Tiroler Tagblatt* in einer Kurzmeldung darstellte, war von Selbstmord auszugehen. Zu seinem Namen gab es im Unterschied zu Marinov sehr wohl einen internen Akt, angelegt von Oberst Andreas Zahn, Valeries Vorgänger, der „gegen unbekannt" ermittelt hatte. Allerdings fehlten weitere Informationen – nichts schien elektronisch erfasst worden zu sein, der Akt selbst wurde als „im Innenministerium befindlich" geführt. Beides war Valerie in ihrer bisherigen kriminalistischen Laufbahn noch nicht untergekommen. Auch die Exekutive wusste die Vorzüge und Möglichkeiten der elektronischen Datenverarbeitung zu nutzen. So war alles, was sich in einem herkömmlichen Akt befand, für gewöhnlich auch im Intranet abgebildet. Und dass sich das Ministerium in laufende Ermittlungen rund um einen angezweifelten Selbstmord einmischte, war schon sehr speziell. Aber das musste warten.

Valerie beschloss, sich zuerst den Entführungsort anzusehen. Sie hatte noch kein Verbrechen erlebt, das völlig spurlos verlaufen wäre. Mittlerweile war sie wieder ausreichend nüchtern, um ein Auto zu steuern. Also fuhr sie mit dem Dienstwagen zur Talstation der Innsbrucker Nordkettenbahnen auf der Hungerburg, wo sie sich zum Betriebsleiter Karl Murschitz durchfragte.

„Mauser, LKA."

„Murschitz, angenehm."

„Herr Murschitz, gestern gegen elf Uhr ist auf der Seegrube ein kleines Mädchen aus einem Skikurs verschwunden und später wieder bei seinen Eltern aufgetaucht. Wissen Sie etwas darüber?"

„Ja, das war vielleicht ein Zirkus gestern, und alles nur, weil diese Russin zu bequem war, bei uns anzurufen. Eine Frechheit. Ich hab schon die Schlagzeilen gesehen: *Nordkettenbahnen verlieren Oligarchenkind.* So etwas Dummes."

„Ist Ihnen irgendetwas aufgefallen?"

„Aber was sollte mir denn auffallen, wenn nichts passiert ist?"

„Wir möchten uns die Sache trotzdem ansehen."

„Warum?"

Valerie dachte nach, ob – und was – sie ihm darauf antworten sollte. „Noch ist nicht klar, wie es das fünfjährige Mädchen ganz alleine von der Seegrube nach Hause geschafft hat. Also haben sie etwas bemerkt oder nicht?"

„Nein. Gar nichts."

„Gibt es Videoüberwachung?"

„Natürlich. Kommen Sie mit." Murschitz führte Valerie in den Kontrollraum. Auf zwei großen Bildschirmen waren mehrere Kamerabilder angeordnet: Berg- und Talstation, Zugänge, Warteräume, Ein- und Ausstiegsbereiche sowie das Innere der Gondeln. Schon auf den ersten Blick erkannte Valerie, dass es schwierig werden würde, überhaupt jemanden zu erkennen, denn die an sich schon grobkörnigen Aufnahmen zeigten endlose Trauben vermummter Skifahrer.

„Könnten Sie mir alle Aufnahmen von gestern besorgen, so zwischen neun und zwölf Uhr?", fragte Valerie, „und ins LKA Tirol schicken?"

„Tut mir leid, es gibt nur Live-Bilder. Der Datenschutz, wissen Sie ..."

Valerie verdrehte die Augen zum Himmel und konnte sich nur mit Mühe verkneifen, die flache Hand an ihre Stirn zu klatschen. Sie mochte gar nicht daran denken, wie oft ihr der Datenschutz schon in die Quere gekommen war. So schützenswert die Privatsphäre der Bürger sein mochte, so wenig Verständnis hatte sie dafür, wenn die Aufklärung eines Verbrechens oder schweren Unfalls daran scheiterte, dass öffentliche Verkehrsunternehmen, Autobahnbetreiber und Konsorten keine Aufnahmen ihrer tausenden Kameras speichern wollten oder durften. Ohne weiter darauf einzugehen, ließ sie Namen und Nummer des Kinderskilehrers ausfindig machen, der Lizahs Gruppe zum Entführungszeitpunkt beaufsichtigt hatte. Dieser befand sich gerade im Restaurantbereich der Seegrube, wo er nach eigenen Worten „verhindert" war. So nahm sie die nächste Gondel nach oben.

Während der Fahrt erinnerte sie sich an die Winterurlaube ihrer Kindheit, damals, als ihr Vater noch gelebt hatte. Ihn, dem der kernige Tiroler Dialekt trotz

Karriere in der Wiener Staatsanwaltschaft erhalten geblieben war, hatte es immer wieder in seine alte Heimat zurückgezogen. Seine beiden Töchter sollten Ski fahren können, denn das hatten Tirolerkinder seiner Ansicht nach einfach zu beherrschen. Mutter war ihnen zuliebe mitgekommen, aber immer heilfroh gewesen, wenn sie wieder den Asphalt der Bundeshauptstadt unter den Füßen hatte. Auf der Seegrube war Familie Mauser oft gewesen. Die Großraumgondel war neu, doch die Aussicht immer noch gleich beeindruckend, wenn auch weniger beängstigend, als Valerie in Erinnerung geblieben war. Man glitt fast lautlos über sanfte Wälder, das Gelände stetig steiler werdend, über die Baumgrenze und die letzten Meter scheinbar senkrecht den Fels hinauf.

Auf 1.905 Metern Seehöhe wurde sie bereits von Philipp Reubelt erwartet. Der Mann im typisch rotweißen Skilehreroutfit führte sie in eine Gaststube. Schon von draußen war unüberhörbar, dass sich im Inneren eine Horde Kinder austobte. Doch was Valerie dann sah, überstieg ihre Vorstellungskraft, denn es herrschte blankes Chaos. Pommes, wohin man auch blickte, auf Tischen, Stühlen und dem Boden, ein paar davon schienen tatsächlich auch in tomatenrot umrandeten Kindermündern zu verschwinden. Der Lärmpegel ließ keine normale Unterhaltung zu. Die Kleinen trugen bunte Namensschilder. Mitten im Chaos eine überforderte Aufsichtsperson, die von einer Katastrophe zur nächsten hetzte, zwischen Raufbolde ging und kurz darauf zwei Kinder, die Großes vorhatten, zu den Toiletten begleitete.

„Du bist jetzt hier und passt auf, oder?", rief sie in Reubelts Richtung.

„Ja, Cosima, keine Sorge."

„Warum?", fragte Valerie.

„Warum was?"

„Ich meine, warum *keine Sorge*?"

„Na, nach dem Schreck gestern, meinte ich. Gott sei Dank ist die Kleine dann von selbst zuhause aufgetaucht. Aber was sich die Mutter dabei gedacht hat, uns nichts zu sagen? Da kann man doch nur den Kopf schütteln."

Ein Mädchen stand neben Valerie auf der Bank, kreischte in ihr Ohr und griff ihr mit ketchuptriefenden Fingern ins Haar. Valerie las „Sophie", nahm das Mädchen, setzte es neben sich hin, umschloss die Händchen mit der linken Hand und legte den rechten Arm herum. Sofort befreite sich die Kleine wieder und zischte ab.

„Wie genau verschwand Lizah, Herr Reubelt?"

„Aber ich verstehe nicht ... lass das, Thomas! Ich meine, ich verstehe nicht, warum Sie überhaupt hier sind, ist doch eigentlich nichts passiert." Marcel stand am Tisch und setzte zu einem Hechtsprung an, den der Skilehrer gerade noch verhindern konnte. „Ich meine, sehen Sie sich doch mal um! Draußen auf der Piste, da geht's ja noch so halbwegs, aber stehen die Pommes auf dem Tisch, sehen sie rot."

„Die Pommes?"

Reubelt war schon wieder abgelenkt. „Wie? Was?"

„Ach, nichts. Herr Reubelt, wo genau ist Lizah verschwunden?"

„Hier drin vermutlich, während der Vormittagspause ... da ging's ähnlich zu wie jetzt."

„Und wann ist Ihnen aufgefallen, dass sie fehlt?"

„Als wir die Gruppe draußen durchgezählt haben. Thomas, Himmel Herrgott noch mal!"

„Und dann haben Sie gleich mit der Suche begonnen?"

„Ja, Cosima hat die anderen Kinder reingebracht und ich hab überall nachgesehen. Aber keine Spur von ihr. Dann haben wir das gesamte Personal verständigt, Skilehrer und Bedienstete, alle haben herumgebrüllt, Lizah, Lizah, LIZAH! ... ich meine THOMAS! Himmel! Einmal noch und es kracht! Hast du gehört? Entschuldigung. Also, dann sind wir die Pisten abgefahren, haben alles durchkämmt, Büsche, Verstecke, Waldstücke, aber nichts. Schließlich musste ich diese Marinov anrufen – und die sagt mir frisch und fröhlich, Lizah sei zuhause angekommen. Einfach so."

„Frisch und fröhlich?"

„Na ja, eigentlich ... nicht gerade fröhlich. War so dahingesagt. Aber stellen Sie sich vor, Ihr kleines Kind kommt alleine nach Hause. Und was tun Sie? Die Verantwortlichen anrufen? Nein, wozu denn! Nichts hat sie getan, die Kuh! Verzeihung, das war einfach zu viel gestern. Aber die glaubt wahrscheinlich, das Universum dreht sich nur um sie, das Kind und ihren Dagobert."

„Dagobert?"

„Duck. Dieser Oligarch, der mit seinen Millionen wedelt, Lizahs Vater. Kennen Sie den nicht? Boris heißt der. Sophie, nicht die Wand! SOPHIE!"

„Kennen *Sie* ihn denn?"

„Wen? Was?"

„Na, Boris Marinov", gab sie ihm den roten Faden zurück.

„Nein ... aber wissen Sie was, es ist mir echt ein Rätsel, wie es Lizah alleine heim geschafft hat."

„Das hätten Sie ihr nicht zugetraut?"

„Nein. Die konnte doch gerade mal rutschen und sich dann hinsetzen. Die Abfahrt wäre viel zu schwer für sie gewesen – und alleine hätte sie nicht mit der Gondel fahren dürfen."

Valerie wechselte das Thema, um Reubelt davon abzuhalten, weiter nachzudenken: „Hatte Lizah engeren Kontakt zu einem der Kinder?"

„Mir wäre nicht aufgefallen, dass sie sich mit diesem oder jenem Kind besser verstanden hätte, aber Sie sehen ja." Ein Kartoffelstäbchen flog an ihnen vorbei. „Vielleicht fragen Sie die Truppe einfach selbst?"

„Mal sehen." Valerie baute sich im Raum auf und schrie aus vollen Lungen: „STOP!" Das Zauberwort schien auch in Tirol zu funktionieren. Sie nutzte die plötzliche Stille, um ihre Frage unterzubringen: „Wer von euch war mit Lizah zusammen?"

Es folgte ein Moment gespannter Erwartung.

„Das warst doch du, du schwule Kuh!", tönte Marcel, und die Schar tobte.

Das zweite „STOP!" ging hoffnungslos unter, der Kuh-Moment, noch mehr aber ihre unüberlegt formulierte Frage hatten sie jeder Autorität beraubt. Kurz war Valerie dankbar dafür, ihr Berufsleben mit schwereren Jungs und Mädels verbringen zu dürfen, auch wenn sie sich in diesem Trubel auf seltsame Art wohlfühlte.

„Herr Reubelt", wandte sie sich wieder dem Skilehrer zu, „wenn Ihnen oder Ihrer Assistentin noch irgendetwas einfällt, rufen Sie mich an, ja?"

„Sowieso." Im selben Moment setzte Marcel sein ursprüngliches Vorhaben doch noch um und vollzog einen Abgang vom Tisch, der auch als Sprung aus einem Stratosphärenballon getaugt hätte. Valerie tat schon das Zusehen weh, doch der kleine Möchtegern-Felix-Baumgartner stand sofort wieder auf, rieb sich nur kurz die Rippen und verbeugte sich vor seinem dankbaren Publikum. Die Nummer gehörte wohl zum Standardrepertoire dieses Bratens. Valerie verhielt sich Lachen wie Applaus.

Als die Seilbahn wieder talwärts fuhr – fast leer, da die meisten Wintersportler auf ihren Skiern und Boards bis zur Hungerburg abfuhren –, verfiel Valerie ins Grübeln. Es kam ihr wie ein Wunder vor, dass diese Rasselbande Tag für Tag auch nur annähernd vollzählig an ihre Eltern verteilt werden konnte. Es wäre ihr selbst ein Leichtes gewesen, ein Kind aus dem Raum zu holen, ohne dass es eine der Aufsichtspersonen bemerkt hätte. Aber wie und wohin ging es dann weiter? Wie kam der Täter – oder die Täter – dann hinunter? Mit der Bahn, im Beisein potentieller Zeugen, oder über die steile Abfahrt ins Tal? Mit einem fünfjährigen Mädchen, noch dazu Anfängerin? Valerie und ihre größere Schwester Lilian hatten nie bis ins Tal abfahren dürfen, selbst in späteren Urlauben, als sie den Sport längst beherrschten. „Viel zu gefährlich", hatte ihr Papa gemeint. In ihrer Erinnerung stand er vor ihr, riesenhaft, heute müsste er für dieselbe Perspektive gut zwei Meter fünfzig groß sein. Sein Tod hatte eine bleibende Lücke in Valeries Leben gerissen. Sie seufzte, ging nach vorne, zur Talseite der Gondel, und ließ das Panorama wirken. Ein Pensionistenpaar und ein Herr mit verspiegelter Sonnenbrille taten es ihr gleich. Ihr Telefon klingelte. Schon beim Blick aufs Display hoben sich ihre Mundwinkel.

„Stolwerk! Wie schön!"

„Veilchen, ahoi! Na, jodelst schon?"

Auch wenn er wie üblich eine Spur zu gut aufgelegt war, freute sie sich, Manfred Stolwerks Stimme zu hören. „Klar, hör zu: Hollareituldio!"

„Res...pekt! Der Text steht. Und jetzt sag mal Coca-Cola mit Cognac."

„Kocka-Kola mit Konjack", gab sie ihm mit übertrieben krachenden K's zurück. Fehlte nur noch der obligatorische „Oachkatzlschwoaf", den sie ihm vorwegnahm, um den Tirolertest abzuschließen.

Stolwerk prustete ins Telefon. „Befreit die Atemwege, was? Na, du hast dich ja immer schon angehört wie eine vom Berg, aber das ist jetzt echt scharf."

„Vaters Erbe."

„Na, so ein Erbe muss man aber auch annehmen, gerade, wenn man in Wien aufwächst. Jetzt sag mir, wie geht's der Mauser, urlaubst noch oder arbeitest schon? Eh nix los im Heiligen Land?"

In Gedanken stand Stolwerk vor ihr, zwei Kopf größer, in seinem Lieblingspullover, der seine horizontale Ausdehnung irgendwann nicht mehr mitmachen wollte. „Wenn du wüsstest. Ich stecke schon mitten im Sumpf."

„Wusst ich's doch. Ich hör das. Also, was ist los? Sag an, was brauchst? Waffen? Geld? Liebe? Hiebe?"

Mit wenigen Worten hatte er sie wieder aufgemuntert. Vor seiner Liebe war sie sicher, denn Stolwerk tendierte zum Neutrum, biologisch auf Single programmiert. Seine Triebe führten ihn eher in den Kochtopf als unter die Schürze. Und Hiebe brauchte sie ohnehin nicht zu befürchten. Er war friedliebend, löste Konflikte mit Intellekt statt Gewalt. Was ihm letztlich am LKA Wien zum Verhängnis geworden war. Gemeinsam waren sie dort das Team mit der höchsten Aufklärungsquote gewesen, hatten aber nicht nur kriminalistisch gesehen einen symbiotischen Organismus gebildet. Bis vor zwei Jahren, als dieser unsägliche Einsatz alles verändert hatte. Er fehlte ihr.

„Hm? Bist noch da?", unterbrach er die Stille.

„Ach Stolwerk, im Moment reicht es mir einfach, deine Stimme zu hören."

„Dafür klingt deine furchtbar!"

„Wir waren feiern gestern. Einstand mit dem Landeshauptmann. Schnaps. Viel Schnaps. Stell dir vor, man kann Zirben trinken."

„Kenn ich. Die Zapfen werden aber nur eingelegt, nicht gepresst oder so. Schmeckt gut, oder?"

„Jaja." Genusstechnisch konnte man ihm ohnehin nichts erzählen.

Schweigen.

„Und wie geht's selbst?", fragte sie.

„Gut", stieß er aus, eine Spur zu spontan. „Alles im Lot. Seit ich wieder zuhause bin, schweb ich sowieso auf Wolke sieben."

„Die Geschäfte laufen?"

„Super. Zu gut. Weil je besser, desto mehr Strafe musst zahlen an die Verbrecher da oben. Da fällt mir ein: Was sind hundert Politiker am Meeresgrund?"

Ein guter Anfang, dachte Valerie. „Was?", fragte sie.

„Ein guter Anfang!" Er lachte.

„Na, bevor du die Bande weiterfütterst, mach doch mal Urlaub!"

„War das eine Einladung?"

„Jederzeit."

„Na, da würdest dich freuen. Kaum in Tirol, schon Besuch."

Wieder schwiegen sie sich an. Dabei hätte Valerie gerne entgegnet, dass er wirklich *jederzeit* willkommen wäre. Doch gerade schien Tirol über sie hereinzubrechen wie eine Monsterwelle. Ob es daran lag, dass die Seilbahn sie in atemberaubender Geschwindigkeit ins Tal brachte, wodurch die Berge zu wachsen schienen? Nein, es waren die Menschen. Weil sie nicht wussten, wann genug war. Hier wie dort war Gier die stärkste Wurzel des Verbrechens. Dank ihr war der Oligarch an seine Milliarden gekommen. Und sie drohte ihm nun, seine Tochter zu nehmen.

„Jede Medaille hat zwei Seiten, Stolwerk", sagte sie, um etwas zu sagen.

„Ach was? Veilchen, hast wieder aufs Essen vergessen? Unterzucker?"

„Mir geht's gut. Ich fahre gerade von der Seegrube herunter, ich sag dir, wenn du das sehen könntest. Ein Wahnsinns-Panorama. Wunderschön."

„Jetzt mal ohne Quatsch: Wenn Hilfe brauchst, komm ich sofort. Anruf genügt."

„Das ist lieb, aber nicht notwendig. Ich lass mich schon nicht ins Bockshorn jagen. Danke, Stolwerk."

„Veilchen?"

„Hm?"

„Iss deinen Riegel. Jetzt gleich. Versprochen?"

„Ja-ha."

Wie kommt er nur immer darauf?, fragte sie sich zum weißgottwievielten Mal.

An der Talstation kaufte sie sich einen Schokoriegel, der ihre Stimmung tatsächlich etwas aufzuhellen vermochte. Valerie setzte sich auf eine Betonmauer und schaute sich um. Sie war umgeben von schneebedeckten Bergen, das Rauschen der Stadt wogte in frühlingshaften Windstößen herauf, langsam kletterte die Standseilbahn bergwärts und verschwand in der elegant geschwungenen Station auf der Hungerburg. Valerie hatte diesen Zubringer bereits benutzt. Von der Altstadt war es nicht weit bis zum Kongresshaus, wo die Bahn ihren Anfang nahm. Zuerst verlief die Trasse unterirdisch, dann ging es im Freien über den Inn, immer steiler werdend, bis man im Handumdrehen hier oben ankam und in die Riesengondel umsteigen konnte, die einen auf die Seegrube brachte.

In zwanzig Minuten kam man so von der Innenstadt ins hochalpine Gelände.

Rund um die Talstation lagen neue Villen und prächtige Altbauten, bekanntermaßen war dies eine der teuersten Wohnlagen Tirols, das Zuhause der Banker, Immobilienhaie, erfolgreichen Unternehmer und jener, die ihr Familienerbe noch nicht an den Meistbietenden verkauft hatten. Irgendwo hier musste auch das Anwesen der Marinovs sein, von dem der Blogger im Internet geschrieben hatte. *Der Oligarchenkokon.*

Valerie genoss die Sonnenstrahlen, bis sie merkte, dass sie jeden Moment einschlafen und rückwärts von der Mauer fallen würde, und das noch im besten Fall, denn die Alternative war, vorwärts über eine steile Böschung Richtung Innsbruck anzutauchen. Die vergangene Nacht forderte ihren Tribut. In diesem Zustand war sie niemandem eine Hilfe. Also fuhr sie nach Hause, um sich kurz hinzulegen. In der Wohnung stank es erbärmlich nach Alkohol, verbrauchter Luft und verbrauchter Valerie, daher riss sie zuerst alle Fenster auf und sackte dann ins Bett.

***

„Ja?"

„Sie wollte weglaufen. War schon fast draußen. Hab sie gerade noch eingefangen. Jetzt schreit sie wie am Spieß. Was soll ich machen?"

„Verflucht … dann sorg eben dafür, dass sie schläft."

„Was?"

„Hör zu, wir haben jetzt echt andere Probleme. Stell sie ruhig."

„Was für Probleme?"

„Er will sich helfen lassen."

„Was hat er gemacht?"

„Nicht so wichtig. Offiziell ist noch nichts raus. Ich hab die Situation unter Kontrolle."

„Genau so sieht's aus."

„Pass bloß auf, was du sagst. Alles läuft weiter wie geplant. Sorg einfach dafür, dass niemand sie hören kann."

***

Dunkelheit. Leiser Gesang, begleitet von Gitarrenklängen. Am Display des Radioweckers stand 20:46. Das Radio ließ sich nicht abstellen. Es lief gar nicht. Verschlafen drückte Valerie den Startknopf ihres Handys, das neben der Bestätigung der Uhrzeit auch anzeigte, dass Valeries Mutter angerufen hatte. Die Musik, die sie hörte, schien von draußen zu kommen. Einige Minuten lag sie da, jeder Orientierung beraubt, völlig neben sich. Allmählich kehrten die Eindrücke des Tages zurück, die Marinovs, Freudenschuss und seine gemeuchelten Waldbewohner, Pommes und Kinder, Kinder, Kinder. Eines davon fehlte. Die vermisste Tochter.

Valerie stand auf und ging zur gekippten Balkontüre ihres Schlafzimmers, das auf der Innenhofseite lag. Die Musik wurde lauter. Schnell zog sie sich etwas über und trat hinaus. Die Nordkette strahlte im Mondlicht, Schatten langgezogener Wolken streiften darüber. Viel zu warm war es für eine Jännernacht. Auf dem unteren Balkon flackerte Kerzenlicht. Nun konnte sie den Text verstehen. Der Mann sang gerade ein Lied über Tod und Verlust, über die Sehnsucht, einen geliebten Menschen wiederzusehen. „In dieser Nacht ... will ich dich wiedersehen ... ganz wie im früheren Leben ... als du noch bei mir warst ... immer für mich da." Valerie ließ sich darauf ein und es kam, wie es kommen musste: Sie wurde vom Gedanken an Rebecca überwältigt. Die Tochter, die sie mit achtzehn bekommen und zur Adoption freigegeben hatte – deren richtigen Namen sie nicht kannte, von der sie nicht einmal wusste, ob sie überhaupt noch am Leben war. Das Ergebnis einer besoffenen Nacht, der Vater unbekannt, ihr eigener Papa tot, *Frau Doktor* viel zu sehr mit sich und ihrem Status in der Wiener Society beschäftigt, die ältere Schwester frisch nach Graz verheiratet, und sie selbst mitten im Sturm und Drang des Erwachsenwerdens. Die Inkognitoadoption als einziger Weg, rationalste Entscheidung und doch schlimmster Schmerz, den sie kennenlernen musste – und nie teilen wollte, allen öffentlichen und privaten Hilfsangeboten zum Trotz, Nachwehen, die in alle Zukunft ausstrahlen würden, die die Zeit nicht heilte, sondern schlimmer machte. Rebecca war heute dreiundzwanzig, fünf Jahre älter als sie selbst damals gewesen war. So gerne hätte Valerie sie vor ihren eigenen Fehlern beschützt. Vor Jahren hatte sie allen Mut zusammengenommen und der Adoptionsstelle mitgeteilt, ihre Tochter kennenlernen zu wollen. Darüber hätten die Adoptiveltern zu entscheiden, war die Auskunft gewesen. Man würde sie von ihrem Wunsch in Kenntnis setzen, könne aber sonst nichts tun. Ihr blieb nur noch, auf ein Lebenszeichen zu warten, zu hoffen, dass das verstoßene Kind nach Antworten suchte, egal, ob es seine biologische Mutter zur Hölle schicken oder umarmen wollte. Jeder Anfang war besser als keiner.

„Nicht mehr da, nicht mehr da", sang der Mann. Nach dem Lied pausierte er kurz, dann hörte Valerie Glas auf Glas und mutmaßte, dass er gerade einen Schluck Wein genommen hatte.

Die Gitarre erklang wieder. Ganz leise. „Die Sonne ... ist untergegangen ... und die Grillen ... haben zu zirpen begonnen ..." Er sang von einer warmen Sommernacht. „Der Gehsteig ist immer noch warm ... ich geh barfuß, geht keinen was an ... und geht's am Tag ... in meinem Leben ... noch so zu, so weiß ich doch, in deinen Armen ... komm ich zur Ruh."

Valerie beugte sich vornüber, um einen Blick auf den Musiker zu erhaschen. Das Geländer knarzte. Augenblicklich verstummte die Musik. Gleich darauf hörte Valerie, wie sich die untere Balkontüre schloss. Nun war sie alleine mit sich, ihren Gedanken und der Begleitmusik ihres Magens, der nach verwertbaren Inhalten heulte. Sie warf ihm einen weiteren Schokoriegel zum Fraß vor.

Freitag

Für den Freitagmorgen war die erste Sitzung des Ermittlerteams Leib und Leben anberaumt. Pünktlich um neun Uhr ging Valerie zum Besprechungszimmer. Als sie eintreten wollte, läutete ihr Handy. *Vielleicht sollte ich meinen Klingelton ändern*, dachte sie, drückte ihre Mutter weg und schaltete das Gerät aus. Die Mannschaft war bereits versammelt, fünf Männer, eine Frau, auch Geyer saß schon da, gleich neben dem freien Stuhl am Kopfende des Tisches. Mit ihrem Erscheinen war es still geworden. Der Leiter des LKA Tirol, Doktor Dietmar Berger, hatte ihr die Mitglieder ihres Teams bereits vor Tagen einzeln vorgestellt. Valerie hatte sich in Verachtung ihres siebartigen Namensgedächtnisses alle Mühe gegeben, wenigstens die Nachnamen zu behalten. Nun leitete sie ihre erste Teamsitzung. Sie ging an ihren Platz. Schon lange zuvor hatte sie beschlossen, auf schwülstige Ansprachen und Floskeln zu verzichten, die man sonst als Neuer, egal in welcher Funktion, von sich zu geben pflegte. Sie war sich sicher, dass jeder hier wusste, wofür das Team des Ermittlungsbereichs 01-Leib/Leben zuständig war und auch in Zukunft bleiben würde. Dass alle ihr Bestes gaben, setzte sie voraus. Wenn es nicht so wäre, würde sie das Gespräch mit dem Einzelnen suchen, statt Ansprachen an die Menge zu halten. Wer sie war, hatte man sicher schon in Erfahrung gebracht. Und dass eine Frau aus Wien als neue Bereichsleiterin in Tirol weder Begeisterungsstürme noch Blasmusikkapellenaufmärsche auslöste, konnte sie sich auch ohne Schmatz' Andeutung ausmalen. Trotz ihres Tiroler Vaters, trotz seines Dialekts, den sie von ihm angenommen und nach seinem Tod bewusster getragen hatte, blieb sie im besten Fall zu fünfzig Prozent Wienerin und zu hundert Prozent Frau.

„Guten Morgen zusammen." Sie räusperte sich, ihre Stimme hatte sich zwar deutlich gebessert, doch die Heiserkeit war unüberhörbar. „Nun, Herr Mair, was haben wir?", fragte sie den jungen Kollegen, der links von ihr saß.

„Was?"

„Na, gehen wir die Aktuellen durch. Im Uhrzeigersinn." So kannte sie es aus den Teamsitzungen in Wien. Man sprach über laufende Ermittlungen, interessante Fälle wurden in der Runde diskutiert und man holte wechselseitig Rat ein.

„Aber ... ich habe mich gar nicht darauf einstellen können", stammelte er, „Herr Zahn hat ..."

„Zahn ist nicht mehr da!", bellte Geyer, „na los, sag ihr schon, woran ihr seid, wenn sie's wissen will."

Valerie sah Geyer scharf an und hoffte, er würde ihre Züge lesen können. Dann drehte sie sich zu Mair, der zu reden begann: „Da ... da ist ein unbekannter Bahntoter ..."

„Ja?", stocherte sie nach.

„Frau Mauser", ergriff Geyer das Wort, „wir haben das bisher nur nach Ankündigung gemacht. Wenn ein Kollege den Rat der anderen suchte, kam es in die Agenda, zusammen mit vorbereitenden Unterlagen. Bisher haben wir keine Rechenschaft vor versammeltem Publikum abzulegen gehabt, schon gar nicht bei den fünfundneunzig Prozent Lappalien hier. Aber ... wenn Sie das anders haben wollen, bitteschön. Nur einstellen sollte man sich drauf können."

„Gut, dann fang ich an. Mein Vorgänger ermittelte im Todesfall Tobias Hofer. Warum? Gegen wen?" Pause. „Wer weiß etwas darüber? Und warum ist der Akt in Wien?"

Nun hätte man eine Stecknadel fallen hören können. Valerie entging nicht, dass sich einzelne Teammitglieder fragende Blicke zuwarfen, während andere Löcher in Boden, Wände, Decke oder Fenster starrten.

„Pff", blies einer aus, dessen Namen sie justament vergessen hatte, „die Russengeschichte schon wieder."

„Eder!", maßregelte ihn Geyer, „halt den Rand!"

Genau, Eder heißt er, dachte Valerie. Hitze kroch ihr in den Kopf. Die allererste Sitzung, und Geyer war schon fleißig dabei, ihre Autorität zu untergraben. Früher wäre sie in solchen Situationen explodiert, doch Valerie Mauser hatte sich zu beherrschen gelernt, selbst wenn es wehtat. *Alles zu seiner Zeit.*

„Kollege Eder, dürfte ich Näheres über *die Russengeschichte* erfahren?"

„Frau Mauser ...", meldete sich Geyer.

„Ich habe Herrn Eder gefragt!", bellte sie ihn an. Die Lunte gloste. Noch würde sie sich austreten lassen. Geyer lehnte sich zurück, hob die Hände zur abwehrenden Geste und versenkte sie anschließend in seinen Hosentaschen. Eder sagte nichts mehr.

„Ja, bin ich einem Staatsgeheimnis auf der Spur oder was?", scherzte sie. Aber niemand lachte.

„Darf ich?", fragte Geyer trotzig. Valerie nickte.

„Reden Sie mit Berger."

„Gut, meine Damen und Herren, ich seh schon, so führt das zu nichts. Allfälliges?" Eiszeit. „Dann bis in einer Woche. *Mit* den Aktuellen."

Zurück im Büro schloss Valerie die Türe hinter sich. *Na was, hast du dir Blumen erwartet?*, fragte die innere Stimme. „Nein, aber die Meuterei auch nicht", sprach sie aus und entsperrte ihren PC. Wobei sich letzteres schwieriger gestaltete als üblich, denn der Merksatz ihres neuen Passworts wollte ihr nicht mehr einfallen. „Schmatz", murmelte sie. Der konnte ihr auch nicht weiterhelfen, denn er hatte ihr bloß den Trick erklärt, das Kennwort selbst kannte er nicht. Sich an sein Bauarbeiterdekolletee erinnernd schaffte sie es dann doch, das Losungswort zusammenzureimen.

Valerie war sich nun sicher, dass die Ermittlungen ihres Vorgängers im Todesfall Hofer in einem Zusammenhang mit dessen überraschender Pensionierung stehen mussten, vor allem aber mit *Russen* zu tun hatten. Sie hatte wohl zielsicher ins Wespennest gestochen, obwohl sich – wer auch immer – sichtlich Mühe gab, es vor ihr und der Welt zu verbergen. Mit den Russen konnten nur die Marinovs gemeint sein, denen das Hofer-Hotel nun gehörte. Deren Tochter entführt worden war. *Gegen die ... Zahn ermittelt hatte?,* schloss ihr Verstand.

Sie musste den pensionierten Teamleiter erreichen, kannte aber nur dessen Namen. So suchte sie im Internet nach „Andreas Zahn LKA" und fand neben Presseberichten zu alten Fällen auch ein Facebook-Profil ohne Foto und Einträge. Im Telefonbuch für Tirol war kein Andreas Zahn eingetragen. Verständlich mit seinem Job. Private Geheimnummern waren die erste Vorsichtsmaßnahme, um es Ganoven zu erschweren, eines Tages bei den Kripobeamten zuhause aufzutauchen und um milde Nachsicht zu bitten oder heitere Anekdoten über vergangene Katz-und-Maus-Spiele auszutauschen. Viele Mausklicks später kam Valerie auf einen Online-Artikel über das Frühjahrskonzert der Musikkapelle Götzens im vergangenen Jahr, in dessen Rahmen ein Andreas Zahn für vierzigjährige Vereinszugehörigkeit geehrt worden war – samt Bildbeschreibung: „Kriminal- und

Hornist Andreas Zahn übernimmt die Urkunde von Obmann und Bürgermeister Nikolaus Mohr." Nun hatte Zahn ein Gesicht, und dieses war nicht unattraktiv, jedenfalls aber zu jung und zu gesund, um einem krankheitsbedingten Ruheständler zu gehören. Götzens musste Zahns Heimatort sein. Im selben Ort gab es laut Telefonbuch eine Hildegard Zahn, die Valerie sogleich anrief.

„Zahn?"

„Grüß Gott, Frau Zahn", bemühte sie sich um authentische Tiroler Ansprache, „hier ist Valerie Mauser vom LKA."

„Hallo. Bitte?"

„Frau Zahn, sind Sie mit einem Andreas Zahn verwandt, der im LKA gearbeitet hat?"

„Oh Gott ... ist ihm was passiert?"

„Nein nein, bitte entschuldigen Sie. Ich möchte nur mit ihm sprechen."

„Warum?"

„Also sind Sie mit ihm verwandt?"

„Ich bin seine Tochter. Also, warum wollen Sie mit ihm sprechen?"

„Frau Zahn, ich bin seine Nachfolgerin. Ich hätte da ein paar Fragen an ihn. Wie kann ich ihn am besten erreichen?"

Die Antwort ließ ein paar Sekunden auf sich warten. „Gar nicht."

„Bitte?"

„Das wurde doch geklärt, oder?"

„Was meinen Sie?"

„Na, dass Ruhe ist, wenn er geht."

„Frau Zahn, davon weiß ich nichts. Wo ist ihr Vater?"
Stille.

„Frau Zahn?"

„Das geht Sie zwar nichts an, aber er ist in der Karibik. Wie schon seit Monaten. Seit die feinen Herren ihn abge…" Sie schwieg.

Valerie wartete kurz. „Wovon sprechen Sie?"

„Leben Sie auf dem Mond? Sie arbeiten im LKA, habe ich das richtig verstanden?"

„Frau Zahn, ich bin erst vor kurzem nach Tirol übersiedelt. Was genau meinen Sie?"

„Ich sage nichts mehr. Fragen Sie doch Ihre Kollegen."

„Wo genau hält er sich auf? Haben Sie seine Nummer?"

„So, Schluss damit. Frau … Mauser? Ich bin ein geduldiger Mensch, aber es reicht. Ihr sauberer Verein hat meinem Vater den letzten Nerv gezogen. Und jetzt kommt eine Neue, die nichts weiß, und der Schmarrn beginnt wieder von vorne. Warum lassen Sie ihn nicht endlich in Ruhe!"

„Frau Zahn, es ist wirklich wich…" Drei kurze Töne. Sie hatte aufgelegt.

Der Tag entwickelte sich zu einem Desaster. Der Hügel, an dem Valerie zu graben begonnen hatte, wurde mit jeder abgetragenen Schaufelladung größer. Doktor Berger hatte ihr offensichtlich einiges verschwiegen, als er sie in die Agenden des LKA Tirol eingeführt und ihr die Teammitglieder vorgestellt hatte. Er hatte es so dargestellt, als wäre alles in bester Ordnung gewesen, als hätte die Mannschaft nur so vor Kompetenz und Tatendrang gestrotzt, als hätte sie ein Top-Team zu übernehmen gehabt, dessen früherer Leiter aus gesundheitlichen Gründen nicht mehr weiterarbeiten hatte können. Hätte nur sein Körper mitgespielt, er wäre geblieben, bis man ihn mit den Füßen voraus aus dem LKA tragen hätte müssen. Das war Valeries Eindruck gewesen. Doch das entsprach nicht den Tatsachen. Die Mitarbeiter hüteten Geheimnisse, vermutlich schwelten auch Konflikte unter ihnen und ihr Vorgänger war definitiv abgesägt worden. Das hätte ihr Doktor Berger zumindest andeuten müssen. Sie hatte einige Fragen an ihn, nicht zuletzt hatte Geyer ihr ausdrücklich dazu geraten, wenn sie mehr über *die Russengeschichte* erfahren wollte. Doch die Antworten darauf brachten sie dem entführten Kind jetzt auch nicht näher.

Also griff Valerie nach dem nächsten Faden und machte sich auf die Suche nach Einzelheiten und Beteiligten im Todesfall Tobias Hofer. Er hatte eine Frau und zwei Kinder hinterlassen. Wenn jemand Einzelheiten wusste, dann war es die Witwe. Valerie stieg ins Internet ein und fand den drei Jahre alten Pressebericht zur Übernahme des Hotels durch „Juniorchef Tobi" wieder, der mit seiner „bezaubernden Franzi" aus der Zeitung lachte. Während er einen kleinen Buben hielt, hatte seine Frau ein Baby im Arm.

Wie relativ das Glück sein konnte, zeigte seine Todesanzeige im *Tiroler Tagesblatt* des 22. Juni vergangenen Jahres: „Franziska mit Karl und Maria" betrauerten ihren „freiwillig aus dem Leben geschiedenen Mann und Vater".

Ein Selbstmord, an den Andreas Zahn nicht geglaubt hatte, kombinierte Valerie, *Rache wäre doch ein starkes Motiv.* Sie würde diese Franziska vorerst nur zum Tod ihres Mannes befragen und keinen Zusammenhang zur Entführung herstellen können. *Ab-so-lu-tes Stillschweigen* hatte Freudenschuss gefordert. Aber vielleicht ließe sich dennoch etwas von der Witwe erfahren.

Die Hinterbliebenen des Hoteliers waren in einer neuwertigen Wohnanlage in der Amraser-See-Straße gemeldet, direkt am viel befahrenen Südring. Valerie drückte die Klingel.

Nichts.

Nochmals.

Die Gegensprechanlage krachte. „Hallo?" Kreischen im Hintergrund.

„Mauser, LKA. Ich möchte gerne mit Ihnen sprechen."

„Dritter Stock!" Die Tür sprang auf.

Valerie nahm zwei Stufen auf einmal und klopfte. Wieder dauerte es einige Zeit, bis jemand an die Türe kam und mit eingehängter Kette durch den Spalt schaute. Das Erste, was ihr auffiel, waren die tiefen Augenringe der Frau.

„LKA?", fragte sie zögerlich.

„Landeskriminalamt. Ich bin Valerie Mauser. Haben Sie ein paar Minuten für mich?"

„J...ja. Kommen Sie herein."

Zwei Kinder düsten mit roten Köpfen durch den Gang, ein kleines Mädchen verfolgte einen größeren Jungen, beide kaum im Schulalter. Sie schienen den Besuch gar nicht wahrgenommen zu haben. Gleich darauf krachte eine Tür und eines der Kinder legte den ersten Gang einer Heularie ein, wie Valerie befürchtete.

„Nehmen Sie bitte Platz, ich muss mal nachsehen, was da schon wieder ist."

„Natürlich."

Die Wohnung schien nicht sehr groß zu sein. Vom Gang ging es an der Küche vorbei ins Wohnzimmer. Dieses war übersät mit Spielsachen. Am Couchtisch lagen eingetrocknete Joghurtbecher, Einwegbehälter eines Lieferdienstes und Plastikgeschirr auf bekritzelten Papierbögen. Im Raum stand ein Bügelbrett, von Wäsche keine Spur. Die Möbel wirkten einfach – Sperrholz mit

billigem Furnier, Hauptsache, sie erfüllten ihre Funktion
– und trugen Spuren intensiver Benutzung. Im Fernseher lief irgendeine dieser unsäglichen Zeichentricksen-
dungen, die man Kindern heute vorsetzte. Grell gefärbte
Figuren mit Riesenaugen flogen durch die Gegend und
bekämpften sich mit Laserstrahlen. Eine Actionszene
reihte sich an die nächste. Man schien dem jungen Publikum keine Sekunde Erholung gönnen zu wollen. Als
wollte man sie gar nicht erst auf die Idee kommen lassen, dass es noch andere Bedürfnisse gab, als auf den
Bildschirm zu starren und sich vom Geschehen hypnotisieren zu lassen. Eine Kindersendung, die jedem
Techno-Festival als Hintergrundanimation dienen hätte
können. Valerie erlaubte sich, den Flimmerkasten auszumachen und für ein paar Momente in Erinnerung
an ihre Biene Maja, vor allem aber an den Grashüpfer
Flip zu schwelgen. Er war ihr Liebling, sie sein größter Fan gewesen. Sie hatte sogar ein T-Shirt geschenkt
bekommen, besser gesagt, das Christkind hatte eines
gebracht, auf dem er zu sehen war, und sie hatte es
getragen. Jeden Tag. Bis es so oft geflickt und derart
ausgewaschen gewesen war, dass Mutter es eines Tages
still und heimlich entsorgt hatte. Was sofort entdeckt
und ihr lange nicht verziehen worden war.

Früher war das Leben harmloser gewesen. Man
hatte Bienen und ihren Spielkameraden dabei zuge-
sehen, wie sie sich auf Seerosen drehten, die neunmal-
kluge Maus mit Brille fachsimpeln lassen, Ameisen-
trupps beim Werken zugeschaut, vor allem aber, wie
sie es genossen hatten, einfach auf der Welt zu sein.
Heute versenkte man solche Langweiler mit Laserstrahlen aus Riesenmonsteraugen.

Das Kind heulte mittlerweile im Vierten, die Gang-
wechsel von scheinbar unendlichen Pausen begleitet.

Kupplung, dachte Valerie. Das konnte dauern, tat es aber nicht, denn wenig später kam Franziska Hofer ins Wohnzimmer. Einige Strähnen ihres ungepflegten Haars fielen ihr ins Gesicht. Sie klemmte sie beidhändig hinter die Ohren. Ihr weiter Trainingsanzug konnte nicht verbergen, dass sie deutlich dünner war als auf den Familienfotos, die an der Wand hingen. Kaum zu glauben, dass es sich dabei um dieselbe Frau handeln sollte. Sie setzte sich.

„Entschuldigen Sie bitte. Maria ist momentan echt brutal mit Karl, der erwehrt sich nicht mehr."

„Was, die Kleine?"

„Aber oho!" Beide lachten. Valerie erkannte Falten um Franziska Hofers Augen, die besser zu den Fotos passten. Sie fuhr fort: „Wie unhöflich von mir, jetzt habe ich Sie gar nicht gefragt, ob Sie was zu trinken wollen."

„Nein danke, nichts, keine Umstände bitte. Wie gesagt, ich komme vom LKA Tirol. Ich bin dort neu und auf Ihren Fall gestoßen."

„Ja?" Augenblicklich spannte sich Franziska Hofers Gesicht wieder an. Das Licht fiel ungünstig darauf, die Schatten auf den Wangen ließen es jetzt noch eingefallener erscheinen. *Ausgezehrt*, dachte Valerie.

„Es geht um den Hotelverkauf."

Hofer blies die Luft aus. „Schon wieder?"

„Ich kann mir vorstellen, wie schwer das sein muss. Aber ich brauche unbedingt ein paar Antworten."

„Dann ... wenn es wirklich nötig ist ... bitte."

Valerie klappte ihr Notizbuch auf. „Könnten Sie mir bitte sagen, was genau sich im letzten Jahr ereignet hat?"

Die Stimme der Befragten hob sich. „Aber das hab ich doch schon tausendmal heruntergeleiert! Schreibt ihr euch denn gar nichts auf? Dieser Zahn stand pausenlos vor der Tür, und rausgekommen ist nichts, außer dass mich jetzt alle Nachbarn für eine Verbrecherin halten und uns aus dem Weg gehen! Können Sie sich vorstellen, was das für meine Kinder bedeutet?" Ihre Augen glänzten.

„Frau Hofer, bitte. Vielleicht kann ich Ihnen ja helfen."

„Uns kann niemand mehr helfen." Es folgte eine längere Pause, Franziska Hofer schniefte mehrmals und schnäuzte sich. Valerie dachte schon daran, aufzustehen, als die Witwe doch noch zu reden begann. Ganz leise. „Aber gut. Ich schätze Ihre Freundlichkeit. Der Ton macht die Musik. Aber nur noch dieses eine Mal, ja?"

„Natürlich. Danke."

Sie schien sich kurz sammeln zu müssen. „Also. Tobi...as und ich haben ja schon eine Ewigkeit im Haus mitgearbeitet. Vor drei Jahren hat er den Goldenen Hengst dann geerbt." Sie legte eine weitere Pause ein, dann holte sie tief Luft. „Und Anfang letzten Jahres ging es dann los. Zuerst wurden uns von der Innbank alle Kredite gekündigt. Grundlos."

Valerie runzelte die Stirn.

„Ich weiß schon, was Sie jetzt denken", kommentierte Franziska Hofer, „aber das sage ich ganz objektiv: Wir waren gute Kunden. Wir sind ... waren ... viel besser dran als die meisten Hotels in Tirol. Schulden hatten wir – wie alle anderen auch –, aber immer genug Geld, um alles zu bezahlen, jede einzelne Rate haben sie bekommen, und das Haus selbst war viel mehr ... das heißt, mindestens so viel wert wie die Kredite. Aber die schicken Banker haben nur mit den Schultern gezuckt und von neuen Richtlinien, Basel und FMA geschwafelt. Tobi ist halb dran verzweifelt. Alle Klinken hat er geputzt. Umsonst. Keine andere Bank wollte uns haben. Als hätten sie sich abgesprochen, diese ... Entschuldigung." Ihre Worte erstickten in Tränen.

Valerie wusste nicht, wie sie das auf Lizahs Spur bringen sollte, beschloss aber trotzdem, nachzuhaken, man wusste ja nie, was womit verwoben war – jedenfalls musste sie aber ihre Tarnung aufrechterhalten und doch irgendwie auf die Marinovs und deren Tochter kommen. „Wer, glauben Sie, steckt dahinter?"

„Das weiß ich nicht. Aber dieser Konsul ist ein echtes Schwein."

„Konsul?"

„Na, den hängen sich diese Bankdirektoren doch um wie eine Medaille. *Kommerzialrat Doktor Julius Schaffler, Vorstandssprecher der Innbank, Konsul von Mauritius.* Da wird einem schon von Titeln und Namen schwindlig." Sie hatte diese aufgesagt, als hätten sie sich für immer in ihrem Gedächtnis eingebrannt.

„Warum wollte er Sie loswerden?"

„Weil ... weil wir seinem Vorschlag, an die Russen zu verkaufen, nicht nachgekommen sind vielleicht?"

Valerie mimte die Unwissende und hob die Augenbrauen. „An die Russen?"

„Ja, die Marinovs, haben Sie von denen noch nichts gehört?"

„Dieses Society-Oligarchenpaar?"

„Genau. Die hatten sich vor einigen Jahren in unserem Goldenen Hengst kennengelernt und wollten das Hotel unbedingt haben. Als Souvenir."

„Und was hat Schaffler damit konkret zu tun?"

„Er hat den Verkauf an Marinov vorgeschlagen. Er sprach davon, dass sich die Kennzahlen des Hotels verschlechtert hätten und dass das die einzige Lösung sei. Sonst wäre der Ofen bald aus, hat er gemeint."

„Aber Sie wollten nicht verkaufen."

„Um nichts in der Welt hätte Tobi das Familienerbe verscherbelt!"

„Also hat man Ihnen die Kredite gekündigt und niemand wollte für die Innbank einspringen."

„Richtig."

„Und dann?"

„Dann", sagte Franziska Hofer und drückte ihr Kreuz durch, „haben wir doch noch eine Bank aufgetrieben. Weit weg. Herr Rothmann von der Friesenbank urlaubte jahrzehntelang im Goldenen Hengst, Tobis Eltern waren eng mit ihm befreundet, also hat er ihn einfach angerufen. Nach zwei Wochen hatten wir die Zusage. Das mit den Kennzahlen haben die ganz anders gesehen, das Haus sei wirtschaftlich tipptopp. Was glauben Sie, wie gut es sich angefühlt hat, dem Konsul unter die Nase reiben zu können, dass er sich sein Geld sonst wo hinstecken kann? Eine Woche später wäre Herr Rothmann persönlich mit den Verträgen nach Tirol gekommen, um alles zu fixieren und die Kredite der Innbank abzulösen."

„Aber dazu kam es nicht mehr?"

„Genau. Zwei Tage vor Herrn Rothmanns Eintreffen, am 20. Juni, kam Tobi ... Tobias ums Leben."

Sie schwieg eine Weile, weinte aber nicht mehr, wirkte abgeklärt. Valerie bemühte sich, ihre Verwunderung ob des Zufalls zu verbergen, und blieb still. Den Mund zu halten, wenn's spannend wird, verleitete das Gegenüber nicht selten zu unüberlegten Aussagen.

„Und dann ging der Zirkus los. Polizei, Anwälte, Finanzamt, Notar, Lebensversicherung, Exekutor, Presse, Krankenkasse und wieder Polizei. Alle wollten etwas von mir. Aber wissen Sie, ich verstehe davon nicht so viel. Die geschäftlichen Dinge haben Tobias und davor seine Eltern gemacht, ich war doch mit den Kindern beschäftigt ... wenn der Herr Freudenschuss nicht gewesen wäre ..."

„Freudenschuss? Der Landeshauptmann?", platzte sie nun doch heraus.

„Ja, genau. Der hat uns geholfen. Wenigstens haben wir keine Schulden mehr und ein Dach über dem Kopf."

Valerie setzte sich aufrecht hin, versuchte dann aber, nicht zu sehr wie ein Wolf zu wirken, dem man ein Filetsteak vor die Nase hält.

„Der politische Gegner Ihres Mannes hat Ihnen geholfen?"

„Wenn's hart auf hart kommt, halten die Tiroler zusammen. Politik ist Politik, und Not ist Not." Das klang eine Spur zu sehr auswendig gelernt. Vermutlich stammte es aus dem Mund des Landesfürsten.

„Was genau hat Freudenschuss für Sie getan?"

„Er hat mir einen Anwalt besorgt, der das Hotel zu einem guten Preis verkauft hat. Drei Millionen."

„Drei Millionen?", fragte die Wölfin, der es immer schwerer fiel, im Schafspelz zu bleiben.

„Ja. Mehr war nicht drin, hat Hubertus gesagt."

Sie duzten sich also, was Valerie nicht wunderte. „Und was haben Sie mit dem Geld gemacht?"

Sie lachte bitter. „Mit dem Geld? Das Geld habe ich nie gesehen. Leider hatten wir Kredite bei der Innbank, wie gesagt. Zwei Komma fünf Millionen. Den Rest haben die Nebenkosten aufgefressen, Verzugszinsen, Anwaltshonorare und so weiter. Am Ende ging sich gerade noch diese Wohnung aus, die uns der Herr Freudenschuss vermittelt hat."

Der edle Retter, dachte Valerie.

„Sie sagten vorhin ‚Lebensversicherung'? Hat die nicht bezahlt?"

„Nein. Selbstmord war in der Polizze ausgeschlossen. Anscheinend."

„Wie, anscheinend?"

„Ich hab bei Tobis Sachen keine Unterlagen gefunden. Irgendwann haben sie mir eine Kopie der Polizze geschickt."

„Wer, sie?"

„Eine Tochter der Innbank. Die hat die Versicherung gemacht und die Urkunde zugunsten der Kredite gesperrt."

Womit wir wieder bei Schaffler wären, dachte Valerie. „Und dann?"

„Dann musste ich tausendmal unterschreiben und – zack! – saßen wir hier. Aber wenigstens keine Schulden. Und Sozial- und Familienbeihilfe reichen gerade so fürs tägliche Leben. Arbeiten kann ich nicht, Sie sehen ja. Wer soll auf die Kinder aufpassen?"

„Haben Sie keine Angehörigen?"

„Nein. Das heißt, einen Bruder im Burgenland. Der kann mir nicht helfen. Aber wenn wir was brauchen, können wir immer zu Hubertus ... ich meine Herrn Freudenschuss kommen."

Valerie konnte kaum fassen, wie gut Frau Hofer auf ihn zu sprechen war. Marinov und er waren eng befreundet. Sehr wahrscheinlich war also auch die Politik in den Hoteldeal involviert. Hatte Freudenschuss ein schlechtes Gewissen und kümmerte sich deshalb um Franziska? Oder verfolgte er ganz andere Interessen?

„Und jetzt gehört das Hotel diesen Marinovs", fuhr sie mit der Befragung fort.

„Ja."

„Gab es keine anderen Interessenten?"

„Das weiß ich nicht."

„Wollten Sie nicht verhindern, dass die Russen ihr Souvenir am Ende doch noch bekommen?"

Franziska Hofer dachte eine Weile nach. „Frau Mauser, haben Sie Kinder?"

Diese Frage traf Valerie unvorbereitet. Sie bevorzugte es, sie so stehen zu lassen und eine Gegenfrage zu stellen: „Worauf wollen Sie hinaus?"

„Also nicht. Mütter würden das verstehen. Sehen Sie, ich habe zwei kleine Kinder, Karl und Maria. Sie sind das, was mir geblieben ist. Die beiden beschäftigen mich rund um die Uhr, schauen Sie sich doch mal um. Nie hätte ich auf sie und das Hotel gleichzeitig aufpassen können. Und plötzlich gab es eine einfache, schnelle Lösung. Marinov zahlt und wir haben unsere Ruhe. Ich musste so handeln, ob es mir nun gefiel oder nicht."

Valerie bemühte sich, den schweren Treffer zu verbergen, den die Witwe gelandet hatte, und beschloss, das Thema zu nutzen, das sie selbst ins Spiel gebracht hatte. „Haben diese Marinovs nicht auch ein Kind?", fragte sie scheinheilig.

„Ja, eine kleine Tochter. Lisa oder so. Vor Jahren, als sie noch ein Baby war, hab ich sie mal im Arm gehabt, als die Familie im Hotel zu Gast war. Warum fragen Sie?"

„Frau Hofer, was empfinden Sie heute für die Russen?"

Sie schwieg eine Weile, setzte mehrmals zur Antwort an, um dann wieder innezuhalten und schließlich auszuweichen: „Sie haben bekommen, was sie wollten."

„Und Sie?", fragte Valerie, um die Witwe aus der Deckung ihrer Opferrolle zu holen.

„Ich, wir … wir haben … hatten unsere Ruhe. Bis heute, Frau Mauser. Wie es uns geht, sehen Sie ja, oder? War's das?"

„Und was genau war mit Herrn Zahn vom LKA?"

Wie aufs Stichwort verfinsterten sich die Gesichtszüge der Witwe. „Dieser Zahn ist ein unmöglicher Mensch. Ständig stand er vor unserer Türe, wollte mal dies, mal das wissen. Es fing mit ähnlichen Fragen an, wie Sie sie gerade gestellt haben, und dann ging es immer weiter, von abstrusen Verschwörungen über die Russenmafia, bis er schließlich nur noch Gespenster gesehen hat. Exhumieren wollte er Tobias lassen, stellen Sie sich das vor! Exhumieren! Dabei wurde er doch gleich nach seinem Tod untersucht. Nichts! Was hätte eine weitere Obduktion gebracht? Ertrunken ist er, und aus. Im Stich gelassen hat er uns! Und wir müssen weiterleben."

Getrippel. Die beiden Kinder kamen ins Zimmer und setzten sich zu ihrer Mutter. „Mama, was ist ekzumieren?", fragte der Bub.

„Nichts, Karl. Nichts für kleine süße Bengel wie dich." Sie umarmte und drückte ihn, Maria forderte augenblicklich dieselbe Zuwendung ein.

„Wie ging es weiter?", fragte Valerie.

„Dann war plötzlich Ruhe."

„Einfach so?"

„Na ja, ich hab mich beschwert."

„Bei wem?"

„Das möchte ich lieber nicht sagen."

„Bitte, Frau Hofer, das ist sehr wichtig."

„Muss ich diese Frage beantworten?"

„Nein", antwortete Valerie wahrheitsgemäß, schließlich war sie privat hier, von staatsanwaltlich legitimierten Erhebungen keine Spur, „aber tun Sie es bitte."

„Tut mir leid, das geht nicht."

Aufgrund der Anwesenheit der Kinder formulierte sie die nächste Frage im Geist vor. „Herr Zahn glaubte also nicht an Suizid?"

„Mama, was ist Su..."

„Nein", unterbrach sie das Kind.

„Und Sie?"

Franziska Hofers Blick schien plötzlich durch Valerie hindurch zu gehen, als wäre sie gar nicht im Raum. *Ins Narrnkastl schauen*, kam Valerie in den Sinn. Die Witwe stand langsam auf und wies ihr den Weg zur Wohnungstüre: „Frau Mauser, Zeit für Sie, zu gehen." Valerie hätte sich nicht gewundert, wäre Frau Hofer ihr den Gang entlang vorausgeschwebt wie in einem Horrorfilm, umkreist von ihren Kindern wie ein Kirchturm von Fledermäusen. Sie schüttelte den Kopf, um ihre überbordende Fantasie zu vertreiben, und kam der Aufforderung der Gastgeberin nach.

Zurück im LKA saß Valerie Mauser einige Zeit einfach nur da, las im Notizbuch, kritzelte Namen und Wörter auf Papier und spielte dabei das Gespräch mit Franziska Hofer im Kopf durch. Wieso schien sie sich so sehr gegen die polizeilichen Ermittlungen zu sträuben? Waren die Kinder und die Enge der Situation wirklich Ablenkung genug, das Familienerbe des Mannes aus den Augen zu verlieren? „Das Erbe", sprach Valerie aus und kringelte das Wort ein.

Daneben schrieb sie *Ruf*. Wie stand es um Tobias Hofers Ehre, war seine Witwe nicht daran interessiert, was man von ihm sagte? War sie einfach überfordert und durchblickte den Plan nicht, der sich Valerie und sicherlich auch Zahn aufgedrängt hatte? Und warum hielt sie so viel von Freudenschuss, der offensichtlich seine Finger in dem Deal hatte? In einem Geschäft, das ihm am Ende auch noch einen politischen Gegner aus dem Weg geräumt hatte? Auf den Kopf gefallen schien sie ja nicht zu sein. Wusste sie wirklich nichts von der

Freundschaft zwischen Marinov und Freudenschuss? Wo man sie doch andauernd zusammen in den Medien sehen konnte? Sie vertraute ihrem lieben Hubertus offenbar blind, diesem Retter der Witwen und Halbwaisen. Und dann diese kühle Bestimmtheit, mit der sie sie vor die Türe gesetzt hatte ... Valerie schauderte.

Es klopfte. Sie legte den Kritzelzettel weg und bat den Besucher herein. Kollegin Beate Prammer, einzige Frau unter den Ermittlern ihres Teams, betrat das Büro.

„Darf ich kurz?"

„Natürlich." Sie wies ihr den Stuhl vor ihrem Schreibtisch.

„Frau Mauser, bitte verzeihen Sie das vom Vormittag."

„Was meinen Sie?"

„Na, die Grabeskälte. Ich kann mir vorstellen, welchen Eindruck Sie jetzt von uns haben. Aber seit wir erfahren haben, dass der Niki die Leitung nicht bekommt, ist die Stimmung einfach schlecht."

Niki ... Nikolaus, schloss Valerie. *Nikolaus Geyer.* „Herr Major Geyer?"

„Ja. Wir sind wohl alle ziemlich kopflos momentan. Ihn trifft es besonders, denn der Berger ... Oberst Berger hat ihm die Leitung eigentlich schon vor Jahren versprochen gehabt. Er ist wirklich einer der besten Polizisten im Land und sicher der beste für ..."

„Für meinen Job?", ergänzte Valerie.

„Wissen Sie, er war schon länger die Leitfigur im Team. Immer da, wenn wir ihn brauchten. Herr Zahn hat sich die letzten Wochen vor seinem Ausscheiden abgeseilt, der war nie zu sprechen, und während immer mehr Arbeit an uns abgeschoben wurde, hat er sich total in seinen Fall verstiegen."

„In die Russengeschichte?"

„Um es gleich vorwegzunehmen, ich kann Ihnen dazu genauso wenig sagen wie die anderen. Da war der Chef alleine dran."

„Was sollte dann Geyers Ordnungsruf in der Sitzung?"

„Er wollte sicher jede Spekulation aus dem Team halten. Und genau darauf liefe es hinaus, wenn wir etwas zur Russengeschichte sagen sollten. Die Fakten fehlen."

„Warum, glauben Sie, hat Herr Zahn ein Geheimnis aus seinen Ermittlungen gemacht?"

„Was ich *glaube,* ist genauso spekulativ. Ich kann Ihnen nur sagen, woran ich mich erinnere: Eine Routineermittlung nach einem Selbstmord, die Obduktion hat diesen bestätigt. Kein Hinweis auf Fremdverschulden."

„Aber die schiefe Optik ist Ihnen doch aufgefallen?"

„Natürlich kann man da eine Menge hineinprojizieren. Ist ja leider auch passiert. Sonst würde wahrscheinlich keiner *Russengeschichte* dazu sagen. Es könnte alles sein und nichts. Man könnte jeden Suizid zum Krimi aufbauschen. Aber am Ende müssen Fakten auf den Tisch, oder die Ermittlungen werden von der Staatsanwaltschaft eingestellt, egal, wie etwas aussieht oder wonach es riecht. Die anderen Fälle erledigen sich nicht von selbst."

„Und das ist passiert, ich meine, die Ermittlungen wurden von oben für beendet erklärt?"

„Ja."

„Zahn konnte aber nicht aufhören?"

„Das weiß ich nicht. Wie gesagt: Er war kaum mehr anzutreffen und hat seinen Bereich vernachlässigt. Bis es zu spät für ihn war."

„Wer, glauben Sie, hat den Schlussstrich unter seine Laufbahn am LKA gezogen?"

„Das weiß ich nicht, und zu raten wäre unseriös."

„Aber Zahns eigener Wunsch war es nicht."

„Davon können wir wohl ausgehen."

„Und jetzt sitzt er in der Karibik und schlürft Cocktails?"

„Das weiß ich nicht. Ich hatte nie privaten Kontakt zu ihm. Niemand hier. Weshalb ... Karibik?"

„Ach, nur so." Die Information, die ihr von Zahns Tochter anvertraut worden war, schien noch nicht im LKA gelandet zu sein. Valerie stellte die wichtigste Frage: „Wissen Sie, wen Zahn im Visier hatte?"

„Nein."

„Eine Vermutung?"

„Bedaure, nein."

„Na gut. Frau Prammer, danke für die Information."

„Ich habe da noch etwas, weswegen ich eigentlich hier bin. Darf ich ganz offen sein?"

„Bitte."

„Wenn ich Sie wäre, würde ich versuchen, Herrn Geyer wieder zurück ins Boot zu holen. Er ist ein guter Polizist, wissen Sie, aber momentan lässt er sich nur von Wut und Enttäuschung leiten. Sehr untypisch für ihn. Bitte versuchen Sie, ihn zu verstehen. Er kann auch anders. Er ist in Ordnung."

„Wir werden sehen. Danke."

„Schönes Wochenende."

„Ihnen auch."

Beate Prammer verließ das Büro. Valerie wusste nicht, wie offen und wem gegenüber Geyer seinen Versetzungswunsch kommuniziert hatte, glaubte aber kaum, dass er sich umstimmen lassen oder freiwillig ins zweite Glied zurücktreten würde. Die Vorstellung eines Endes mit Schrecken gefiel ihr besser als der Versuch, diesen arroganten Querschläger zum Bleiben zu überreden. Wie auch immer – was die mysteriöse Vorgeschichte der Hofer-Ermittlungen betraf, war nicht wirklich Licht ins Dunkel gedrungen. Immer noch fehlte ihr eine schlüssige Erklärung, was der Akt in Wien zu suchen hatte und warum seine elektronische Version leer war. Ein EDV-Experte konnte ihr vielleicht helfen. Sie wählte Schmatz' Durchwahl und hoffte, dass er sich noch nicht ins Wochenende verabschiedet hatte.

Wenig später stand er vor ihr.

„Fällt dir das Passwort nicht mehr ein?"

„Wie? Ach, Herr Schmatz! Bitte", winkte sie ihn grinsend um den Schreibtisch herum. „Sie kennen sich im System aus?"

„Fällt Weihnachten auf Ostern?"

„Nein."

„Ach so, nein, ich meine, ja."

„Was?"

„Na klar kenn ich mich aus."

Valerie machte große Augen und lachte höflichkeitshalber. „Sehen Sie mal", sagte sie und zeigte ihm den elektronischen Akt zu Tobias Hofer, „ist das eigentlich normal hier – nach wochenlangen Ermittlungen? Ich meine, dass aber auch überhaupt nichts abgelegt worden ist, keine Berichte, keine Befunde, keine Untersuchungsergebnisse, gar nichts?"

„Nein, normal ist das nicht. Hier. Bei uns. In den Bergen, Frau Mauser." Er zwinkerte sie an. „Weißt du, hier gelten die gleichen Vorschriften wie überall. Mein halber Tag geht für Systemwartung und Mitarbeiterschulung drauf, weil solche Unmengen an Informationen digitalisiert werden müssen und sich manche Leute anstellen, als hätten sie noch nie einen PC gesehen. Oder den Reißwolf mit dem Scanner verwechseln. Weißt du, wie lustig es ist, diagonal gehäckselte Papierstreifen wieder zusammenzupuzzeln? Das kann natürlich *nur* jemand von der EDV", ließ er kurz seine Frustration über Sondereinsätze aufblitzen, die nichts mit seinen eigentlichen Aufgaben zu tun hatten. „Und wenn ich glaub, ich hätte alles gesehen, kommt garantiert wieder einer und schießt den nächsten Vogel ab."

„Und Zahn? Hat der auch den Vogel abgeschossen?"

„Dein Vorgänger? Nein, der kannte sich schon aus." Schmatz schien intensiv nachzudenken, zog die Tastatur an sich und ließ den Cursor über den Bildschirm flitzen, während er in atemberaubender Geschwindigkeit in die Tasten hämmerte, was sich schon mehr nach einem Grundrauschen als nach einzelnen Anschlägen anhörte. „Das hier ... muss nicht immer ... so gewesen sein."

„Was meinen Sie?"

„Ich meine, so *leer*. Da könnte auch drin herumgelöscht worden sein. Aktionen gab es scheinbar. Müsste man sich die Logfiles ziehen."

Das klang für Valerie so vielversprechend wie unverständlich. „Könnten Sie das machen?"

„Klar, aber da schrillen ganz schnell die Alarmsirenen los. Mit dem Datenschutzbeauftragten ist nicht zu spaßen. Eigene Erfahrung."

Valerie schloss die Augen, um sie unbemerkt nach oben rollen zu können, und nahm einen tiefen Atemzug. „Gibt es keinen unauffälligen Weg?"

„Richtig unauffällig ist in der Informationstechnologie gar nichts. Alles hinterlässt irgendwo Spuren."

„Außer anonyme E-Mails", gab sie zu bedenken.

„Auch die. Nur kommst du da nicht ran, wenn der Administrator die Hände verschränkt und auf Kundenschutz macht."

„Also können wir das mit diesen Logfiles vergessen?"

„Lass mich mal überlegen und telefonieren. Ich kenn da wen im Rechenzentrum. Könnte aber dauern."

„Tun Sie das, bitte."

„Gut. Ciao, Frau Mauser."

„Pfiat Ihnen, Herr Schmatz!" Valerie wollte den jungen Computertechniker mit den blonden Wuschelhaaren nicht duzen, wenigstens noch nicht, trotz seiner gewinnenden Art, trotz der Tatsache, dass er es längst tat. Aber ein „Pfiat Ihnen" war schon weniger formell als „Auf Wiedersehen", befand sie.

Sie holte ihr Schmierblatt wieder hervor, zeichnete ein Mädchen in die Mitte und verband Arme und Beine in langen Linien mit diversen Namen. Die Entführer wollten drei Millionen in unterschiedlichen Währungen. Geld, das von Boris Marinov kommen sollte. In etwa derselbe Betrag, der im Fall Hofer, wenn es denn ein *Fall* war, ebenfalls eine große Rolle spielte. Gab es einen Zusammenhang? Der Oligarch hatte für diese Summe sein Hotel bekommen. Das Tourismusland war um einen schillernden Hotelier reicher geworden, von dem man sich viele zahlungskräftige Landsleute erwartete. Franziska Hofer hatte das Hotel verloren, das allerdings mit Krediten belastet gewesen war. Der Besitzerwechsel hatte Geld in die Kassen von Anwälten und Notaren gespült. Wer hatte sonst noch daran verdient? Waren Provisionen geflossen? Die Innbank war die Hofers losgeworden. Hatten sie wirklich ein Risiko dargestellt? In Tirol hatten sie kein Geld mehr auftreiben können, im Ausland sehr wohl, wenn es stimmte, was die Witwe behauptet hatte. Und am Ende hatte sich auch noch die Lebensversicherung vor der Zahlung gedrückt.

Doch so interessant diese Geschichte sein mochte, Valerie musste ein Kind finden, und die Innbank steckte wohl kaum hinter der Entführung. Sie beschloss, diesem Konsul trotzdem einen Besuch abzustatten. Vielleicht würde sie von ihm weitere Namen aus dem Dunstkreis des Marinov-Deals erfahren, womit sich neue Rückschlüsse auf potentielle Feinde des Oligarchen ergeben könnten. *Und was, wenn es einfach ein gewöhnlicher Krimineller ist, ohne jeden Bezug zum Oligarchen, angelockt von Protz und Prunk?*, fragte sie sich. Dann würde sie Lizah nie finden. Sie wählte Janette Marinovs Handynummer, um den aktuellen Stand abzugleichen.

Ein „Pronto?" rollte ihr entgegen.

„Mauser vom LKA. Frau Marinov?"

Die Oligarchenfrau sprach schnell. „Ja. Endlich. Gibt es was Neues? ... haben Sie Lizah?"

Wunder mochte es geben, doch dafür waren andere verantwortlich. „Nein. Aber erste Anhaltspunkte. Ich wollte fragen, ob sich bei Ihnen etwas getan hat?"

„Gar nichts."

„Wegen der Geldübergabe? Eine Nachricht? Irgendwas?"

„Nein." Schniefen. „Sie sagen, Sie haben schon einen Verdacht? Gibt es eine Spur?"

„Nein, Anhaltspunkte. Und Motive."

„Welche?"

„Da bin ich noch dran. Aber eines ist klar, Feinde scheint es wohl zu geben. Und Geschädigte auch."

„Wen?"

„Frau Marinov, wer würde *Ihnen* da einfallen? An wen denken *Sie* zuerst?"

„Weiß nicht."

Valerie ärgerte sich über die Antwort, der nur noch ein „Hihihi" samt Augenklimpern gefehlt hätte, um damit in einer Misswahl auf Stimmenfang zu gehen. Doch fehlendes Wissen durch Süßigkeit wettmachen zu wollen, war hier fehl am Platz. „Dann denken Sie nach und melden Sie sich, wenn Sie eine haben! Ich kann Ihnen nur helfen, wenn Sie mir helfen. Und rufen Sie an, sobald sich was tut. Rund um die Uhr. Verstanden?"

„Ja."

Valerie ging zu Fuß in die Innenstadt. Die Zentrale der Innbank war ein Palast mit modern geschwungener Milchglasfassade und Bullaugenfenstern, das Erdgeschoß komplett transparent verglast. Drinnen, direkt auf Ebene des Gehsteigs, saßen bemitleidenswerte, vorwiegend junge Anzugträger an ihren Edelholzschreibtischen und starrten in Computerbildschirme. *Jaja, der Datenschutz*, dachte Valerie, als sie feststellte, dass sie mit einem kleinen Opernglas mühelos mitlesen hätte können. Fasziniert von dieser Offenheit und Sterilität blieb sie stehen. Keine Blumen, keine persönlichen Gegenstände oder Fotos auf den Bürotischen, nur Glas, Sichtbeton und Edelholz sowie organische Störfaktoren mit Gordon Gekkos Gel-Haaren, junge, vorwiegend männliche Möchtegern-Wallstreet-Haie, die sich nicht ins Gesamtbild integrieren wollten, Fremdkörper aus Fleisch und Blut. *Mit Gekkohaaren.* Valerie erschrak, als einer davon an die Scheibe kam und sie mit eindeutigen Handbewegungen zum Weitergehen animierte. An seinem Schreibtisch saß ein Pensionistenpaar, dem er wohl gerade den letzten Schrei am Kapitalmarkt anzudrehen versuchte. Das tiefengebräunte Opfer mit schlohweiß umkranztem Haupt schwang seinen mächtigen Zeigefinger.

Nächstes Mal komm ich mit Banane, beschloss Valerie, ging um die Ecke und betrat die beeindruckend dimensionierte Empfangshalle, in deren Mitte ein ausladendes Gebilde aus Milchglas stand. Valerie hielt es für ein Kunstwerk und wusste zunächst nicht, wohin sie gehen sollte, um sich zum *Konsul* durchzufragen, bis sie das Winken einer Dame bemerkte, die sich im Inneren der Installation befand.

„Willkommen in der Innbank. Was kann ich für Sie tun?"

Was kann ich für Sie tun?, krächzte es von Valeries rechter Schulter. Sie hatte ihre kleine böse Souffleuse schon vermisst, hatte befürchtet, sie in der Einstandsfeier ersäuft zu haben. Auf der linken Seite blieb es still, wie immer.

„Ich möchte den Konsul sprechen."

„Den *Konsul*?"

„Ihren Chef."

„Schalterleiter Obsteiger?"

„Nein, Moment." Valerie blätterte im Notizbuch. „Ach, hier: Kommerzialrat Doktor Julius Schaffler, Vorstandssprecher der Innbank, Konsul von Mauritius."

„Sie wollen zu Herrn Direktor *Schaffler*?"

Valerie glaubte, ehrliche Gottesfürchtigkeit in der Aussprache des Nachnamens zu erkennen. *Lord Voldemort*, flüsterte das Teufelchen von rechts und warf *Hey! Obacht!* hinterher, als Valerie eine imaginäre Fluse von ihrer Schulter wischte. „Ja, Schaffler. So hieß der. Schaffler."

Mit jedem *Schaffler* schien die Dame ein Stück kleiner zu werden.

Schaffler, Schaffler, Schaffler Schaffler Schaffler!, tönte es von schräg unten.

„Ja ... haben Sie denn einen Termin?"

„Den brauche ich nicht", antwortete Valerie und gab ihr den Dienstausweis.

„Natürlich. Worum geht es bitte?"

„Sagen Sie ihm, es geht um die Sache Hofer/Marinov. Und fügen Sie hinzu, es sei dringend. Bitte."

„Hofamarinof. Gut. Einen Moment, bitte."

„Danke."

Bitte danke, bitte danke, braves Mädchen. Die Souffleuse hatte offensichtlich einiges aufzuholen. Valerie machte einen Schritt zur Seite.

„Hier ist die Erika vom Empfang", hörte sie die Bewohnerin des überdimensionalen Unbeschreiblichen sagen, „bei mir ist eine Frau Oberstleutnant Mauser vom LKA für den Herrn Direktor, in einer Sache Hofamarinof, es sei dringend. Ja, Herrn Direktor Schaffler. Ja, dringend. Ja, ich bleibe dran." *Die Erika vom Empfang* verneigte sich mehrmals, blickte dann angestrengt lächelnd auf und gab den Ausweis zurück. „Einen Augenblick noch bitte, ja?"

„Natürlich."

Bis auf die personifizierte Ergebenheit vor ihr gab es wenig zu sehen, und so beschränkte sich Valerie darauf, Löcher ins gigantomanische Atrium zu starren. *Was für eine Platzverschwendung,* dachte sie. Hier drin hätte locker noch ein weiteres Gebäude Platz gehabt, eine Bank in der Bank. *Wie ... eine russische Matroschka, nur eben kubisch.*

Die Empfangsdame unterbrach Valeries Kopfkino. „Ja, die Erika? Ja ... gut ... in Ordnung. Ich sag's ihr. Ich verstehe. Danke ... jawohl. Danke. Auf ... auf Wiederhören." Verneigung. „Frau Mauser?"

„Ja?"

„Der Herr Direktor ist leider nicht zugegen. Auf Geschäftstermin."

Die Dauer des Telefonats alleine hatte schon bewiesen, dass das eine Lüge war. „Dann sagen Sie ihm bitte, er möge mich kontaktieren. Aber Prrronto", zitierte sie Janette Marinovs Telefonbegrüßung, „hier, meine Karte."

Obwohl im Bankinneren mehr als genug Sauerstoff vorhanden war, atmete Valerie auf, als sie diesen Reinraum wieder verlassen hatte. Hier inszenierte sich offenbar ein Mann, indem er um sich herum gleich ein ganzes Gebäude bauen ließ. Für die kleinen Angestellten war in der vollendeten Herrlichkeit vermutlich kein Platz mehr geblieben, und so musste man sie auf, besser gesagt an die Straße setzen. Eine moderne Legebatterie. Valerie unterdrückte den Impuls, dem Bankangestellten von vorhin und dessen betagten Kunden durch die Scheibe zuzuwinken – sie konnten ja nichts für den Konsul –, und ging Richtung Altstadt. Wenig später klingelte ihr Handy. Ein Passant, der vor ihr spazierte, drehte sich um und grinste sie an. Valerie blieb stehen und drehte sich so, dass der Wind nicht ins Gerät blasen konnte.

„Mauser?"

„Hubertus hier."

„Oh, grüß Gott."

„Grias di, Valerie. Na, so ein Grüß Gott hör ich doch immer gern. Sag, wieso warst du gerade in der Innbank?"

„Wieso war ich ... was?" Sie blickte sich um, als fürchtete sie, der Waidmann hätte sich an ihre Fersen geheftet.

„Was soll das für eine *Sache Hofer-Marinov* sein?"

„Das hätte ich den Konsul gerne selber gefragt. Aber er war nicht da. Oder doch?"

„Das spielt jetzt keine Rolle. Valerie, hast du die Lizah schon gefunden?"

„Nein, aber viele interessante Anhaltspunkte. Motive und ... Netzwerke."

Valerie hörte, wie er langsam einatmete und ruhig zu sprechen begann: „Dirndl, vielleicht hast du mich ja missverstanden. Du sollst nicht herumwühlen wie ein Trüffelschwein", wurde er lauter, „und auch nicht jagen wie ein Jagdhund, sondern dich heimlich umsehen und ein Auge auf die Marinovs haben. Was meinst du, was hier los ist, wenn die Medien Wind von der Sache bekommen? Negative Aufmerksamkeit kön-nen-wir-uns-nicht-leis-ten! Was wird Russland denken, wenn es erfährt, dass wir nicht einmal auf das Kind eines sei-ner reichsten Bürger aufpassen können? Wo kommen wir denn da hin? Also halt dich gefälligst zurück! Ist das klar?" Am Ende schrie er schon fast in den Apparat.

Von allem, was er ihr zu hören gab, hallte das „Dirndl" am längsten nach. So viel zu seinen Worten „äußerst kompetent", mit denen er sie den Russen gegenüber vorgestellt hatte. Wollte er keinen Tiroler Polizisten – keinen Mann –, um möglichst wenig Auf-hebens zu machen? Hielt er sie für ein dummes Mäd-chen, das er vorschicken konnte, um auf den Oligar-chen aufzupassen, damit dieser nur ja nicht auf die Idee käme, selbst etwas zu unternehmen oder – Gott bewahre – nach Hause zu telefonieren? „Herr Freu-denschuss", entschloss sie sich, nun endgültig beim Sie zu bleiben, „klar ist nur, dass Marinov Feinde hat, die dahinterstecken könnten. Und genau nach denen suche ich. Und wenn ich es mir recht überlege, würde ich auch Sie gerne nochmals zu den Hofers befragen. Finden Sie nicht, dass sich rund um diesen Hoteldeal Abgründe auftun? Wie stehen Sie eigentlich zu Fran-ziska Hofer?"

Eine Weile blieb es still. Die Botschaft war angekom-men. *Der Adler war gelandet*, wie sie die Erfolgsmel-dung der ersten Mondlandung spontan übersetzte. „Der

Groschen war gefallen" hätte auch allzu abgedroschen
geklungen. Noch dazu waren Groschen Geschichte,
wie die Schillinge, nur die „falschen Fünfziger" gab's
noch. Die hießen heute Fuffis. Falsche Fuffis. Freudenschuss schwieg weiter. Sie konnte beinahe hören, wie
ihre Ansage sickerte. Wie lange wollte er eigentlich
noch überlegen? In der Zeit hätte man ja den ganzen
Zauberlehrling aufsagen können. Hatte es ihm jetzt
ganz die Sprache verschlagen? War die Verbindung
abgebrochen? Ein „Sind Sie noch dran?" lag ihr auf
den Lippen, doch sie schluckte es wieder hinunter. Er
war an der Reihe.

„Frau Mauser", griff der Landeshauptmann das *Sie*
wieder auf, „es täte mir wirklich leid um Sie, wenn Sie
so einen kapitalen Fehlstart hinlegen würden. Ich rate
Ihnen nur eines: Bremsen Sie sich ein und lassen die
Finger aus Geschichten, die nichts damit zu tun haben!"

„Also gibt es diese Geschichten? Und was macht
Sie so sicher, dass die nicht mit der Entführung *Ihres
Patenkinds* zusammenhängen?"

Wieder sickerte es. Ja, sie wusste, dass er der Paten-
onkel war. *Mach ma' hinne!*, rief die böse Souffleuse in
fremden Zungen.

„Frau Mauser, ich warne Sie. Ich wiederhole: Bremsen Sie sich ein!"

„Herr Freudenschuss, wollen Sie mir etwa sagen,
wie ich meine Arbeit zu machen habe?"

Stille.

„Haha", wechselte er in den Lieber-Onkel-Modus,
„Schuster, bleib bei deinem Leisten. Frau Mauser, Sie
erledigen das schon in unserem Sinn, gell?"

„Und wenn nicht?"

„Das wäre nicht gut für Sie, gar nicht gut", sagte er
locker dahin.

„Wollen Sie mir vielleicht ...“ Aufgelegt.

Will er. Na, da hängen aber ein paar am selben Seil, dachte Valerie und setzte ihren Weg fort.

Bald hatte sie ihr Wohnhaus erreicht und ging die Treppen hoch. Vor der letzten Etage schlich sie sich zur Wohnungstüre ihres Nachbarn, den sie abends zuvor am Balkon spielen gehört hatte. „Sandro Weiler, Kunstatelier“ stand neben der Klingel. *Ob er auch malt?*, fragte sie sich. Ateliers beherbergten doch für gewöhnlich eher Bilder als Instrumente.

„Suchst du wen?“, hörte sie von schräg oben. Der Schreck, der ihr in die Glieder fuhr, zog als dunkle Vorahnung ins Genick. Diese Stimme kannte sie. Nur – was hatte sie hier zu suchen? Valerie drehte sich um.

„Mama?“

Gunduline?, säuselte die Souffleuse, als stünde sie vor ihrer Meisterin. Von Pauline Mausers zweitem Vornamen wussten nur Familienmitglieder und der Magistratsbeamte, der ihn vor Jahren zu löschen gehabt hatte. Dem Vernehmen nach war er am Leben geblieben.

Sie stand dort, wo die Stufen der letzten Etage ihren Bogen machten. „Ja, da schaust du, was?“

„Aber was machst du denn hier?“

Ihre Mutter hatte die erste Treppe souverän genommen und ächzte: „Na, meine Tulpe besuchen!“

„Aber du hast ja gar nichts gesagt!“

„Ja, wie denn? Du hast mich nicht zurückgerufen und dann auch noch dauernd aufgelegt! Ich hab mir solche Sorgen um dich gemacht.“ Weitere drei Stufen hatte sie hinter sich gebracht. Fehlte nur noch die Titelmelodie aus dem *Weißen Hai.*

„Und deshalb bist du extra hergekommen?“ Valeries Stimme überschlug sich.

„Ja, warum denn sonst?" Gleich war sie unten.

Frag sie, ob schon Schlussverkauf ist, flüsterte die böse Souffleuse.

„Tiroler schauen?", entschloss sich Valerie zu einer harmloseren Variante.

Sie stand vor ihr. Leibhaftig. „Ach Kind, sei doch nicht albern. Komm, lass dich drücken!" Gleich darauf verschwand die Tochter in Frau Doktors Vorderseite, verschluckt von Monsterbrüsten und der Tatsache, dass auch Kanapees und Petits Fours mächtig auf die Hüften schlagen konnten, wenn man nur genug davon aß und ordentlich Champagner nachgoss. Frau Doktor roch, als hätte sie die Strecke von Wien hierher in einem Blumentransporter gelegen, kaum auszuhalten. Die Gedrückte wühlte sich frei, so schnell es ging. Womöglich spähte Sandro Weiler durch den Spion und bekam die Szene in aller Peinlichkeit mit. Kein guter erster Eindruck.

„Dünn bist du geworden. Ich seh dich schon bald am Catwalk laufen, du Hübsche. Deine Diät musst du mir mal verraten. Aber die Haare!" Die Mutter schüttelte den Kopf und konnte sich nicht verkneifen, ihren Kopfbewuchs zu tätscheln. „Na ja, dafür kannst du nichts."

Valeries Haar. Eines von Frau Doktors Lieblingsthemen. Es war so kraus, wie es nur sein konnte. *Afro* nannten es die einen, *Katastrophe* die anderen. Schon im Kindergarten wurde fleißig daran gewerkelt, es in den Status einer Behinderung zu hieven. Ein Mädchen, das aussah, als wäre es einer Siebzigerjahre-Disco-Parodie entsprungen, um anschließend in einem Mehltopf zu landen und die Bescherung perfekt zu machen: Europäisches Gesicht, blasse Haut, hellbrünetter, beeindruckender Afro. Wie es dazu gekommen war, hatte Valerie nie erfahren. Es soll im Stammbaum ihrer Mutter vor Generationen ein interkulturelles Techtelmechtel gegeben haben, dessen Einzelheiten mit ins Grab genommen worden waren. Was auch einiges Merkwürdige im Familienalbum der *Frau Doktor* erklärt hätte.

Friseurbesuche waren der Horror, denn dort fühlte sich Valerie wie eine Attraktion am Jahrmarkt. Immer schon. Aussagen wie „Kaum glattzubekommen!" und „Na, die wehren sich aber!" waren noch harmlos. Wenn es hart kam, hörte sie „Wer hat denn so was schon gesehen!" und wurde den Kollegen und Lehrlingen vorgeführt, die sie gleich eifrig betatschten und dazu die Köpfe schüttelten. Zwangsweises Bändigen der krausen Pracht endete in der totalen Lächerlichkeit – wer es nicht glaubte, dem zeigte Valerie das Foto ihrer Erstkommunion. Es reichte eben nicht, wenn fünfundneunzig Prozent des Afros zurückgekämmt und gewaltsam fixiert waren und die restlichen fünf Hundertstel – von einem kräftigen Windstoß befreit – wie spiralförmig gedrehte Dekostangen aus einem Vanilleeisbecher in den Himmel ragten. Die Prozession war zum Spießrutenlauf geraten, sie hatte sich gefühlt, als zeigte die ganze Welt auf ihren Kopf. Das Gelächter, auch von Müttern, Vätern und Angehörigen anderer Kinder, war in etwa so dezent gewesen wie das Gesicht ihrer eigenen Mutter, in dem sich Valerie Stolz erhofft, in dem sich jedoch blankes Entsetzen gespiegelt hatte. Wenn Pauline Mauser auf das Thema kam, hätte man den Eindruck gewinnen können, sie erwartete sich Mitleidsbekundungen dafür, so ein Kind großziehen zu müssen. Aber das Haar abzuschneiden, war für Valerie nie in Frage gekommen. Später, viel später, mitten in der Pubertät, hatte sich die Meinung ihrer Mitschüler und Zeitgenossen gewandelt. Das Außergewöhnliche wurde nicht mehr verspottet, sondern von hormongeschwängerten, überwiegend männlichen Teenagern angehimmelt. Und dann passierte Rebecca. Aber daran trugen ihre Haare keine Schuld. Heute kam Valerie mit ihnen klar. Natürlich fielen sie immer noch auf, doch sie hatte sich mit ihrem Exotenstatus angefreundet, und machte heute jemand einen Witz darüber, lachte sie mit. Die Haare boten keine Angriffsfläche mehr. Nur Pauline Mauser war in der Opferrolle stecken geblieben.

„Was ist los, meine Tulpe, hast du was?"

„Was? Nein ... nein, mir ist nur gerade was eingefallen."

„Immer noch so verträumt. So, jetzt bin ich aber soo gespannt auf deine Wohnung!"

Obwohl sie nun schon seit ein paar Wochen in Innsbruck lebte, war Valeries Domizil nicht gästetauglich. Und der *Frau Doktor* wollte sie ihre vier Wände erst recht nicht präsentieren, das hätte garantiert in weiteren unpassenden Bemerkungen geendet, die sie gerade heute nicht mehr gebrauchen konnte. „Ach, weißt du was, lass uns doch gleich was essen gehen. Ich komme um vor Hunger", log sie, „wo ist dein Gepäck?"

„Ich hab nur meine Handtasche hier. Ich dachte, was ich brauche, kann ich mir gleich kaufen. WSV!" Pauline zwinkerte ihrer Tochter zu.

Also doch Shopping. Wär ja auch ein Wunder gewesen, dachte Valerie. „Na, dann komm." Entschlossen schritt sie nach unten. Der Mutter blieb nichts anderes übrig, als ihrer Tochter zu folgen.

***

„Erledigt?"

„Ja."

„Wann bringst du's hoch?"

„Wenn sie schläft."

„Wie geht's ihr?"

„Kannst dir ja vorstellen."

„Du machst das schon. Tu, was nötig ist ... hör zu, Mauser könnte zum Problem werden. Schnüffelt schon überall herum."

„Was hat er sich nur dabei gedacht?"

„Was weiß ich."

„Wenn die Meldung macht, können wir es abblasen."

„Wird sie nicht."

„Und was macht dich da so sicher?"

„Menschenkenntnis."

„Na bravo."

„Glaub mir, sie ist eine Einzelgängerin. Noch dazu kennt sie hier kein Schwein. Irgendwann läuft sie uns ganz von selbst vor die Flinte und zack, Problem erledigt."

„Du willst sie beseitigen?"

„Abwarten."

„Hör ... hör zu ..."

„Was?"

„Hör zu, das ... geht mir alles ... viel zu weit."

„Und jetzt wär's bequemer für dich, auszusteigen? Es gibt kein Zurück mehr, geht das nicht in deinen Schädel?"

„Aber ... ich ... will ..."

„Was? Rumheulen? Reiß dich zusammen! Bald haben wir's geschafft. Mach keine Fehler ... verstanden?"

„J...ja."

„Weißt, was das Beste ist?"

„Hm?"

„Er wird bluten. Endlich."

„Ja ... und kein Geld der Welt wird ihm helfen."

„Genau das will ich von dir hören."

***

Valerie und ihre Mutter saßen in einem Lokal direkt am Inn und warteten auf ihr Essen.

„Also, nun erzähl doch endlich!", forderte die Besucherin.

„Wovon?" Mutter gegenüber war Valerie besonders wortkarg, ohne es böse zu meinen. Immer schon. Das heißt, eigentlich, seit Vater gestorben war.

„Na, da gibt's doch sicher einiges, vermute ich. Deine Begegnung mit dem Herrn Landeshauptmann, zum Beispiel. Nun lass dir doch nicht immer alles so aus der Nase ziehen!"

„Es ist nicht alles Gold, was glänzt, Mama."

„Ach, hat es was gegeben? Mag er dich etwa nicht? Hast du Probleme?"

„Ich? Ich nicht, nein."

„Na komm, dann lass hören!"

Zu Valeries Erleichterung bogen im selben Moment zwei große Teller um die Ecke. Ein schlaksiger, südländischer Typ kam direkt auf ihren Tisch zu. „Die Margherita mit Knoblauch?"

„Für mich", sagte Valerie.

„Und die Verdura für Schwester."

„Na, der braucht aber mal eine Brille", flüsterte Pauline Mauser mit vorgehaltener Hand und kicherte dabei wie ein Schulmädchen. Ihre Tochter zog die Mundwinkel auseinander.

Wie es in der Familie üblich war, wurde beim Essen nicht gesprochen. Vater hatte das so gewollt, und nach seinem Tod hatte Valerie darauf bestanden, diese Tradition beizubehalten. Doch so sehr sich Valerie auch bemühte, den Verzehr der Pizza in die Länge zu ziehen, stand sie irgendwann doch auf fünf vor zwölf.

„Komm, iss", drängte Frau Doktor.

„Ist mir zu viel. Magst du?"

„Du weißt doch, dass ich Knoblauch verabscheue. Nun?"

„Nun was?"

„Was sind das für Probleme, in denen du steckst? Erzähl doch endlich!"

„Ich hab dir doch gesagt, *ich* hab keine!"

„Dann ist doch sicher ein Mann im Spiel. Sag schon, wer ist es? Hubertus Freudenschuss?" Und lauter, sodass es auch die Nebentische und mit Pech das ganze Lokal mitbekommen mussten: „Ach, meine Tulpe weiß eben, wie man den feschen Tirolern so richtig den Kopf verdreht!"

Valerie wäre am liebsten versunken. Die Tischdekoration gab eine lausige Deckung ab. *Gar nichts weißt du*, dachte sie. „Mutter, es reicht! Aber wenn du's wissen willst, nein, es ist keine Beziehung im Spiel. Zumindest nicht so, wie du das meinst."

Während ihr Verstand das Gehörte verarbeitete, schmolzen die Gesichtszüge der *Frau Doktor* dahin, die Schwerkraft gewann den Kampf gegen ihre mächtigen Backen. Als hätte Pauline Mauser eine dunkle Ahnung beschlichen.

„Eine ... eine Frau?", fragte sie entgeistert. Augenblicklich fingen ihre Augen an zu glänzen. Valerie schwieg bewusst. Sie war es leid, sich für die Fehlinterpretationen ihrer Mutter verantwortlich zu fühlen. „Oh Gott, tu mir das nicht an! Wie stehe ich bloß da, meine Tochter, eine ... gütiger Gott!" Mit der Stoffserviette fächelte sie sich Luft zu. Großes Kino.

Ja, sag ihr, du bist spontan lesbisch geworden, dann schwirrt sie endlich ab, die alte Kuh!, soufflierte das kleine Biest.

Valerie legte den Kopf auf die linke Seite, hob den Ellenbogen und drückte ihren Daumen in den rechten Nacken. Es knackte. „Mama, warum bist du gekommen?"

„Wie meinst du das?"

„Du sagst, du hättest dir Sorgen gemacht. Aber das Einzige, was dich interessiert, ist, welchen Männern ich nachsteige und ob ich wohl hoffentlich nicht spontan umgesattelt habe."

„Kind, verstehst du mich denn nicht? Ich will doch nur dein Bestes! Sieh dir deine Schwester an ..."

„Fang jetzt nicht mit Lilian an!"

Aber Pauline Mauser ließ sich nicht mehr aufhalten. Im Gegenteil, denn jetzt holte sie auch noch Luft und legte an Dezibel zu. „Verheiratet, vier Kinder. Jawohl. Du hast auch nicht ewig Zeit, weißt du? Karriere ist nicht alles. Lass dir doch von diesen Emanzen nicht einreden, wie wir Frauen unser Leben zu führen haben! Wenn du mit den Männern so garstig bist wie mit mir ..."

Frau Doktors berühmte rhetorische Pause. Valeries Herz schlug bis zum Hals.

„Dann ... dann ist es kein Wunder, wenn dich keiner haben will!"

Das war's. Der Tag war anstrengend und verwirrend genug gewesen. Ihre Mutter verhielt sich ganz wie gewöhnlich, und war vor allem an ihrem eigenen Wohlergehen interessiert. Und daran, was andere von ihr und ihren Töchtern hielten. Nur das zählte.

Valerie schlug mit der flachen Hand auf den Tisch. Ungewollt hatte sie damit erneut die Aufmerksamkeit der Lokalgäste auf sich gezogen. Egal. „Mama, ich gehe jetzt."

„Aber Kind, du kannst mich doch nicht einfach so hier sitzen lassen!"

„Hier." Valerie legte vierzig Euro auf den Tisch und verließ das Lokal.

„Was bist du nur für ein Mensch?", hörte sie noch. Das „bist" klang richtig ausgespuckt.

Nicht denken, zwang sie sich, doch das Kopfkino ließ sich nicht mehr stoppen. Lizah, Rebecca, Franziska Hofer und Hubertus Freudenschuss, der Konsul, Geyer, Zahn und *Mutter* ... die sie einfach im Lokal sitzen gelassen hatte ... die schlimme Tochter ... was bist du nur für ein Mensch, du Tulpe ... sie musste laufen. Flüchten, vor *Frau Doktor* und den dunklen Emotionen, die von ihr Besitz zu nehmen drohten. In Jeans, dicker Jacke, flachen Schuhen und mit umgehängter Tasche hastete sie über die Innbrücke, bei Rot über den Zebrastreifen, steil hinauf Richtung Hötting, immer schneller, alles hinter sich lassend, was ihr diesen Tag zur Qual gemacht hatte. Die Straße schlängelte sich an der neuen Höttinger Kirche vorbei, auch diese war schon in die Jahre gekommen, rechter Hand Volksschule und Feuerwehr der von Innsbruck verschluckten Gemeinde, hinauf zur alten Kirche, um diese herum in einen steilen Pflastersteinweg mündend, Valerie schwitzte und keuchte, es war ihr egal. Die Wut brodelte, trieb sie an wie eine Dampfmaschine. Zwei riesige Bäume wurden von Straßenlaternen illuminiert und warfen gespenstische Schatten. Sie nahm die Abzweigung Richtung Höttinger Bild. Hier hörte die Beleuchtung auf, das Asphaltband ging in eine Schotterstraße über, die sich verjüngte, bis schließlich nicht mehr als ein von Baumwurzeln durchzogener Trampelpfad – besser gesagt Stolperpfad – blieb. Sie holte ihr Handy heraus und aktivierte die Taschenlampenfunktion. Efeubewachsene, vom Sturm umgerissene Bäume lagen quer über dem Weg oder drohten herabzustürzen. Plötzlich eine Waldkreuzung mit nicht weniger als fünf Optionen, alle sahen gleich nichtssagend aus, also nahm sie die in der

Mitte und stand nach hundert Metern in einer Sackgasse vor einer eingezäunten Waldhütte. Zurück und links. Hier ging es weiter, doch dieser Hohlweg schien kein Ende zu nehmen, führte an Hangkanten entlang immer weiter hinauf. Nach einiger Zeit kam sie auf eine Asphaltstraße in einer kleinen Siedlung. Links eine Lichtung mit großem Kinderspielplatz. Ohne Kinder. Die schliefen schon zuhause in ihren Betten, wohlbehütet von den fürsorglichen Eltern. So sollte es sein. War es aber nicht, zumindest nicht bei ihr. Und auch nicht bei den Marinovs. Die Sorgen um Lizah und ihre Rebecca waren ihr dicht auf den Fersen. Die Wut legte ein weiteres Scheit ins Feuer. *Schneller.* Wieder ging es in den Wald. Stiller wurde es, der Weg schmäler, ein großes Schild wies die „Hilde-Zach-Ruhe" aus, von der Stadt blieb nur noch ein Rauschen, entferntes Glockengeläute, unten tausende Lichtpunkte, darüber urbanes Streulicht, um sie herum Dunkelheit. Valerie keuchte. Lautstark sog sie die Atemluft ein, ließ sie durch die Zwischenräume ihrer zusammengebissenen Zähne strömen und stieß sie wieder aus. Eine kleine Brücke führte über ein Bächlein, das sich durch eine Klamm zog. Hunderte Meter Waldweg später erreichte sie das Wallfahrtskirchlein Höttinger Bild, sie war bereits vor Tagen hier gewesen, allerdings aus anderer Richtung gekommen, bog die Forststraße rechts hinauf, alles Gute kam von oben, gerade war es der Jeep eines Försters oder Jägers, „Alles in Ordnung, Fräulein?", sie antwortete nicht, lief einfach weiter. Erste Anzeichen von Beinkrämpfen. Pfeifgeräusche von den Bäumen, Rascheln im Unterholz, ein Spaziergänger mit Stirnlampe und Hund, der bellte sie an, „Keine Angst, der hat noch nie gebissen", *sie* schon. Dauernd. Zum Beispiel ihre Mutter, gerade vorhin. Irgendwann nur noch

Stille, keine Menschenseele, über ihr die funkelnden Sterne, darunter die Stadt, um sie herum schneebedeckte Berge im Mondlicht. Stärker werdende Krämpfe hatten sie gebremst, hatten jeden Versuch, weiterzulaufen, schmerzhaft unterbunden. Der Föhn, der das Tal mitten im Winter auf fünfzehn Grad geheizt hatte, war hier oben deutlich kühler. Schweißnass, erschöpft und gedankenleer setzte sich Valerie auf einen Baumstrunk. Die Neuronen hatten das Handtuch geworfen. Das Teufelchen musste unterwegs heruntergepurzelt sein. Endlich war Ruhe im Kopf. Doch gut fühlte sie sich trotzdem nicht. Die Wut war da und würde bleiben, war nur vorübergehend in einer Flut aus Endorphinen untergetaucht.

Stunden später ging sie fröstelnd und krampfgeplagt die Treppen ihres Wohnhauses hoch und hoffte, *Frau Doktor* möge nicht vor ihrer Türe sitzen. Tat sie nicht. Kein Anruf, keine Nachricht. *Besser so.* Valerie Mauser beschloss, den Tag in einem heißen Bad ausklingen zu lassen. Als sie spät nachts ins Bett fiel, spürte sie ihren Körper so intensiv wie schon lange nicht mehr. Er arbeitete in beachtlicher Perfektion, beseitigte den Abfall, den die Höchstanstrengung hinterlassen hatte, schied Gutes von Schlechtem, lernte, dass er mehr auszuhalten hatte als bisher – und würde in wenigen Tagen zu noch größeren Leistungen fähig sein. *Wenn es nur immer so einfach wäre,* war einer ihrer letzten Gedanken, bevor sie in einen traumlosen Schlaf verfiel.

Samstag

Bescheuerter Klingelton. Mitten in der Nacht. Mama, gib's endlich auf!

Doch wie Valerie feststellen musste, war es nicht ihre Mutter, sondern Janette Marinov. Sie probierte es nun schon zum dritten Mal in kurzem Abstand.

„Hallo?"

„Frau Mauser, bitte kommen Sie sofort! Es ist so schrecklich. Bitte, schnell!"

„Was ist denn passiert? Haben Sie Lizah gefunden?"

„Kommen Sie bitte einfach, schnell!", stammelte die Russenfrau im Arlberger Dialekt und legte auf.

So wie sie klang, musste etwas Furchtbares passiert sein, zu schlimm, um es am Telefon aussprechen zu können. Valerie sprang auf und wäre beinahe umgeknickt. Muskelkater. Obwohl sie regelmäßig joggte. Dazu gesellten sich Schmerzen an den Außenseiten der Oberschenkel. Sie hinkte ins Bad. „Du wirst alt", sagte sie der Frau im Spiegel. Galt Stillschweigen als Zustimmung?

Wenige Minuten darauf raste Valerie die Höhenstraße bergwärts und wäre beinahe in den Gegenverkehr geraten, da sie den Winkel einer Serpentine unterschätzt hatte. Sie wusste in etwa, wo der Marinov-Palast liegen musste. Hinter einer hohen Hecke erkannte sie die Rotorblätter eines Hubschraubers. Als sie sich näherte, schob sich das massive Einfahrtstor zur Seite. Da hatte sie jemand sehnsüchtig erwartet. Valerie rollte hinein, vorbei an einem großen, mattschwarzen Geländewagen – rechts dahinter stand der Helikopter –, und parkte ihren Passat direkt vor den beiden Marmorsäulen, die den Hauseingang flankierten. Kameras überall. *Na, das wäre mal ein Auftrag für Stolwerk gewesen,* dachte Valerie.

Die Haustür öffnete sich. Boris Marinov galoppierte ihr aufgeregt entgegen, öffnete die Fahrertür und zerrte sie fast aus dem Auto heraus.

„Schnell, kommen", wies er sie an.

Tomatenbirne! Hackfresse!

„Nicht jetzt!", zischte Valerie die böse Souffleuse an. „Was?"

„Nein, nicht Sie. Ich komm schon."

Eilenden Schrittes ging er voran. Hätte sie nicht gerade eine olympiareife Bergtour in den Beinen gehabt, wäre es ihr ein Leichtes gewesen, ihm zu folgen. Doch heute hätte er jedes Wettrennen gegen sie gewonnen.

„Kommen, kommen!" Er hielt die Türe auf.

„Jaja."

Er führte sie durch das mit weißem Stein gepflasterte Atrium an einen großen, gläsernen Esstisch, wo seine Frau wartete und auf ein Papierkuvert deutete. Im Gegensatz zu ihm wirkte Janette ruhiger und gefasster.

„Sehen Sie nur!", flüsterte sie tränenerstickt. Der Eindruck hatte getäuscht.

Langsam näherte sich Valerie dem Briefumschlag, als befürchtete sie Sprengstoff darin, hob ihn vorsichtig auf, spreizte die offene Seite und erkannte den Inhalt sofort.

Ein kleiner Finger. Der Finger von einem Kind.

Gnadenlos zog der Verstand den Schluss: *von Lizah.*

Sie sackte auf den nächstbesten Stuhl und versuchte, ihre Gedanken zu ordnen, vor allem aber, nicht Kurzschlüssen zu erliegen oder danach zu handeln. Panik machte Situationen wie diese nur schlimmer.

Aber ihr Herz hämmerte schon im Fortissimo. „Wo haben Sie das her?", fragte sie so ruhig es ging.

„Das lag im Briefkasten. Wie es in der E-Mail stand",
antwortete Janette.

„In welcher E-Mail?"

„Hier, die kam heute Nacht." Sie schob ihr einen
geöffneten Laptop zu.

Valerie starrte auf den Bildschirm, sah weiße und
schwarze Pixel, konnte sie aber nicht zusammenset-
zen. Da war nur ihr Pulsschlag. In der Brust, im Hals,
im Kopf, überall. Ein unsichtbares Mieder hatte sich
um sie gelegt und wurde langsam zugeschnürt, Öse für
Öse, von unten nach oben, immer enger. Sie wusste aus
Erfahrung: Wenn Entführer so weit gingen, Körper-
teile abzutrennen, war ihr Opfer in höchster Gefahr
und vielleicht längst tot.

„Frau Mauser?"

Valerie versuchte, aus ihrem Gedankenstrudel zu
kommen. Alte Fälle ruhen zu lassen. Anderer Schau-
platz, andere Täter, andere Opfer, andere Motive. Neues
Spiel, neue Chance?

„Frau Mauser? Hallo?", wiederholte Janette Marinov, bis sie schließlich fast schrie: „Frau Mauser!"

„Ja ... bitte entschuldigen Sie. In Ordnung ..." Sie
konzentrierte sich auf die E-Mail.

——

Von: kriemhild@emailio.de
An: b.marinov@goldenerhengst.at
Betreff: AW: ACHTUNG

marinov, sehen sie in ihre post, dort finden Sie
eine kleine motivation, sich an unsere regeln
zu halten, statt uns zu drohen. so geht es weiter: ihre gattin alleine wird den rucksack mit

dem geld am sonntag um exakt 22 uhr in den linken altpapiercontainer vor dem haus höttinger gasse 25a werfen. sobald wir das geld haben, werden wir lizah im lauf der nacht in der nähe ihres anwesens aussetzen. keine polizei, keine tricks, oder ihre tochter ist tot.

——

„Aber das ergibt keinen Sinn", sagte Valerie.

„Was meinen Sie?"

„Frau Marinov, warum steht hier ‚statt uns zu drohen'?"

„Boris, sag's ihr!", herrschte sie ihn an.

„Ich Fehler gemacht", gab er zu und fing sofort an zu heulen. Die Schultern gerieten in mächtige Schwingungen, die sich in Wellenform auf seinen Bauch übertrugen. Er wabbelte wie ein Wackelpudding und brachte außer hochtönigen Klagelauten nichts weiter heraus.

„Klicken Sie auf ‚Ganze Konversation anzeigen'", sagte die Ex-Miss. Es erschien ein weiteres Mail.

——

Von: b.marinov@goldenerhengst.at
An: kriemhild@emailio.de
Betreff: ACHTUNG

ACHTUNG mit wem anlegen, nicht warten auf geld, sofort lizah bringen oder ich holen kgb, haben gute freunde wissen finden, lizah heute hier oder sie tot.

——

„Auweh", gab Valerie ihrem Missfallen Ausdruck. Als Zeitpunkt des Versands war Donnerstag um 21:12 Uhr angegeben. Boris Marinov hatte die E-Mail also noch am Abend des Tages geschickt, an dem sie zum Landeshauptmann zitiert und in die Sache eingeweiht worden war. „Warum haben Sie das getan?", fragte sie ihn.

Der Oligarch hob seinen Kopf und zog zurück, was im Begriff war, die Nase zu verlassen. „Njet warten. Lizabetta holen!", wimmerte er. „Sofort wiederhaben!"

„Du verdammter Idiot!", schrie Janette, „‚haben gute Freunde wissen finden', was soll das überhaupt heißen? Willst du denn unsere Tochter nicht mehr lebend sehen? Wir sind hier nicht in Russland! Du mit deinen Mafiamethoden ... du bringst unseren Engel noch um! Oh Gott ..." Janette hielt sich die Hand vor Mund und Nase, sprang auf, hastete an einem geplätteten Albino-Tiger vorbei und die weiße, beeindruckend dimensionierte Steintreppe hoch. Ihr heller Seidenmantel flatterte wie der Umhang eines Superhelden. Gleich darauf knallte eine Türe zu.

„Auweh", wiederholte Valerie, „wollen Sie ihr nach?"

„Beruhigt wieder", antwortete Boris mit dem verweinten Lächeln eines Buben, der hofft, bald wieder auf sein Fahrrad steigen zu dürfen, *nein, Mama, tut nicht mehr weh, alles nicht so schlimm.* Die beiden schienen eine merkwürdige Beziehung zu führen.

Inzwischen hatte sich Valeries Herzrhythmus auf ein gesundes Maß eingependelt. Sie richtete ihren Blick auf den Papierumschlag. „Was Sie gemacht haben, war wirklich ungeschickt. Sehen Sie nur, das hätte nicht sein müssen", sagte sie und drehte das Kuvert in seine Richtung. Der Oligarch wandte seine Augen ab.

Valerie beschloss, sich ab sofort nicht mehr zurückzuhalten. Lizah zu finden hatte jetzt oberste Priorität, egal, was Freudenschuss von konkreten Ermittlungen hielt oder die Medien daraus machen würden, wenn sie davon Wind bekämen. Sie fragte sich, ob man das arme Kind, dem nun ein Finger fehlte, überhaupt medizinisch versorgen würde können. Die Täter – vereinfachend schloss sie aus den E-Mails, dass es mindestens zwei sein mussten – handelten ohne jeden Skrupel. Je eher sie Lizah diesen Schweinen entreißen würde, desto besser.

„Muss trinken. Wollen auch?", fragte Marinov, ging einige Meter zu einem halbhohen Schrank, dessen signalroter Schleiflack schon die ganze Zeit in Valeries Augen schmerzte. Darüber schaute ein halber Hirsch mit vergoldetem Geweih aus der Wand. *Geschmack lässt sich nicht kaufen,* resümierte sie still.

Er winkte mit einer Wodkaflasche. „Stolichnaya Elit! Beste, was gibt! Wollen?"

„Nein, danke. Ich brauche jetzt meine fünf Sinne beisammen."

„Nastrovje!"

„Prost. Herr Marinov, dann nehme ich das hier gleich mit und lass es untersuchen, ja?"

„Ja." Hicks. „Ja." Hicks. Kapitaler Schluckauf. Wieder der Wackelpudding.

„Herr Marinov, können Sie das geforderte Geld bis morgen beschaffen?"

„Ja."

„Und kein Wort zu niemandem!"

Er nickte. Die Souffleuse kratzte sich am Kinn. Kein Wort zu niemandem, hä? Valerie verzichtete auf die Richtigstellung, denn sie war sich sicher, dass er sie genau verstanden hatte. Sie humpelte aus dem Haus, setzte sich ins Auto und legte den Umschlag auf den Beifahrersitz. Während der Fahrt hinunter ließ sie sich vom Notdienst mit der Bereitschaft der Gerichtsmedizin Innsbruck verbinden, deren hartnäckige Rückfragen sie ausweichend beantwortete und auf ein sofortiges Treffen bestand.

Am Schranken der GMI wurde sie bereits erwartet.

„Frau Mauser vom LKA?"

„Ja, grüß Gott."

„Kerstin Zach, Gerichtsmedizinerin. Wir haben telefoniert. Warten Sie, ich lass Sie rein."

Valerie stellte den Wagen auf den ersten freien Parkplatz, schnappte sich den Umschlag und stieg aus. „Schön, dass es so schnell geklappt hat."

„Wie ich Ihnen schon sagte, ein so kurzfristiges Treffen ist eigentlich nicht üblich."

„Glauben Sie mir, ich würde Sie lieber unter anderen Umständen kennenlernen. Aber es geht leider nicht anders."

„Gut." Doktor Zach lächelte unverbindlich und führte Valerie in ein Besprechungszimmer. „Also, was haben wir?"

Valerie gab ihr den Umschlag. „Hier, sehen Sie."

„Aha. Ein kleiner Finger. Sauber abgetrennt. Keine Verwesungsspuren. Wo haben Sie den her?"

Sie entschloss sich, unbestimmt zu bleiben. „Der wurde heute gefunden und bei uns abgegeben. Könnten Sie ihn bitte gleich untersuchen? Leider ist es dringend."

„Warum?"

Valerie hätte sich ohrfeigen können, entschied aber, auf Notlügen zu verzichten. „Frau Doktor Zach, darüber darf ich Ihnen nichts sagen. Die Zeit drängt. Bitte teilen Sie mir jede Kleinigkeit mit, die Ihnen auffällt. Und versuchen Sie bitte, DNA-Spuren festzustellen und zuzuordnen, da wir von einem Verbrechen ausgehen müssen."

Die Medizinerin seufzte. „In Ordnung, das wird aber dauern. Und ich bin bis Montag alleine hier."

„Tun Sie bitte Ihr Möglichstes und melden Sie sich so schnell, wie es irgendwie geht."

„Natürlich."

Valerie brachte den Wagen zurück ins LKA, stieg aber nicht gleich aus. *Das ist zu viel für dich,* schwirrte ihr im Kopf herum. Der Fall hatte sich verkompliziert, nun musste sie davon ausgehen, dass Lizah in Lebensgefahr oder bereits tot sein konnte. Die Entführer, denen sie in ihrer Laufbahn begegnet war, hatten sich selten an Vereinbarungen gehalten. *Geld oder Leben,* das funktionierte vielleicht in afrikanischen oder südamerikanischen Ländern, wo es beinahe schon ein Geschäftsmodell war, Menschen zu rauben und gegen Geld wieder freizulassen. Fast hätte man sagen können, dort gab es einen Ehrenkodex, an den sich die Ganoven hielten. Doch hier, mitten in Europa, liefen diese Geschäfte anders, komplizierter, war Geld oft nur ein Vorwand, dahinter lagen die wahren Motive. Sie verfluchte Freudenschuss. Hätte es besser wissen müssen. Eigentlich hätte sie längst Alarm schlagen und es den Spezialisten überlassen sollen, die Entführung nach bewährtem Muster abzuhandeln. In Wien war sie Teil dieser Expertengruppe gewesen, hatte ähnliche Fälle gesehen und professionell abgeschlossen – von den meisten hatte die Öffentlichkeit nie erfahren. Doch hier war sie neu und kaum vernetzt. Emotional verstrickt. Sie hatte ihre persönlichen und beruflichen Kompetenzen bereits überschritten, als sie zugesagt hatte, die Entführung „diskret" zu begleiten, ohne Rückendeckung und Legitimation durch ihren Arbeitgeber.

Sie sollte sich heimlich und inoffiziell umsehen und die Familie begleiten. So lautete die Aufgabe, die sie angenommen hatte. Doch das *Trüffelschwein*, erinnerte sie sich an Hubertus Freudenschuss' wenig schmeichelhaften Vergleich, hatte seinen Rüssel gleich tief in jeden Dreck gesteckt und so kräftig darin herumgewühlt, dass es nur so gespritzt hatte. Leichter hatte sie es sich damit nicht gemacht.

Valerie kramte ihr Handy hervor und rief den Kontakt *Manfred Stolwerk* auf, ließ den Daumen an der rechten Seite des Geräts auf- und abgleiten, als wollte sie ihren alten Gefährten streicheln. Sein Profilbild lächelte sie an.

Noch einmal kamen ihr Zweifel. Doch um die Staatsanwaltschaft einzuschalten, war es zu spät, und am Wochenende hätte es viel zu lange gedauert, bis die Gesetzesmühlen in Bewegung und ihre Ermittlungen autorisiert gewesen wären. Stolwerk hatte schon so oft angeboten, ihr zur Seite zu stehen. Wie in alten Zeiten. Nun war sie erstmals in die Verlegenheit geraten, darauf zurückkommen zu müssen.

Minuten später rang sie sich dazu durch, ihn wirklich anzurufen. Nach einem einzigen Signalton hob er ab. Wie immer.

„Mein Veilchen! So eine Freude!"

„Grias di, Stolwerk."

„Na, die Assimilierung schreitet voran. Jodelkontrolle?"

„Ach, Stolwerk."

„Bin schon unterwegs."

„Was?"

„Na, du brauchst mich. Steckst in Schwierigkeiten. Gib's zu."

„Ich wollte nur mit dir reden. Ich bin da ..."

„Sitz schon im Auto."

„Nein, nein, warte. Ich brauch nur deinen Rat."

„Bekommst du. In ein paar Stunden. Im Kerzenschein. Freu mich."

Sie wusste, dass er alles für sie tun würde, nicht nur, weil sie ihm im letzten gemeinsamen Einsatz das Leben gerettet hatte. Doch das wollte sie niemals ausnutzen. Schließlich war das Leben kein Tauschgeschäft. Er hatte seine Firma, und das Wochenende brauchte er sicherlich zur Erholung.

„Stolwerk, mach dir bitte bloß keine Umstände."

„Sind keine. Bis gleich. Triholladireihoo!"

Aufgelegt.

Wie schon so oft fragte sich Valerie, ob es nur Empathie oder schon Telepathie war, die es Stolwerk ermöglichte, in seinen Gesprächspartnern zu lesen wie in einem offenen Buch. Hatte er mit dem alten Chef über das Wetter gesprochen, war er hinterher zu ihr gekommen und hatte ihr über dessen Ehekrach berichtet. Hatte ein Verdächtiger erzählt, er habe sich vom Opfer bedroht gefühlt, hatte er ihn plötzlich gefragt, wie lange die Affäre mit dessen Freundin schon gelaufen sei. Hatte Valerie ihm gesagt, es gehe ihr gut, hatte er sie gefragt, seit wann nicht mehr. Ins Schwarze, aus heiterem Himmel. So war es immer gewesen, und Valerie hatte es geliebt. Weil sie sich ihm nicht erklären musste. Weil Sprache keine Macht besaß. Und so vertraute sie ihm wie niemandem sonst auf dieser Welt.

Nun würde sie also tatsächlich den ersten Besucher in ihre neue Wohnung lassen. Mit zügigen Schritten ging sie den Innrain hinunter Richtung Altstadt und geradewegs hindurch, bog beim barock verzierten Helblinghaus rechts ab und direkt auf ihr Wohnhaus zu, aus dessen Richtung Klänge einer Stahlsaitengitarre kamen. Dazu eine bekannte Stimme. Valerie stoppte, schlich über den Platz, lehnte sich an einen Mauerbogen unter den Lauben und beobachtete den Sänger. Er saß auf dem Sockel des weißen Brunnens vor ihrem Hauseingang. Es konnte sich also nicht nur stimmlich, sondern auch logisch nur um den Bewohner der unteren Wohnung handeln. *Sandro Weiler,* kramte sie aus der Erinnerung und vertrieb jene an ihre Mutter, die sie beim Ausspähen seines Türschilds ertappt hatte. Er schien um einige Jahre jünger zu sein als sie und wiegte seinen Lockenkopf, während er sein ruhiges Lied sang: „Du hast deine Miene gut im Griff … lässt niemanden spüren, was in dir geschieht … Auf Regentage folgt der Sonnenschein … zwingst du dich zu sagen, wenn dich die Nacht umgibt … Doch mutig gehst du in den Tag hinein … mutig bist du oft allein … mutig von dir, immer so mutig zu sein … in dieser Welt aus Eis und Stein …"

Eis und Stein passt hierher, dachte sie. Ohne Mut würde sie ihren Fall nicht lösen können. Ohne Tat allerdings auch nicht, und so drängte sie das Gewissen weiter. Ein Kind war zu finden. Die Wohnung für Stolwerk vorzubereiten. Sie gab sich einen Ruck und ging auf ihr Wohnhaus zu. Der Musiker, der ein neues Lied angestimmt hatte, entdeckte sie. Sein Blick blieb an ihr haften, während sie sich näherte. Im Vorübergehen legte sie ihm einen Zehner in den offenen Gitarrenkoffer. Doch statt gleich hinaufzugehen, blieb sie im schmalen Gang vor der Eingangstüre stehen und lauschte heimlich. Er hatte sie angestrahlt und ein „Da-hanke-schöön" in den Text eingeflochten. Sein Lied klang, wie es wohl auch hieß: schwerelos. „Und wenn sich kein Rad mehr dreht … und wenn nichts mehr vorwärtsgeht … so soll es eben sein

... und ist keine Hand in Sicht ... und niemand hält, was er verspricht ... so soll es eben sein ... denn du und ich, wir sind schwerelos ... schwerelos." *Schön wär's*, dachte Valerie auch ob ihres Muskelkaters und des bevorstehenden Treppensteigens, und war beruhigt, dass ihre dreiste Einsagerin schweigend zuzustimmen schien, statt die Szene ins Lächerliche zu ziehen. *Qui tacet, consentire videtur*, hätte ihr Vater wohl gesagt. „Schwerelos – ich trage dich, du trägst mich ... wir kommen trocken durch den Regen und die Stürme unserer Zeit." Sie musste weiter.

Die Treppen gerieten zur befürchteten Qual. In ihrer Wohnung öffnete sie alle Fenster und begann sogleich, die vollen Umzugskartons in ein unbenütztes Zimmer zu räumen. Wieder staunte sie über die Mengen an Zeug, das sie noch gar nicht ausgepackt hatte, obwohl sie nun schon seit Weihnachten hier war. Sie hatte ihre Bleibe in Wien, in der sie fast zwei Jahrzehnte lang gelebt hatte, aufgegeben, um hier ganz von vorne zu beginnen, und hatte trotzdem ihren gesamten Besitz mitgeschleppt.

Hätt ich den Krempel nur weggeworfen, dachte sie.

Das Handy schmetterte. Valerie lief in den Flur und kramte das Gerät aus der Umhängetasche. Ihre Schwester. Instinktiv war ihr klar, was nun folgen würde. Ihr Herz schlug schneller.

„Lilian?"

„Sag mal, spinnst du?", kam zur Begrüßung.

„Bitte?"

„Bist du jetzt völlig übergeschnappt? Wie kannst du Mama nur mitten in Innsbruck sitzen lassen? Mitten in der Nacht! Wenn sie dich extra besuchen kommt, weil sie sich sorgt. Hast du denn gar kein Herz?"

„Hat sie dich angerufen?"

„Sie SITZT hier bei mir! Völlig am Boden! Den ganzen Tag hat sie im Zug verbracht, nachdem sie die Nacht in einer billigen Zweisternebude schlafen musste. Kein Auge hat sie zugemacht! *Unsere* Mutter! Was bist du nur für ein Mensch?"

Der letzte Satz war ihr noch vom Vorabend hängen geblieben und schien abgesprochen zu sein. Mutter und Erstgeborene waren sich also wieder einmal einig. Blieb zu hoffen, dass sie als Nächstes keine Fragen zu ihrer sexuellen Orientierung beantworten sollte. „Lilian, ich werde mich weder dir gegenüber rechtfertigen, noch mich bei ihr entschuldigen. Was passiert ist, hatte seine Gründe. Mutter hat sich unmöglich verhalten. Du kennst sie doch, oder?"

„Valerie, du sollst Vater und Mutter ehren!"

Scheinheilige Schwurfel!, kam es von rechts.

Sie nahm das Handy ans linke Ohr und holte Luft. „Hör mal, Lilian, wir sind hier nicht in der Kirche. Komm du mir bloß nicht mit den Zehn Geboten. Sonst springen wir gleich ein paar weiter. Du weißt, welches ich meine? Glaub es oder nicht, aber das gilt auch für Frauen wie dich, nicht nur für Männer, und nicht nur für Verheiratete. Erinnerst du dich noch? Und jetzt nimm deine Scheinheiligkeit und steck sie dir in den Arsch!"

Ihrer Schwester schien es die Sprache verschlagen zu haben. Der bösen Souffleuse auch. Gut so. Valerie legte auf.

Sie beschloss, nicht weiter sauberzumachen. Ihre Wut hatte nicht nur den Vorsprung von gestern wettgemacht, jetzt kochte sie auch noch über. Valerie riss die Kartons auf, bis sie ihre Boxhandschuhe fand, zog sie an und hämmerte auf die nächstbeste Wand ein. Immer und immer wieder, zuerst leicht, dann mit jedem Schlag härter. Einen für Lilian, die tolle Ehefrau und Supermutter, einen für *Frau Doktor*, einen besonders harten gegen Freudenschuss und dessen imaginären Solarplexus, einen in Geyers Nieren, noch einen direkt auf die Nase des schönen Herrn Landeshauptmanns, eine Linke widmete sie der Witwe Hofer, dieser dummen Pute, die das abgekartete Spiel gegen sie nicht durchblickte, eine Links-Rechts-Kombination dem eitlen Konsul und viele weitere den Russen, den Entführern – und jener Valerie, die sie nicht sein wollte. Der ganze Raum wummerte. Putz löste sich von Wand und Decke. Als ihre Fingerknöchel so schmerzten, dass sie es nicht mehr aushielt, ging sie zu Boden, machte Liegestütze, bis aller Saft aus den Brustmuskeln gepresst war, Sit-ups, bis die Bauchmuskeln lauter um Gnade flehten, als ihre Wut zu schreien imstande war. Sie verausgabte sich, bis aller Zorn der Erschöpfung gewichen war. So lag sie dann ausgestreckt am nackten Parkett und genoss die Stille im Kopf, die ihr nach Erholung schreiender Körper bescherte, halb dösend. Die Zeit flog an ihr vorbei. *So fühlt sich Frieden an*, dachte sie, *um ihn zu spüren, braucht es den Schmerz.*

***

„Und?"

„Er hat's bekommen."

„Hat er den Köder gefressen?"

„Werden wir sehen. Wie geht's der Kleinen?"

„Den Umständen entsprechend. Ich hab's ihr vorhin doch noch geben müssen. Schläft sicher bis morgen durch."

„Bist du bei ihr?"

„Gleich."

***

Valerie stand auf – den Druckstellen und der Steifigkeit ihres Bewegungsapparats nach musste sie Stunden am Boden gelegen haben – und ging ans Fenster. Sandro Weiler spielte immer noch, ihr Zehner lag einsam in seinem Koffer, aber ein paar Münzen funkelten um ihn herum. Straßenmusiker schienen sich mühsam zu ernähren, wobei sie für ihn hoffte, dass er sein Geld ohnehin mit Bildern verdiente. Wenn er denn welche in seinem *Atelier* malte. Sie ließ ihren Blick über das Geschehen in der Altstadt streifen. Eine indische Familie stand vorm Goldenen Dachl, der Vater fuchtelte mit den Armen, dirigierte Frau und Tochter hin und her. Diese wiederum kommentierten seine Anweisungen mit lautstarkem Schnattern, und trotz der Tatsache, dass sie in traditionellen Kleidern reisten, waren offenbar sie es, die hier die Hosen anhatten. Schließlich wiegte er seinen Kopf parallel zu den Schultern hin und her, in Indien ein Zeichen der Zustimmung, wie Valerie sich an eine kürzlich gesendete Dokumentation erinnerte. Der Inder drehte sich um und bat einen Passanten, sie abzulichten. Das unisono vorgetragene „Cheese" war deutlich zu hören. Zwei Snowboarder, die ihre Mützen trotz der extrem milden Temperaturen trugen, schlurften an der Szene vorbei. Das günstige Wetter hatte einige Besucher um die Tische der Altstadtcafés versammelt. Bei Latte und Aperol Spritz ließen sich die Vorbeiflanierenden besonders gut beobachten. Wie zum Beispiel ... *der da*, dachte Valerie. Ein ziemlich dicker Mann schleppte Einkäufe, zwischen denen er ein Smartphone balancierte. Dann drehte er sich weg, ging ein paar Schritte, machte kehrt, kam näher, blieb stehen, sah langsam zu ihr hoch, ließ plötzlich die Tüten fallen und fing an zu winken, euphorisch, viel zu kindisch für sein Alter. Meinte er sie? Valerie lehnte sich weiter vor und sah sich um, doch sonst war hier niemand, dem man hätte winken können.

Moment. Den Mann kannte sie doch, wenn auch schlanker. Und den Pullover auch.

„Stolwerk!", rief sie, erwiderte seinen Gruß noch übertriebener und schoss durch Zimmer und Gang. Statt ihm über die Gegensprechanlage aufzumachen, lief sie die Treppen hinunter, riss die Türe auf, lief aus den Lauben und fiel ihm um den Hals.

„Stolwerk, du bist wirklich hier!"

„Na logisch, Veilchen! Wie lange ist das her! Aber wie siehst DU denn aus?"

Valerie senkte die Augen, um sich zu betrachten. Das T-Shirt verschwitzt, die Fingerknöchel blutig, den Rest konnte sie sich ausmalen. Stolwerk nahm ihre Hände und musterte sie.

Erst jetzt bemerkte sie Sandro Weiler, der seitlich vor ihnen saß. Er hatte zu spielen aufgehört und starrte die beiden an. Valerie versteckte sich hinter ihrem gewichtigen Gast.

„Die *Frau Doktor* wieder mal? Oder die Päpstin?", fragte dieser.

„Was?" Sie hatte den Faden verloren.

„Na, das da." Er hob ihre blutverschmierten Hände hoch.

Jeder andere wäre verblüfft über seine Diagnose gewesen, doch Stolwerk wusste, dass nur ihre Familie fähig war, Valerie dermaßen in Rage zu versetzen. „Komm, gehen wir hoch", forderte sie ihn auf, „aber ich fürchte, ich bin gar nicht zum Putzen gekommen."

„Ich bin auch nicht zum Putzen gekommen", antwortete er mit dem breitesten aller Grinser.

„Und einen Aufzug kann ich dir leider auch nicht anbieten."

„Das wiegt schon schwerer."

Stolwerk schnaufte bereits im zweiten Stock wie eine alte Dampflok, schaffte es aber schließlich doch noch ins vierte und oberste Stockwerk des Altbaus.

„Tritt ein, bring Glück herein. Einen Schubkarren voll, bitte."

„Oh Mann", war Stolwerks kurzatmiger Kommentar zum abgeplatzten Putz und den Boxhandschuhen am Boden. „Die Wand ist k.o."

„Stört's dich, wenn ich gleich dusche?"

„Stört's dich, wenn ich mich gleich heimisch fühle?"

Tat es nicht. Valeries Hände schmerzten, als sie in Kontakt mit heißem Wasser und Waschgel kamen. Nachdem sie sich geduscht hatte, schnitt sie die abstehende Haut um die Wunden mit einer Nagelschere ab und legte sich ein Badetuch um. In der Küche lärmte es. Stolwerk schien sich durch ihre Schubladen zu poltern. Sie ging mit halbtrockenen, ungekämmten Haaren hinaus, die schon fast ihr übliches Volumen erreicht hatten.

„Sag mal, hast denn gar nichts hier zum Kochen?", fragte er, ohne aufzublicken.

„Wieso, reicht das nicht?"

„Und was ist mit der Knoblauchpresse? Nudelschöpfer? Sieb? Käsereibe? Hallo?"

„Alles irgendwo verpackt. Hab ich bisher nicht gebraucht."

Er sah auf. „Na, das sieht man."

„Was?"

„Menschen essen, weißt du?"

„Den Job hast du für uns beide übernommen", traute sie sich zu sagen, ohne mögliche Folgen abwägen zu müssen. Auch, weil sie wusste, dass die fein dosierte Retourkutsche auf dem Fuß folgen würde.

„Touché. Und ich fühl mich gut dabei, du Kampf-hühnchen."

Zum ersten Mal seit langer Zeit konnte sie herz-haft lachen, über Stolwerk, sich selbst und das Bild, das sie mit ihrem Kraushaarkopf, dem mageren Kör-per und den Spuren der Wutbewältigung offensicht-lich abgab. *Gut, dass du hier bist*, dachte sie. „Sag, was machst du da eigentlich?"

„Wonach sieht's wohl aus? Ich koche. Dann essen wir. Dann reden wir. Gut?"

„Was hast du denn da alles mitgebracht?"

„Das, was ich nicht in deinem Kühlschrank finde. Ihr habt's einen schönen Feinkostladen oben an der Ecke, schon mal gesehen?"

„Fällt Weihnachten auf Ostern?"

„Nö."

Siehst du, Herr Schmatz? So geht der Spruch, dachte sie.

Stolwerk hackte Zwiebel, Knoblauch, Petersilie und Chilischoten klein, während das Wasser im Topf zu dampfen begann. In einer großen Pfanne erhitzte er Olivenöl.

„Und, was machst du?"

„Ente mit Rotkraut."

„Echt?"

„Also das kann man auch nur dir erzählen, Veil-chen. *Spaghetti aglio, olio e peperoncino* natürlich. Weil's schnell geht. Und damit wir schön riechen."

„Dann hätt ich ja nicht zu duschen brauchen."

„Ich sagte *riechen*, nicht *stinken*, Veilchen. Kennst den? Mit der Fahrkarte kommst in den Bus, mit dem Knoblauch ...?" Er sah sie erwartungsvoll an. *Auf den Platz*, lag ihr auf der Zunge. Einer seiner Lieblings-witze. „Hm?"

„Auf den Platz! Hahaha. Deckst den Tisch? Kerzen sind in dem Sack da."

Valerie deckte auf und setzte sich anschließend auf die Arbeitsplatte neben Stolwerk, um ihm auf die Finger und gelegentlich in die vertrauten, dunklen Augen schauen zu können. Er öffnete eine Weinflasche und ließ sie daran riechen.

„Sauvignon Blanc. Die Weißweingläser sind wo?"

„Im letzten Umzugskarton, den ich aufmache, ganz unten, ganz hinten."

„Na, dann frisch ans Werk."

Schneller als befürchtet hatte sie ihre Weinkelche gefunden, ausgespült und bis einen halben Zentimeter unter den Rand gefüllt, sodass in der Weinflasche nur ein kleiner Rest übrig blieb.

„Praktisch, dann müssen wir nicht so oft nachschenken", kommentierte Stolwerk.

Sie sah ihn an. „Was?", hinterfragte sie sein verschmitztes Grinsen.

„Gar nichts. Zum Wohl, Veilchen."

„Schön, dass du da bist."

Ein paar Minuten später dampften die Spaghetti auf den Tellern. Valerie beförderte eine Gabelladung nach der anderen in ihren Mund. Bald durchströmte sie eine Wärme, wofür die heißen Nudeln, vielleicht auch der Knoblauch, ganz sicher aber Stolwerks Anwesenheit verantwortlich waren. Nach dem Essen blieben sie am Tisch sitzen, ihr Gast machte die zweite Flasche auf, jetzt war Rotwein dran. Mit Käse.

„Na, dann verrat mir mal, wo es dich drückt."

Valerie holte Lizahs Foto, legte es auf den Tisch, drehte es herum und schob es Stolwerk zu. Dann informierte sie ihn über die Ereignisse der letzten Tage. Schnell schien er die Verzwicktheit ihrer Lage zu erkennen, so freundlich und gelassen er auch dreinblicken mochte. Sie bemerkte es an seinen Zwischenfragen und war froh, dass er darauf verzichtete, erfahren zu wollen, wie sie sich auf dieses Himmelfahrtskommando einlassen hatte können. Stattdessen vermittelte er ihr: *Egal, was kommt, ich werde diesen Weg mit dir gehen und mich von nichts und niemandem in der Welt davon abbringen lassen.*

„Stolwerk, du musst das nicht tun."

„Weiß ich. Aber ich will, Veilchen. Für dich und mich."

Vor dem nächsten Satz hatte sie Angst. Aber sie musste ihn sagen. „Weil du glaubst, in meiner Schuld zu stehen."

„Nein. Das glaub ich nicht, das weiß ich. Aber ich tu's, weil du mich brauchst, nicht für irgendein Quid pro quo. So gut müsstest mich eigentlich kennen."

„Und deine Gesundheit? Wird es gehen?"

Er sah sie schief an. „Was meinst?"

„Dein Asthma? Und ..." Sie überlegte, wie man *dein Knacks* besser formulieren konnte. „Und die Belastung?"

„Brauchst nicht rumdrücken. Darfst ruhig Knacks sagen."

Wieder hatte er es geschafft, in ihrem Kopf zu lesen, noch dazu dasselbe Wort gefunden. Wie machte er das nur? „Glaubst du, du packst das?"

Statt einer Antwort legte er seine Hand auf ihren Unterarm und nickte. „Gib mir nur keine Pistole in die Hand, dann schaffen wir das."

Sie beschlossen, am folgenden Morgen zum Oligarchen zu fahren, um die Geldübergabe zu besprechen. Bald wünschten sich die beiden Kampfgefährten früherer Tage eine gute Nacht.

Sonntag

Als Valerie am Sonntagmorgen die Küche betrat, war diese bereits aufgeräumt. Auch sonst gab es Indizien, dass Stolwerk noch länger wach gewesen sein musste, denn die zweite Weinflasche, von der sie höchstens ein Achterl gehabt hatte, war nun ebenfalls leer. Sie ging ins Wohnzimmer und fand ihren Besucher kraftvoll schnarchend auf der Couch. Hose, Pullover und ein Arm lagen am Boden. *Soll er schlafen*, dachte Valerie, kleidete sich an und schlich sich aus der Wohnung. Sie spazierte zum Innufer. Über Glungezer und Patscherkofel standen langgezogene Föhnwolken, und wie sie als kleines Mädchen von ihrem Vater erfahren hatte, waren das untrügliche Anzeichen dafür, dass Innsbruck ein weiterer warmer, aber windiger Tag bevorstand, an dem die Leute *tramhappert* seien. Wie sehr hatten sie und Lilian damals über das Wort aus dem Mund ihres Papas gelacht. Und wie standen die Dinge heute zwischen Schwester, Mutter und ihr ...

Sie lief einen Kilometer bis zur Universität, an der Hartmut Mauser studiert hatte, machte wieder kehrt, entschloss sich spontan, über die Innbrücke zu gehen und sich die Höttinger Gasse genau anzusehen, wo am Abend das Geld übergeben werden sollte. Die nach oben führende Einbahnstraße war zu Beginn auffällig schmal, verwinkelt und steil und wurde nach der ersten schlangenförmigen Kurve etwas breiter. Am Haus 25a standen die zwei Altpapiercontainer, nicht zu verfehlen, direkt neben einem großen Mauerbogen mit massiver Holztüre. Gegenüber lag eine kleine Wohnanlage mit Vorplatz. Es schien mehr als genug Fluchtmöglichkeiten zu geben, aber auch einige potentielle Beobachtungsposten, wobei nicht klar zu beurteilen war, wie die Lichtverhältnisse um zweiundzwanzig Uhr sein würden. Sie fand den geeignetsten Platz zwischen einem freistehenden Elektrokasten, einer halbhohen Mauer und Gestrüpp, direkt vor der Wohnanlage. Hier hatte sie freie Sicht auf die Sammelcontainer und war trotzdem in Deckung. Am oberen Ende der Höttinger Gasse gab es Parkmöglichkeiten und – wie ganz unten auch – einige verwinkelte Hausecken, doch den Ort der Geldübergabe konnte man von dort aus nicht sehen.

Valerie entdeckte eine Bäckerei gegenüber der imposanten neuen Höttinger Kirche und kam auf die Idee, Stolwerk mit einem Frühstück zu überraschen, stand dann jedoch vor verschlossenen Türen. Wieder unten angekommen, wäre sie am Zebrastreifen vorm Metropol-Kino um ein Haar von einem Auto erwischt worden, dessen Fahrer nicht nur die rote Ampel übersehen hatte, sondern ihr zur Krönung auch noch den Vogel zeigte. *Tramhappert*, dachte sie. Vom Winde verweht. Nachdem auch alle anderen Bäckereien, die sie fand, am Sonntag geschlossen hatten, ging sie wieder zurück zur Wohnung.

Zwei Stunden später kurvten Valerie und Stolwerk die Höhenstraße hinauf zur Hungerburg, wo sie sich mit den Marinovs treffen und die weiteren Aktionen besprechen wollten.

„Veilchen, wenn d' weiterhin so rast, gibt's ein Déjàvu mit meiner Sachertorte."

„Unser Glück, dass das Innsbrucker Sacher heute offen war. Aber Torte zum Frühstück?"

„Wie in alten Tagen in Wien. Weißt nicht mehr?"

Valerie grinste bei der Erinnerung an ihre gemeinsamen Frühstücke in der Stadt. Stolwerk aß zu Tagesbeginn vorwiegend Süßes, während sie sich, wenn überhaupt, dann an Müsli und Aufstrichbrot hielt. „Ja. Apropos, deine Rolle ist klar? Kein Wort von diesen *alten Tagen.*"

„Ist schon klar, Veilchen. Du, steht da drin etwa ein Hubschrauber?"

„Ja, wir sind da." Valerie drückte die Klingel.

„Hallo?", hörte sie eine unbekannte Stimme aus der Gegensprechanlage, neben der eine Kamera montiert war.

„Oberstleutnant Mauser vom LKA für die Marinovs."

„Wer neben Ihnen?", krächzte die Box in östlich eingefärbtem Dialekt.

„Mein Sicherheitsattaché", fiel ihr spontan ein, „Stolwerk."

„Einen Moment, bitte."

„Attaché", gluckste Stolwerk.

„Wirkt offiziell, und verstehen tut's eh keiner."

„Respekt."

„Danke."

Nichts passierte.

„Kennst den? Ein Russe und ein Pole sitzen im Auto. Wer fährt?"

Die Polizei, dachte Valerie. „Wer?"

„Die Kriminalpolizei! Hahaha ... ha! Veilchen, was ist jetzt?"

„Warten wir einfach."

Eine Minute darauf öffnete sich das Tor. Valerie parkte den Wagen an der bekannten Stelle und wurde von einem ziemlich großen Herrn in dunklem Anzug empfangen, der am Vortag noch nicht hier gewesen war.

„Aussteigen. Machen auf und spreizen Beine."

„Wie bitte?", fuhr sie ihn an.

„Inspektion. Tasche und Körper. *Mister Sichereitz-Tasché* auch."

„So, Schluss mit dem Zirkus. Bringen Sie uns sofort zu Herrn Marinov, oder wir fahren wieder", forderte Valerie und war schon im Begriff, wieder einzusteigen.

„Bitte warten." Der Wachmann presste den Knopf ins Ohr und sprach in ein Kabel.

Bitte warten ... bitte warten ... bitte warten, imitierte das fiese Bengelchen auf ihrer Schulter eine Telefon-Endlosschleife.

Dann hörte der Hüne angestrengt zu, um ein paar russische Sätze zu erwidern. Nach drei Runden Pingpong öffnete ein weiterer, ebenso schick angezogener Mann die Eingangstüre. Aus seinem schrankartigen Format schloss Valerie, dass er Bodybuilder sein musste. „Kommen, bitte."

Drinnen wurden sie wieder vertröstet. „Kommen gleich."

„Und, wie läuft's so?", fragte Stolwerk den Muskelmann. Dieser sah ihn ausdruckslos an. „Gleich kommen, bitte?", versuchte er es nun mit den drei Worten, die sein Gegenüber zu beherrschen schien, und erntete ein Kopfnicken. Valerie unterbrach Stolwerks linguistisches Experiment mit einem schmalen Blick und einer für Außenstehende kaum wahrnehmbaren Kopfhaltung.

„Frau Mauser, bitte entschuldigen Sie", rief Janette Marinov und eilte die offene Treppe hinunter. „Gibt es was Neues?", fragte sie, noch bevor sie die Besucher erreicht hatte.

„Nein, leider. Bei Ihnen wohl auch nicht?"

„Nein. Nichts."

„O.k., Mrs. Marinov?", fragte der Schranktyp.

„Thank you, Dimitri. Please tell my husband to come in and wait outside."

Mit einem „Sure" ging er hinaus.

„Dimitri und Feodor sind dumm wie Stroh", sagte sie zu Valerie gewandt, „eigentlich dachten wir, auf sie verzichten zu können, aber Boris hat sie gestern wieder eingeflogen. Ich hoffe, Sie haben sich nicht erschreckt?"

„Nein, nein. ‚Machen auf und spreizen Beine' hört man doch immer gerne", äffte sie den Empfangsgorilla nach.

„Oh Gott, wie peinlich. Bitte verzeihen Sie." Sie drehte sich zu Valeries Begleiter und musterte ihn von oben nach unten. „Wen haben Sie denn da mitgebracht?"

„Das ist Manfred Stolwerk. Privater Sicherheitsexperte."

Janette Marinov zog Valerie zur Seite, sodass Stolwerk nicht mithören konnte. „Aber es war doch vereinbart, dass keine weiteren Personen eingeweiht werden!", zischte sie.

„Frau Marinov, ich werde Ihnen alles erklären. Ihnen und Ihrem Mann. Wo ist er überhaupt?"

„Füttert gerade die Hunde." Sie rollte die Augen nach oben. „Rottweiler", sagte sie, als spräche sie von den Sieben Plagen.

„Kampfhunde?"

„Sein Hobby. Sollten eigentlich auf das Anwesen aufpassen. Aber Boris hat sie total verhätschelt. Ich halte Lizah ... und mich ... trotzdem von ihnen fern. Entschuldigen Sie." Sie schnäuzte sich mit verzerrtem Gesicht und brauchte einige Momente, um sich wieder zu fangen. „Setzen wir uns doch bitte auf die Couch."

„Der Tisch würde sich besser für die Besprechung eignen", schlug Valerie vor.

„Dann bitte. Kaffee? Tee?"

„Welche Tees haben Sie?", fragte Stolwerk. Valerie wunderte sich. Tee war Tee, gerade in fremden Häusern.

„Leider nur Ingwer-Zitrone oder Schwarztee."

Stolwerk entschied sich für Ingwer-Zitrone, Valerie schloss sich an. Kurz nachdem Janette Marinov den Tee serviert hatte – sie selbst gönnte sich einen Mojito –, kam ihr Mann ins Haus. Valerie stellte ihm Stolwerk vor.

„Aber gesagt, Sie alleine?"

„Das hab ich sie auch schon gefragt!", warf seine Frau ein, „Sie haben uns doch versprochen, das alleine zu regeln, Frau Mauser. Wenn Sie so einen Auflauf veranstalten und die Entführer das erfahren, bringen sie Lizah doch um! Oh Gott!"

„Frau Marinov, Herr Marinov, hören Sie mir bitte zu. Nachdem Sie den Finger gefunden hatten, musste ich leider von äußerst brutalen Tätern ausgehen. Sie wissen, ich bin inoffiziell hier, aber alleine kann ich Ihnen nicht helfen. Wir brauchen so viel Unterstützung wie möglich. Diskret, versteht sich. Herr Stolwerk ist privater Sicherheitsexperte mit besten Qualifikationen. Ich möchte ihn bei der Planung dabei haben. Die Alternative ist, die Staatsanwaltschaft einzuschalten und die Spezialisten zu rufen, wozu ich eigentlich verpflichtet wäre."

„Auf gar keinen Fall!", rief die Ex-Miss und schlug sich wieder die Hände vors Gesicht. Valerie vernahm ein ersticktes „Lizah!", und dann nur noch hysterisches Wimmern.

„Nix Polizei. Nix Stolwerk." Der Oligarch stand auf, ging zur unsäglichen Bar und schenkte sich Wodka ein.

Stolwerk kniff die Augen zusammen und sah interessiert zu. „Ist das etwa ein ... Elit?"

Boris Marinov drehte sich verdutzt um. „Ja, Stolichnaya Elit, Beste, was gibt, von Heimat, wissen?"

„Der beste Wodka, den ich kenne", sprach Stolwerk. „Wollen?"

„Ja, gerne. Ich bin schließlich nicht im Dienst, ich meine, eigentlich nie im Dienst. Selbständig."

„Ein Unternehmersmann, wie ich?"

„Da!", antwortete er. Seine Aussprache erinnerte Valerie an einen russischen Bären.

Boris schien beinahe aus den Latschen zu kippen. „Wy gawariti parusski?"

„Zu wenig, fürchte ich", antwortete Stolwerk, sprang auf, trottete zum Russen und prostete an. Der Oligarch lächelte. Beide leerten ihr Glas in einem Zug. „Aaaah", verlieh der Gast seinem Genuss einen fauchend-krächzenden Ausdruck und grinste mit glänzenden Augen. „Wirklich, der allerbeste, den ich kenne! Stolichnaya Elit", meinte er anerkennend und nickte langsam mit dem Kopf.

Valerie sah zu Boden, unschlüssig, ob sie etwas sagen sollte, hielt sich dann jedoch zurück, weil sie auf Stolwerks intuitive Fähigkeiten vertraute. *Am Klischee des wodkasaufenden Russen könnte vielleicht doch was dran sein*, überlegte Valerie. Man munkelte ja immer, dass es vor allem die Spirituose war, die sibirische Winter, Wehwehchen und Sorgen aller Art erträglich machte. So, wie man Tirolern nachsagte, in Lederhosen Gipfel zu erklimmen, um sich den neuesten Klatsch und Tratsch zuzujodeln. Das war natürlich heillos übertrieben. *Wozu gibt es Handys?*, ergänzte die böse Souffleuse. Doch Alkohol schien tatsächlich Marinovs Problemlöser zu sein.

„Wollen noch?", fragte Marinov.

„Da!", brummte Stolwerk.

Der Gastgeber goss den Rest der Flasche in Stolwerks Glas und öffnete eine neue. „Prost!"

„Nastrovje! Auf ex!", forderte Stolwerk.

Der Russe lachte mit der Resonanz eines Opernsängers. „Auf ex, Unternehmersmann!"

„Boris, wie kannst du jetzt nur so zügellos saufen, denk an unsere Tochter!", entrüstete sich Janette.

„Still sein. Selber saufen", herrschte er und deutete auf ihren Mojito, wobei nicht klar herauskam, ob dies eine Aufforderung oder ein Vorwurf war.

Mit dem dritten Glas in der Hand setzten sich die beiden Gewichtigen an den Tisch.

„Stolwerk", sprach Marinov.

„Ja?"

„Ich gefallen Sie."

Stolwerk hatte nun ebenfalls Interpretationsprobleme, war kurz unsicher, ob das eine Frage oder eine Feststellung war, entschied sich aber für letzteres: „Danke sehr, auch für Ihre Großzügigkeit, Herr Marinov."

„Dann beginnen wir mit der Planung?", fragte Valerie.

„Einen Augenblick", unterbrach die Oligarchenfrau, „Boris, wir können nicht noch jemanden dazunehmen. Die Entführer haben es uns doch verboten! Das merken die doch! Und Lizah ..." Wieder verbarg die Angetraute ihr Gesicht und schniefte taschentuchgesiebte Luft.

Valerie fasste den Entschluss, aufs Ganze zu gehen. „Frau Marinov, Herr Marinov, hören Sie mir zu. Ich habe mich schon viel zu weit hineinziehen lassen. Mein Fehler, aber zurück kann ich nun nicht mehr. Nur, ohne einen Menschen, dem ich vertrauen kann, geht es auch nicht weiter. Ich lege für Herrn Stolwerk meine Hand ins Feuer. Entweder wir machen das gemeinsam, oder wir lassen es bleiben und fahren. Jetzt sofort."

Sie hatte ihre Hände schon auf den Tisch gelegt und sich vorgebeugt, um den Marinovs zu versichern, dass sie aus ihrer Drohung Ernst machen würde, als plötzlich die Haustüre aufging. Einer der Aufpasser begleitete einen elegant gekleideten Mann mit schwarzem Rucksack an den Tisch. Mit einem „Checked, no gun" trat er zwei Schritte zurück. Umspielte da etwa ein Grinsen seinen Mund? Fand er Gefallen an Leibesvisitationen, oder war das „No Gun" eine versteckte Anspielung auf die Manneskraft des Gastes? Marinov zog die Backen hoch. Nun war es klar. Hier war definitiv nicht von Kanonen aus Metall die Rede. Ein Kopfnicken später verließ der Leibwächter den Raum.

„Boris, was soll das?", bellte der Gast zur Begrüßung.

„Soll was?"

„Ich dachte, du hättest diese beiden Affen letztes Jahr heimgeschickt? Und jetzt sind sie wieder da? Muss *ich* mir gefallen lassen, betatscht und befummelt zu werden? Ich?" Der neue Besucher blickte empört, rückte sich die Krawatte zurecht und tätschelte seine gegelten Haare.

„Bitte entschuldigen. Müssen aufpassen", antwortete Boris.

„Frau Mauser, das ist Herr Schaffler von der Bank", übernahm Janette die Vorstellung des Gastes.

„Der Konsul?", entfuhr es Valerie. *Lord Voldemort?*, flüsterte die böse Souffleuse, als freute sie sich auf ein Schokoladeeis.

Der braungebrannte und gepflegte Mittvierziger sah sie fragend an. „Wie? Ach, Mauser, ja genau, Sie wollten vorgestern zu mir."

„Und Sie waren ausgeflogen. Sie sind der Hausbanker der Marinovs?"

„Ja. Und ja. Termine. Ich hoffe, Sie verstehen. Ich bin ein gefragter Mann und kann nicht darauf warten, dass mich jemand besuchen kommt. Hat man sich gut um Sie gekümmert?"

„Ja, die Empfangsdame war sehr nett. Was haben Sie uns denn da mitgebracht?", fragte sie und deutete auf den Rucksack, wohl wissend, worum es sich handelte.

„Wissen alle hier Bescheid?", fragte er den Oligarchen und deutete in Stolwerks Richtung. Marinov sah diesen kurz an und nickte.

„Das Geld, wie bestellt. Im Vierzig-Liter-Rucksack, keine GPS-Ortung, keine Alarmpakete."

„Lassen Sie mal sehen", forderte Stolwerk.

„Wollen Sie es vielleicht noch *zählen*?", entrüstete sich der Konsul, „Boris, dafür ist mir meine Zeit jetzt aber wirklich zu kostbar."

„Müssen nicht zählen Peanuts. Zahlen zehnmal das, Hauptsache, unser Engel wieder da!"

Seine Frau schluchzte.

„Auf diesen Handel können wir leider nicht vertrauen", gab Valerie zu bedenken. „Herr Schaffler, wer in der Bank weiß Bescheid?"

„Nur ich natürlich." Der Bankdirektor stellte den Rucksack an eine Wand und kam zum Tisch zurück. „Wollen Sie mir Ihren Begleiter vorstellen, Frau Mauser?"

„Stolwerk, angenehm", übernahm dieser gleich selbst, „und Sie sind also der Konsul von Mauretanien?"

„Mauritius!", entrüstete sich Schaffler und holte Luft, vermutlich, um ihm sogleich eine Nachhilfestunde in Geografie zu erteilen, brachte aber kein Wort mehr heraus, schien komplett den Faden verloren zu haben. *Dieser Fuchs*, lobte sie ihren Begleiter, ohne es auszusprechen.

Plötzlich der Schrei eines Mannes, gefolgt von einem Schuss. Es kam von draußen. Valerie zog die Dienstwaffe aus ihrer Tasche, rannte ans Fenster, sah zuerst nichts, dann Dimitri, der mit einer Pistole in der

Hand am Fenster vorbeisprintete, gefolgt vom Muskelberg, der nicht ganz so flink war, jedenfalls aber gleich entsetzt dreinblickte. Valerie ging mit entsicherter Waffe und der linken Hand am Griff der Terrassentüre in Halbdeckung. Was konnte die beiden nur so erschreckt haben? Valeries Fantasie ließ sich nicht zweimal um Mithilfe bitten und reimte zusammen mit ihrem kriminalistischen Verstand in Windeseile drauflos. Die Entführer? Unwahrscheinlich. Die Mafia? Der würden sie die Stirn bieten müssen und nicht davonlaufen können wie kleine Schuljungen. Eine Lawine? Ließ sich schwer erschießen. Jopi Heesters, der ein eiskaltes „Heut geh ich ins Maxim!" schmetterte und mit waagrecht ausgestreckten Armen in ihre Richtung wankte? *Gott hab ihn selig*, dachte sie. Aber wieso kam sie nur auf solche Sachen?

Valerie wurde nicht schlau aus den Beobachtungen, bis zwei große, dunkle Hunde mit fliegenden Zungen an der Türe vorbeigaloppierten. Durch das linksseitige Panoramafenster konnten alle das weitere Geschehen im Garten beobachten. Die beiden Wachhunde hatten ihre menschlichen Gegenstücke gestellt und wedelten eifrig mit den kurzen Schwänzen. Dimitri hob die Handfeuerwaffe in die Luft und gab einen Warnschuss ab. Noch bevor dieser verhallt war, sprang einer der Hunde los, packte den Aufpasser am Arm, riss ihn zu Boden, hüpfte mit allen vieren auf seine Brust und begann, das Gesicht seines Opfers kräftigst abzuschlecken. Feodor ging es gleich. Beide Männer ergaben sich mit zugekniffenen Augen ihrem Schicksal.

Valerie blickte in die Runde. Der Oligarch und der Konsul standen mit offenen Mündern da, Janette hatte divenhaft die Stirn gerunzelt, was ihr überhaupt nicht stand, und Stolwerk ähnelte einem Wasserkocher, der kurz vorm Pfeifen war. Einen Augenblick später hatte sich Boris gefasst und trampelte an ihr vorbei zur Terrassentüre hinaus, packte Dimitri und Feodor am Kragen und scheuchte sie mit Fußtritten um das Haus herum, während seine beiden Rottweiler mit größtem Eifer Haken um die Männer schlugen und an ihnen hochsprangen.

Und das war die Geschichte von Dimitri und Feodor. Im Dienst gefallen und abgeschleckt. Und wenn sie nicht gestorben sind, so laufen sie noch heute, fasste das kleine Teufelchen zusammen.

„Boris hat sicher wieder vergessen, den Zwinger zu verriegeln", sagte Janette, „Sie sehen ja, die Hunde sind harmlos, aber unglaublich furchteinflößend. Und verschmust."

Stolwerk hatte sich von den Beteiligten abgewandt, blickte zu Boden und schob mit dem linken Fuß imaginäre Staubkörner hin und her. Valerie sah von der Seite, wie ihm ein Tropfen aus der Nase lief. Der mächtige Körper schien von einer Art Schluckauf gebeutelt zu werden, was sie richtig zu interpretieren wusste. Ihr Begleiter stand kurz vor der Eruption. Denn Stolwerks Liebe für diese Art von Slapstick kannte keine Grenzen. Nun konnte ein einziges falsches Wort zu einem von Stolwerks unvergleichlichen Lachanfällen führen. Ausbrüche, die so heftig waren, dass sie für gewöhnlich einen Asthmaanfall nach sich zogen. Sein hohes, langgezogenes, zwischendurch keuchendes Lachen hätte Valerie garantiert angesteckt, und das wäre absolut unpassend gewesen. So raffte sie die letzten Reste an Ernsthaftigkeit und Beherrschung zusammen, legte sich ein feineres Wort als *Klo* zurecht, wandte sich an die Frau des Oligarchen und fragte: „Janette, wo ist denn bitte die Toilette?" Der Schreck durchfuhr sie.

Das kleine Teufelchen reckte die Arme in die Höhe. Valerie wartete nicht auf die Erklärung, sondern lief gleich in die angedeutete Richtung los. Hinter ihr der Anlaut einer Feuerwehrsirene. Stolwerk ging ab. Sie blickte nicht mehr zurück.

Der Drang, laut loszuprusten, war so schnell verschwunden, wie sie die Toilette gefunden hatte, denn auf der Tür war eine Kinderzeichnung angebracht, die zwei große und einen kleinen Menschen auf einer Blumenwiese zeigte. Lizah mit Mama und Papa. Alibihalber sperrte sie sich ein, betrachtete ihr Spiegelbild und wusch sich die Hände. In diesem Waschbecken hätte ein Baby seinen Freischwimmer machen können. Valerie blickte sich um. Das WC hatte die Ausmaße ihres Wohnzimmers, die Einrichtung geizte nicht mit Prunk und Protz und natürlich waren Boden und Wände aus Marmor. Die Muschel war offenbar eines von diesen elektrischen Dingern, die sich selber putzen konnten. Aus Neugier spülte sie einmal leer durch und beobachtete, wie ein Teil ausfuhr und die Brille desinfizierte, welche sich einmal herumdrehte und danach über das ganze Gesicht zu strahlen schien, als wollte sie sagen: „Komm, setz dich hin und erzähl mir, wie's dir geht." „Besch...", lag ihr zur Antwort auf der Zunge. Weitere Knöpfe erklärten Valerie, warum sie hier drin kein Toilettenpapier sah: *Duschen statt wischen* war die Devise. Gott sei Dank hatte sie nicht gemusst, denn womit hätte sie die Überschwemmung aufgewischt, die sie als Anfängerin mit Sicherheit verursacht hätte? Von der Decke leuchteten dutzende Minilichter, die garantiert die Farbe wechselten. Wenn man in Stimmung war, konnte man sein Geschäft im Rotlicht machen. Oder in sanftem Grün, als säße man in der Wiese. Blau ging's wohl auch. Dieses Wellnessklo musste den Preis eines Einfamilienhauses haben.

Als sie ihre Besichtigungsrunde beendet hatte und sich sicher war, dass auch Stolwerk seine Beherrschung wiedergefunden haben musste, öffnete sie die Türe und sah den Konsul von hinten. Er telefonierte und hatte sie offenbar noch nicht bemerkt. Schnell trat sie einen Schritt zurück und lauschte durch den Spalt.

„Ja, die zerzauste Komikerin und so ein frecher Dickwanst, ein Herr Stolwerk ... nein, den kenne ich auch nicht, unsympathischer Kerl, sag ich dir, jetzt hat er auch noch irgend so einen Anfall, heult wie eine Sirene ... nein, keine Ahnung, was der hier verloren hat, vom Dialekt her vermute ich Salzburg oder so ... gut, mach ich ... ja, hattest Recht, ziemlicher Feger, aber die Haare ... also für mich wär die nichts, aber Geschmäcker sind halt ... wart mal, hör zu, Boris hat gerade seine Schießbudenfiguren zum Teufel gejagt, weil sie seine Hunde abknallen wollten ... nein, bin ich nicht, du Rindvieh ... ja, er hat sie wieder zurückgeholt, der Idiot, nach allem, was die beiden ange... jaja, ich weiß, bin ich schon ... na dann, Waidmannsheil." Schaffler verließ den Gang, Valerie wartete noch eine Minute und ging dann zu den anderen zurück. Sie sah, wie Stolwerk einen Zug aus seinem Inhalator machte und die Luft anhielt. Neben ihm die Oligarchenfrau, die ihm mit besorgtem Gesichtsausdruck den Rücken tätschelte und sich dann Valerie zuwandte. „Dass Ihr Begleiter so starkes Asthma hat – der ist sicher total erschrocken wegen der Schüsse. So ein armer, lieber Mensch."

„Ja, sicher die Schüsse", log Valerie. Sie musste am WC einiges verpasst haben, denn Janette Marinov schien plötzlich außerordentlich besorgt um Stolwerk zu sein. Wie er die Kurve dorthin bekommen hatte, war ihr ein Rätsel. Die zarte Frau und der mammuthafte Freund gaben ein merkwürdiges Bild ab. Wenn man ihn heute sah, fiel es schwer zu glauben, dass Stolwerk früher, vor ihrer gemeinsamen Zeit am LKA Wien, Einsatzbeamter in der österreichischen Spezialeinheit Cobra gewesen war, schlank, durchtrainiert und hammerhart. Sie hatte die Fotos gesehen. Die Damenwelt musste Schlange gestanden haben. Hatte ihm diese damals etwas bedeutet? Zu diesem Thema hatte er sich immer ausgeschwiegen. Und nichts hätte ihn erschrecken können. *Fast nichts*, korrigierte sich Valerie. „Geht's wieder, Stolwerk?", fragte sie ihn. Als er sie ansah und seine Augen zu einem schmalen Spalt zusammenkniff, liefen Tränen heraus.

Die Oligarchin reichte ihm ein Taschentuch. „Hier, tapferer Mann." Sie streichelte seinen Rücken.

Boris Marinov kam wieder herein. In seinen Händen hielt er zwei Pistolen und die Funkgeräte mit den Ohrknöpfen. Er warf alles auf die Couch, ging zum Tisch und verlor kein Wort über das Geschehene.

„So, nachdem die Komödie beendet ist, können wir uns wieder der Entführung widmen?", fragte Konsul Schaffler, ohne eine Antwort abzuwarten. „Frau Mauser, würden Sie mir bitte endlich erklären, was Herr Stolwerk hier macht?"

Valerie schaltete blitzschnell. „Das habe ich der Familie bereits ausreichend erklärt, oder?" Sie sah Boris an, der zur Antwort nickte. Dann richtete sie ihren Blick auf Janette, die es ihm gleichtat.

„Wir vertrauen Herrn Stolwerk", sagte die junge Frau und brachte den Konsul, der zu einem „Aber ..." angesetzt hatte, mit einem durchbohrenden Blick zum Schweigen. „Vielen Dank, Herr Schaffler."

Dieser verstand die Botschaft erst, als Janette zur Türe sah. „Sie werden mich doch wohl nicht im Ernst von der Planung ausschließen wollen?", entrüstete er sich.

„Das schaffen wir schon", antwortete Stolwerk mit heiserer Stimme.

„Wie Sie wollen. Aber auf Ihre Verantwortung", sagte der Banker, machte kehrt und verließ das Haus.

Stolwerk kramte einen Tabletcomputer aus seiner Tasche, tippte kurz darauf herum und legte ihn auf den Tisch.

Valerie übernahm. „Die Höttinger Gasse von oben. Geldübergabe hier, um Punkt zweiundzwanzig Uhr. Frau Marinov, Sie fahren von unten ein und werfen den Rucksack in den linken der beiden Altpapiercontainer. Welches Auto werden Sie nehmen?"

Die Oligarchin schien kurz überlegen zu müssen. „Ich ... ich nehme am besten den X5, oder?"

„Ja, ein hoher Wagen ist gut. Da können Sie knapp an den Container heranfahren und brauchen nicht auszusteigen. Fenster runter, Deckel auf, Rucksack rein, Deckel zu. Dann fahren Sie weiter, raus aus der Gasse und wieder nach Hause. Alles so unauffällig und leise, wie es nur geht."

Stolwerk fasste die junge Frau an der Schulter. „Janette, schaffen Sie das?" Er sah ihr in die Augen, sie erwiderte den Blick eine Spur zu lange.

Boris Marinov waren zwar die Blicke, nicht aber die vertrauliche Berührung entgangen, er ließ sich jedoch nichts anmerken.

„Ich ... ich glaube schon. Für Lizah." Nun versank sie förmlich mit dem Kopf voraus in seinen dunklen Augen. Verständlich – sie waren sein Highlight.

„In Ordnung. Sehen Sie, Herr Marinov", fuhr Valerie fort, „wir werden hier und hier sein. Herr Stolwerk unten, im verwinkelten Bereich, wird mir Bescheid geben, wann Ihre Frau da ist, und sich die nachfolgenden Fahrzeuge notieren. Und ich verstecke mich hier, gegenüber der Altpapiercontainer, um diese beobachten zu können."

„Aber da entdecken!", warf Boris Marinov ein, „Entführer töten Lizabetta, wenn sehen Sie!"

„Herr Marinov, niemand wird mich entdecken. Die Stelle ist optimal geschützt. Und ich muss auf Ihre Gattin aufpassen, denn die Geldübergabe könnte auch eine Falle sein. Wie Sie selbst sagen, drei Millionen sind Peanuts für Sie."

„Besser so", sagte der Oligarch und legte seinen Arm um die Frau. „Nie verlieren, Sternchen!" Er drückte sie an sich.

Stolwerk fasste zusammen: „Also gut, dann wäre das geklärt. Frau Marinov, wenn Sie es schaffen, biegen Sie bitte exakt eine Minute vor zweiundzwanzig Uhr unten ein." Er deutete auf ihr Handy. „Richten Sie sich nach der Uhrzeit auf Ihrem Smartphone."

Sie nickte.

„Dann bräuchten wir noch Funkgeräte", sagte er mit Blick auf die beiden Apparate, die der Oligarch seiner Security abgenommen hatte, und wandte sich diesem zu, „könnten wir uns die da vielleicht ausleihen?"

„Sicher. Schenken. Sagen, wenn mehr brauchen."

„Das dürfte reichen, danke. Also, dann hätten wir alles?", fragte Valerie.

Im selben Moment klingelte es. Janette Marinov ging zur Gegensprechanlage. „Hallo? ... warten Sie einen Moment, ich sehe nach." Sie ging zur Garderobe, nahm etwas vom Schrank und brachte es hinaus. Dann kam sie zurück. „Schaffler. Der hatte sein Handy vergessen."

Stolwerk und Valerie blickten sich an, verzogen aber keine Miene. „Dann machen wir es so", schloss Valerie das Gespräch. An Boris Marinov gerichtet fügte sie hinzu: „Und keine Alleingänge oder Experimente, klar?"

Er nickte. Als sie mit Stolwerk das Haus verließ, sah sich Valerie zuerst nach den Hunden um, doch der Hausherr schien sie weggesperrt zu haben. Bald darauf fuhren sie die kurvenreiche Straße hinunter.

„Das mit dem Handy hast bemerkt?", fragte Stolwerk.

„Sicher. Da will wer genau wissen, was wir planen. Ich hab den Konsul vorher schon belauscht, der hat garantiert mit Freudenschuss telefoniert. Als du deinen Anfall hattest."

„Und?"

„Schaffler ist gut informiert. Zu gut. Ich frag mich, ob Marinov ihn eingeweiht hat ... ich hab's ihm eigentlich verboten. Dann kommt nur noch Freudenschuss in Frage. Ach ja, und du gibst ihm einige Rätsel auf."

„Hehe. Mauretanien war gut, oder?"

„Genial. Der hatte sofort einen Knopf im Hirn." Valerie grinste bei der Erinnerung. Da kam der Lackaffe mit großem Tamtam, reckte die Fäuste – und Stolwerk schickte ihn mit einem einzigen Wort auf die Bretter.

„Hast mich eigentlich umbringen wollen?", fragte Stolwerk.

„Wie bitte?"

„Na, mit deiner Pumuckl-Nummer. Was sich reimt, ist gut, oder wie? Janette und Toilette, haha. Wirklich sehr erwachsen. Ich wär fast draufgegangen."

„War keine Absicht, entschuldige."

Stille.

„Sag mal, Veilchen, warum passiert mir so was immer nur mit dir?"

„Was meinst du?"

„Na, dass ich plötzlich mitten in einem Charlie-Chaplin-Film steh. Ziehst so was magisch an, oder was?"

Valerie antwortete nicht, wusste aber, worauf er hinauswollte. So trist sie sich und ihr Leben oft empfand, irgendeine höhere Macht schien sie liebend gern in kuriose Situationen zu stecken. Wie eine Labormaus. *Labormauser,* dichtete sie still.

„Weißt, worauf ich jetzt Lust hab?", fragte Stolwerk.

„Auf was?"

„Einen Tiroler Graukäse. Kennst den?"

„Nein, sollte ich?"

„Unbedingt. Darauf freu ich mich seit Jahren. Komm, brems, lass uns das Gasthaus da ausprobieren."

„Hast du schon wieder Hunger?"

„Immer."

So saßen sie kurz darauf im Gasthof Ölberg an der Höhenstraße. Zwar stand kein Graukäse auf der Speisekarte, doch die Kellnerin sagte nach Rücksprache mit der Küche zu, den Sonderwunsch zu erfüllen. Valerie entschied sich für die Tagessuppe. Etwas Warmes konnte schließlich nie schaden. Zehn Minuten später ließ sich Stolwerk den unansehnlichen Käse mit saurem Zeug obendrauf sowie Essig und Öl schmecken, während Valerie in der Buchstabensuppe rührte und sich zurückzuerinnern versuchte, ob sie das Teigwarenalphabet jemals zuvor in einem Gastlokal serviert bekommen hatte.

„Wunderbar", kommentierte Stolwerk sein Geschmackserlebnis.

„Üppiger geht's wohl nicht", gab Valerie zu bedenken.

„Was? Sag mal, du hast ja wirklich keine Ahnung davon! Unter zwei Prozent Fett, der Rest ist purer Genuss. Da kannst essen, bis du platzt, und wirst trotzdem nicht dick davon. Also eigentlich nix für dich. Aber komm, probier!" Er schnitt ein großes Stück ab und hielt es ihr vor den Mund. Sie ließ sich auf das Experiment ein, auch, weil sie sich daran erinnerte, dass ihr Vater den Käse ebenfalls angehimmelt hatte, bereute es aber sofort, denn was sie nun schmeckte, war so ziemlich das Ekligste, was sie sich nur vorstellen konnte. Als hätte sie einen Kuhstall im Mund. Vorm Ausmisten. Stolwerks „Schau, der schöne Schimmelrasen", während er mit dem Messer darauf herumkratzte, machte die Situation nicht besser. Das Wasser lief ihr nicht im Mund, sondern in den Augen zusammen.

Stolwerk lachte. „Ja, beim ersten Mal ist der schon ziemlich *hantig*, gell, Pumuckl?"

Sie unterdrückte den Würgreflex und zwang sich, das Teil hinunterzuschlucken. „Das hast du doch absichtlich gemacht?"

Er grinste und verzehrte den Rest des Undings. „Einfach gut ... sag mal, Veilchen ..."

„Was?"

Seine Mimik wurde ernster. „Das ist schon ein ziemlich verwegener Plan. Nicht dumm, aber hart an der Grenze. Ich mein, auf die Möglichkeiten zu verzichten, die du offiziell hättest. Willst das wirklich so durchziehen? Du riskierst doch viel zu viel für diese abgehobenen Schnösel. Meldung, her mit der Cobra und gut ist."

Valerie ließ sich Zeit, stocherte in der Suppe herum, suchte ein L und dann ein R, starrte jeweils für ein paar Sekunden darauf, entließ die Buchstaben wieder in die Brühe und rührte um, bis sie wild durcheinanderstoben. Dann legte sie den Löffel auf die Untertasse und schob die Suppe weg.

„Nein, Stolwerk. Es ist nun mal, wie es ist. Ich hab versprochen, mich drum zu kümmern. Ich muss es einfach ... für die Tochter tun. Aber ich kann natürlich nicht dasselbe von dir verlangen."

„Quatsch. Seit wann machst dir überhaupt was aus Kindern?"

Valerie erschrak, beschloss aber, es ihm nicht zu zeigen. Schließlich wusste er nichts von Rebecca. „Ich muss sie einfach finden, Stolwerk."

„Hm. Und jetzt?

Sie überlegte kurz. „Wir hätten noch Zeit, um bei Franziska Hofer vorbeizufahren."

Stolwerk schien zu grübeln.

„Die Witwe des Hoteliers. Ich würde gerne wissen, was du von ihr hältst. Ich werde nicht schlau aus ihr."

„Ach so, klar." Sein Gesicht hellte sich wieder auf.

Bald darauf standen sie vor deren Wohnung – der Hauseingang war offen gewesen. Keine Reaktion auf ihr Klingeln. Valerie nahm an, Franziska Hofer würde sich wieder Zeit lassen wie beim ersten Besuch, doch es blieb still. Sie legte das Ohr an die Türe. Kein Laut, kein Kindergeschrei, nichts. „Ausgeflogen", mutmaßte sie und klingelte sicherheitshalber noch ein paarmal. Schließlich öffnete ein älterer Mann mit Glatze die Türe der angrenzenden Wohnung und keifte aus dem Rahmen: „Die sind weg. Kaum zu überhören. Wollen S' vielleicht noch eine Stunde lang klingeln, mitten in der unverhofften Sonntagsruhe?"

„Wissen Sie, wohin? Seit wann?"

„Wer will das wissen?"

„Mauser, LKA."

„Die Polizei schon wieder? Hat die unsympathische Kuh einen ihrer Bälger abgemurkst? Oder geht's um diesen Selbstmord?"

„Wollen Sie uns dazu etwas sagen?"

„Nein, ich will jetzt schlafen. Also verschwindet's endlich." Die Türe knallte zu.

„Superfreundlich, der Kerl", brummte Stolwerk.

„Warte, so einfach geben wir uns nicht geschlagen", sagte Valerie und drückte die Klingel des Nachbarn. Erbost bellte der keine zwei Sekunden später durch den Spalt: „Was?"

„Haben Sie Frau Hofer gesehen, als sie die Wohnung verlassen hat?"

„Ja."

„Wann war das?"

„Gestern früh."

„Wie viele Kinder hatte sie mit?"

„Na, zwei halt, wie immer. Wieso?"

„Wissen Sie, wohin sie ging?"

„Sie hat ihre Brut ins Auto gepackt und ist abgedampft. Wohin? Keine Ahnung. Ich rede nicht mit dem Gesindel. Und jetzt lassen Sie mich in Frieden."

„Hatte sie Koffer dabei?", warf ihm Valerie nach. Der Türspalt vergrößerte sich wieder.

„Die schleppt doch immer Zeug mit sich rum. Aber ja, denke schon. Wieso? Glauben Sie, die ist durchgebrannt?" Sein Gesicht, zumindest der Teil, den man sehen konnte, hellte sich auf.

„Nein, die kommt bestimmt bald wieder", antwortete Valerie. „Schönen Nachmittag noch."

Mit einem knappen „Guten Tag!" warf er die Türe zu.

„Tolle Nachbarschaft. Eine Mischung aus Stasi und Muppet Show irgendwie", resümierte Stolwerk beim Hinuntergehen.

„So laut, wie's in der Wohnung zugegangen ist, als ich hier war, würde ich nicht mit ihm tauschen wollen. Komm, fahren wir. Ich zeig dir noch den Übergabeort."

Nachdem sie die Höttinger Gasse unauffällig besichtigt und die Funkgeräte getestet hatten, widmeten sie den restlichen Sonntagnachmittag und Abend dem Austausch privater Anekdoten und Neuigkeiten. Es war schön, zu erfahren, dass sich Stolwerk in seiner Heimatstadt Linz wohlfühlte und weder der Zeit als Cobra-Beamter noch dem LKA nachtrauerte. Heute installierte er Alarmanlagen und beriet Firmen und Privatpersonen in Sicherheitsfragen. Wie er es ausdrückte, schob er eine ruhigere Kugel und machte seine Erfahrung zu Geld.

Auch ihr Auseinandergehen war wieder Thema. Der letzte gemeinsame Fall hatte sein Asthma ausgelöst. Um ein Haar wäre er damals im Einsatz gestorben. Wäre Valerie nicht gewesen, die ihn todesmutig aus der Schießerei gezogen hatte, mitten im schwersten Feuergefecht, er wäre wohl an dem Lungensteckschuss verblutet, darüber waren sich alle Beteiligten einig. Noch heute konnte sie sich an das Geräusch vorbeizischender Kugeln erinnern. Keine einzige hatte sie erwischt. Ein Kollege aus der Spezialeinheit hatte hinterher gescherzt, außer dem Afro hätte es auch nicht viel zu treffen gegeben.

Die Eskalation der Situation war darauf zurückgegangen, dass es Stolwerk nicht gelungen war, sie gewaltfrei aufzulösen. Dass er abdrücken hätte müssen, als er die Gelegenheit dazu gehabt hatte – es aber nicht fertiggebracht hatte, auf einen Menschen aus Fleisch und Blut zu schießen. Was in seiner gesamten vorigen Dienstzeit auch nie nötig gewesen war. Nach Wochen im Krankenhaus und monatelanger Therapie hatte Stolwerk seine persönlichen Konsequenzen gezogen und gekündigt. Valerie hatte lange Zeit gebraucht, diese Entscheidung zu akzeptieren. Sie waren zusammen das beste Team am LKA gewesen. Sie hatte gedacht, dass sich so eine Schussblockade doch irgendwie überwinden lassen musste. Und dass die Zeit alle Wunden heilen würde. Doch sie wusste zu gut, dass diese Weisheit ihre Grenzen hatte. Es gab Wunden, die offen blieben, und Mauern, die sich nicht überwinden ließen. Stolwerk kannte sie, und Valerie auch. Schließlich fand sie sich mit ihrem neuen Partner ab. Doch aller räumlichen Entfernung zum Trotz war das unsichtbare Band zwischen Stolwerk und ihr nie zerrissen.

***

„Ja?"

„Hör zu. Mauser wird gegenüber auf der Lauer liegen. Sorg dafür, dass sie liegen bleibt."

„Wie?"

„Lass dir halt was einfallen. Aber sie darf nichts mitbekommen."

„Und wenn sie stirbt?"

„Ein Clown weniger."

„Damit hättest du kein Problem? Ich meine ..."

„Hey, was sind hundert Clowns am Meeresboden?"

„Weiß nicht. Was?"

„Ein guter Anfang."

***

Um einundzwanzig Uhr vierzig postierten sich die beiden am Ort der Geldübergabe. Sie mussten ihre Autos weiter entfernt parken, um keinen Verdacht zu erregen. Stolwerk setzte sich auf eine Steintreppe, die von einer halbhohen Wand vor neugierigen Blicken geschützt war, sich aber zur Höttinger Gasse hin öffnete. Der per-

fekte Unterschlupf, selbst für die dreistellige Gewichts-
klasse. Valerie ging knapp hinter einer Gruppe Jugend-
licher hinauf bis zu den Containern, bog dann rechts
ab und verschwand leise in ihrem Versteck, das zu
ihrer Erleichterung komplett im Dunkeln lag. Mit der
schwarzen Kleidung würde sie dort niemand entdecken können. Alles war ruhig.

„Stolwerk, hörst du mich?", flüsterte sie ins Kabel.

„Read you five."

„Was?"

„Zu viele Flugzeugfilme. Wo steckst?"

„Wie besprochen, im Gestrüpp hinter dem Elektrokasten."

„Dann warten wir mal, Veilchen. Und keine Alleingänge."

„Ich hab keine Ahnung, wovon du sprichst."

„Von deiner Todessehnsucht im Auge der Gerechtigkeit. Weißt, wie dich die Kollegen früher genannt
haben?"

Valerie blieb still.

„Kanonenfutter."

„Ist doch immer gut gegangen."

„Und außerdem sind Knabberstangen wie du schwer
zu treffen, oder was? Veilchen, ich komm gleich hoch
und zieh dir die Löffel lang. Bleib in deinem Versteck
und ruf mich, wenn was passiert, o.k.?"

„Psst, leise, Stolwerk."

„Veilchen?"

„Ja?"

„Spiel nicht den Helden, o.k.?"

Valerie blies das Mikrofon an, um Störgeräusche
zu simulieren.

„Veilchen?", zischte er.

„Stolwerk, Funkstille jetzt."

Vereinzelt fuhren Autos hoch. Dann kamen Jugendliche herunter. Es war dieselbe Gruppe, der sie sich vorhin angeschlossen hatte, nun war ein weiteres Mädchen dabei. Sie mussten sie abgeholt haben. *Galant.* Alte, verdorrte Blätter hatten sich im Gestrüpp über ihr verfangen und raschelten mit jeder Windböe. Der Föhn war kein konstanter Wind, eher eine Reihe verwirbelter Luftstöße, die so unvermittelt kamen, wie sie abflauten. Gerade, als wieder völlige Stille eingekehrt war, fuhr Valerie ein Geräusch bis ins Mark. Ein Miauen. Sehr nahe. Sie drehte den Kopf nach rechts und sah eine Katze, die neben ihrem Versteck auf der Wiese saß und sie mit funkelnden Augen musterte.

So unsichtbar bist du, Valerie, ganz toll, schimpfte sie in sich hinein und bemühte sich, die Mieze zu ignorieren, was selbige veranlasste, mit einem weiteren herzhaften „Miau!" zu ihr zu kriechen, um ihre Beine zu streichen und laut zu schnurren. Valerie unterdrückte jegliche Reaktion, was umso schwerer war, als sie jede Berührung des ungebetenen Gastes an ihre Tierhaarallergie erinnerte, die bei Katzen besonders ausgeprägt war.

Valerie sah auf die Uhr, gleich war es zehn. Niemand in der Nähe. Stille. Und Schnurren. Ihre Nase kitzelte bereits. In immer kürzeren Abständen überprüfte sie die Uhrzeit. Ihr Besucher ging auf Vollkontakt. Schließlich war es so weit. Die Glocken der neuen Höttinger Kirche schlugen zehn Mal. „Stolwerk?", funkte sie.

„Wo bleibt die nur?", gab er zu erkennen, dass er ihre Ungeduld teilte.

Eine Minute verstrich in völliger Stille, dann eine zweite. Sie verlor den Kampf gegen ihren Niesreiz, hatte sich aber rechtzeitig die Nase zugehalten. Das hatte bestimmt niemand gehört. Wo blieb Janette?

„Stolwerk?", fragte sie erneut, als könnte er sie hervorzaubern.

„Nichts, Veilchen ... warte, da kommt ein Auto ... ja, das ist ihr Kennzeichen."

„Verstanden, Stolwerk. Ruhe jetzt." Valerie machte sich bereit, stand halb auf, um die Container im Blick zu haben. Sie griff in die Jacke, umschloss ihre Waffe.

Unvermittelt musste sie wieder niesen. Zu wenig Zeit, um ihre Nase zu erreichen. Dieses Mal kam es einer kleinen Explosion gleich, war viel zu laut, von unkontrollierbarer Intensität, wie sie nur Allergiker kannten. Als sie wieder einatmete, spürte sie, wie sich ihre Bronchien bereits verengt hatten. *Verdammte Allergie.* Sie musste sich das Lieblingsplätzchen dieser Mieze als Versteck ausgesucht haben. Motorengeräusche. Janette war da.

Plötzlich ein Luftzug. Etwas näherte sich schnell von links hinten. Valerie Mauser riss ihren Kopf zur Seite. Fast gleichzeitig traf sie ein heftiger Schlag an der linken Schläfe. Noch bevor sie am Boden ankam, war alles schwarz.

***

Schmerzen. Heftiges Schütteln. Keuchen. Nicht ihres. Ihr Kopf war nach hinten überstreckt und pochte. Keine Chance, ihn aufzuheben. Das Luftholen fiel ihr schwer. Der Atem rasselte. Etwas musste ihr um den Schädel gewickelt worden sein. Den Geruch kannte sie, doch was es war, fiel ihr nicht ein. Valerie versuchte zu schreien, brachte jedoch keinen Ton heraus. Zu wenig Luft. Dumpf hörte sie schleifende Schritte unter sich, oben ging das Keuchen in röchelndes Stöhnen über. Offenbar wurde sie fortgetragen. Wohin? Langsam kehrte die Erinnerung zurück. Die Übergabe. Sie hatte Janette kommen hören. Dann der Schlag. Wie war sie entdeckt worden? War der Täter schon vor ihr auf der Lauer gelegen? Hatte sie das Niesen verraten? *Stolwerk!* Sie musste Stolwerk warnen. Und Janette Marinov. Oder war es besser, sich totzustellen? Egal. Das Funkgerät. Sie hob die rechte Hand ans Ohr und fuhr mit dem Zeigefinger unter die Kopfbinde, fand den Knopf aber nicht. Sie griff hinunter an den Jeansgürtel. Der Apparat fehlte. Panik. Valerie nahm alle Kraft zusammen und schlug ihre Faust dorthin, wo sie den Kopf desjenigen vermutete, der sie davontrug. Daneben. Noch einmal. Jetzt hatte sie getroffen. „Au!", hörte sie.

Die Fingerknöchel schmerzten. Plötzlich der kalte, harte Asphalt unter ihr. Sie würde nicht aufstehen können, war ihrem Peiniger ausgeliefert. *Schrei, jetzt!*, raste ihr ins Bewusstsein. Sie holte Luft.

„Sag mal, spinnst du, du Kampfhühnchen?", röchelte es gerade noch rechtzeitig über ihr.

Das war Stolwerk! „Stol..."

„...werk, genau. Immerhin kennst mich noch. Gott sei Dank rührst dich wieder. Veilchen, leise sein. Und nicht mehr hauen, bitte." Dann hob er sie wieder hoch und trug sie weiter.

„Was ... tust ... du?"

„Bring dich aus der verdammten Gasse. Still jetzt!"

„Lass mich runter, geht ... schon."

„Nix da. Blutest wie ein Schwein, Verzeihung, Veilchen, du musst sofort ins Krankenhaus!"

Sie wand sich, bis er anhalten und sie auf den Boden stellen musste. Dann schob sie das, was er ihr um den Kopf gewickelt hatte, so weit nach oben, dass sie etwas sehen konnte. Sie waren auf einem Hinterhof mit Garagen. Drehschwindel. Die Kopfschmerzen hämmerten im Takt ihres Herzschlags. Atemnot, Druck auf der Brust. Trotzdem wollte sie alleine weitergehen, hakte sich aber bei Stolwerk unter und ließ sich führen. Mit der linken Hand suchte sie ihren Kopf ab. Alles klebte und fühlte sich feucht an. Jetzt wusste sie, wonach es hier roch: Blut. „Hat mich ... ziemlich erwischt. Was ist passiert?"

„Ich hab ein paarmal versucht, dich anzufunken, aber nichts. Da bin ich hochgerannt und hab dich entdeckt, gleich versorgt und aus der Gefahrenzone geschafft."

„Gefahrenzone?"

„Na, irgendwer hat dich wohl k.o. geschlagen. Sicher ist der immer noch hier in der Gegend. Und ich kann kein Blaulicht zum Ort der Geldübergabe bestellen, oder? Also hab ich dich weggebracht."

„Und das Geld?" Sie rang nach Atem trotz des langsamen Tempos. So schnell, wie ihr Herz raste, trommelte es auch in ihrem Kopf.

„Wird wohl abgeholt worden sein. Pfeif auf das verdammte Geld."

Was hier pfiff, war ihre Lunge. Sie musste einen ganzen Schwall Katzenhaare eingeatmet haben. Egal, wie tief sie Luft holte, es gelang ihr nicht, genügend Sauerstoff zu bekommen. Ihr ganzer Körper begann zu kribbeln. Ihr war hundeelend. So schwindlig. „Hast du ... Janette erreicht?"

„Hey, Veilchen, ich bin kein Zauberer. Ist ja erst ein paar Minuten her. Du bist jetzt mal wichtiger."

Druck auf der Brust. Das Gehen wurde schwer. „Dann ruf ich ... sie jetzt ..." Noch bevor sie nach ihrem Handy tasten konnte, verlor sie wieder die Kontrolle über ihren Körper.

***

Zahlen umschwärmten sie wie Fliegen. Sie versuchte, einzelne davon einzufangen, doch ihre Arme bewegten sich wie in Zeitlupe. Sie fiel. Unter ihr Wolken aus Zuckerwatte. „Komm, iss das noch", sprach Mutter mit einer Stimme, die von allen Seiten gleichzeitig zu kommen schien. Valerie presste ihre Lippen aufeinander und riss eine Lücke in das himmlische Geflecht. Die Watte klebte in Form eines Dirndls an ihrem Körper. Zuckersüß. „Hihihi", kicherte sie, ohne es zu wollen. Nun öffnete sich der Rock zu einem Fallschirm um ihre Hüften herum. Goldene Zöpfe baumelten vom Kopf, so schwer, dass Valerie Schwierigkeiten hatte, ihn gerade zu halten. Unter ihr die Berge. Unverkennbar Tirol. Schneekanonen versprühten Schlagsahne statt Schnee, denn die war länger haltbar als das weiße Gold, gerade bei Föhnlage, wie ihr die kleine Lizah erklärte. Das Mädchen wedelte wie eine Olympiasiegerin den Berg hinunter, machte kehrt und fuhr mit derselben Geschwindigkeit wieder hinauf, auf Skiern aus Kartoffelstäbchen. „Aufpassen, Dirndl!", kam es von unten. Eine Schrotladung zischte knapp an Valerie vorbei, keine Bleikugeln, sondern kichernde Smileys.

Bellen unter ihr. Sie sank direkt auf die Hunde des Oligarchen zu, die sie mit gefletschten Zähnen erwarteten. „Nicht fürchten, nur spielen", schrie Boris hoch. Neben ihm stand Janette in einem Tränensee und klappte auf wie eine Matroschka. Sie war leer. Dann ein Seil. Valerie fing es, hielt sich daran fest und wurde von Stolwerk in Ballonform fortgetragen. Er steuerte direkt auf einen Gipfel zu. „Höher, Stolwerk, höher!", feuerte sie den überdimensionalen Freund an, er sah hinauf und zündete das Feuer, das aus seinen Augen kam, doch sie

*gerieten vom Luv ins Lee, der Hang kam immer näher,
Gott sei Dank war es die Sahneseite. Zuerst hinterließen
ihre Füße eine Spur im schneeweißen Süß, sie versuchte
mitzulaufen, dann wurde sie verschluckt, es fühlte sich
flaumig an. Plötzlich schwebte sie wieder in der Luft
und pustete die Sicht frei, die Hände brauchte sie zum
Festhalten. Hinter dem Sahnegipfel ein weiterer Berg in
Form eines gigantischen, karieszerfressenen Zahns. Franziska Hofer stand zwischen den Höckern und beugte sich
über einen Presslufthammer. Sie spaltete das Hindernis,
gerade rechtzeitig, bevor Stolwerk und sie an ihm zer-
schellt wären, und fiel mit den Trümmern, sirenenhafte
Klagelieder singend, ins Nichts. Nun konnte Valerie unter
sich das Meer erkennen, umrandet von einem Strand
in Klobrillenform. Alles drehte sich wie ein Kinderka-
russell. Karibische Steeldrum-Klänge flirrten durch die
Luft. Das Paradies. Sie ließ das Seil los. Über ihr flatterte
Stolwerk davon. Nach kurzem Fall tauchte sie ein. Doch
das war kein Meer. Es war Suppe. Plötzlich ein Strudel,
dazu das irre Lachen des Konsuls, der einen monströ-
sen Kochlöffel schwang und Freudenschuss kosten ließ.
Sie war ein Hühnchen. Hauptzutat der Brühe, gerupft
und nackt. Langsam ging sie unter. Würde ertrinken. So
wenig Luft. Sie wollte an den Rand schwimmen, doch ihre
Arme waren nutzlose Stummel. Sie wollte sich vom Boden
abstoßen, doch die Füße waren abgehackt. Sie wollte
schreien, doch ihr fehlte der Kopf.*

Montag

Finger an den Lidern. Hell links, hell rechts. Blutdruck-
manschette, Aufpumpgeräusche. Über ihr blubberte
etwas. Valerie blinzelte.

„Ja, guten Morgen!", hörte sie eine männliche
Stimme sagen. Sie riss die Augen ganz auf. Neben ihr
ein junger Herr in weißem Kittel.

„Gut geschlafen?"

„Furchtbare Träume."

„Wegen des Adrenalins."

„Adrenalin? Was ... ist passiert?"

„Sie hatten einen Unfall und liegen auf der Uniklinik.
Platzwunde am Kopf, Blut verloren. Möglicherweise
eine leichte Gehirnerschütterung. Nicht so schlimm.
Aber leider auch ein allergischer Schock. Der Not-
arzt hat Ihnen Adrenalin verabreicht." Er nahm die
Manschette ab. „Sie hatten Glück, dass Ihr Begleiter
so schnell Hilfe geholt hat. Ich heiße Stefan und bin
Turnusarzt. Und Sie?"

„Wissen Sie das nicht?"

„Doch, aber ich würde gerne ein paar Checkfragen
stellen. Wegen der Kopfverletzung."

„Valerie Mauser."

„Wann haben Sie Geburtstag?"

„Am dritten Jänner."

„Welcher Tag ist heute?"

„Sonn... Montag?"

„Montag. Sind Sie Single?"

„Wie?"

Er grinste. „Gut. Wie ist das passiert? Ich meine
die Platzwunde. Routinefrage für den Unfallbericht."

„Kann mich nicht erinnern." Konnte sie doch. Aber
es ging ihn nichts an.

„Hm. Dann hänge ich gleich noch eine Infusion an. Entspannen Sie sich jetzt."

Draußen dämmerte es. „Ich muss sofort raus."

„Herr Stolwerk hat das schon angekündigt. Sie sollen gefälligst hierbleiben und tun, was ich sage, sonst würde er ein Kampfhühnchen rupfen. Sie würden schon verstehen."

„Wann kann ich gehen?"

„Warten wir mal die Visite ab. Bei *dem* Blutdruck würden Sie sofort wieder umsegeln."

„Der ist immer so niedrig."

„Damit sollten Sie nicht so leichtfertig umgehen. In Verbindung mit Ihrer Allergie kann das lebensbedrohlich sein. Zudem scheinen Sie körperlich geschwächt zu sein. Halten Sie etwa Diät?"

„Eigentlich nicht." *Irgendwie schon*, wurde sie von ihrem Gewissen korrigiert. Dabei ging es aber nicht um Kalorien oder Figur. Sie achtete einfach nicht besonders auf das, was sie aß, und nahm nur dann etwas zu sich, wenn sich der Hunger nicht mehr ignorieren ließ. Aber erst seit Stolwerk so weit weg lebte, hatte das sichtbare Konsequenzen.

„Haben Sie sonst irgendwelche Krankheiten? Die zu Gewichtsverlust führen?"

„Nein." Hoffte sie jedenfalls.

„Dann sollten Sie Ihrem Körper öfter was zu essen geben. Von Luft und Liebe lebt sich's nämlich schlecht."

Valerie überlegte kurz eine Entgegnung zum Liebe-Sager, war jedoch weder zu Scherzen noch zu einem Morgenflirt aufgelegt. Vor allem aber fühlte sie sich nun wirklich wie ein gerupftes, hässliches, kränkliches Hühnchen, so, wie er mit ihr sprach. *Iss deinen Riegel*, fiel ihr Stolwerks Standardspruch ein. Der Arzt schloss einen Infusionsbeutel an, zwinkerte ihr zu und verließ mit einem „Ich komm wieder" den Raum.

Keine Frage, ergänzte sie still.

Valerie lag da, kaum zu einem Gedanken fähig. Nur eines wusste sie genau: Sie war Passagier eines Blindflugs, weit davon entfernt, den Pilotensitz zu erreichen. Sie hatte gehofft, die Entführer stellen und Lizah finden zu können. Und jetzt lag sie im Krankenhaus und musste sich dämliche Fragen anhören. Stolwerk hatte Recht behalten, wie so oft. Der Plan war bescheuert, die Entführer keine Dummköpfe, die Oligarchen es nicht wert, alles für sie zu riskieren. Und Lizah? War sie es wert?

Ihr Klingelton. Sie drehte den Kopf und nahm das Handy vom Rollwagen neben dem Bett, brauchte aber einige Zeit, um schließlich dranzugehen.

„Hallo?"

„Frau Mauser? Hier Doktor Zach."

„Ja bitte?" Valerie grübelte.

„GMI. Wegen des abgegebenen Fingers."

Das Adrenalin schoss gnadenlos ein. Dieses Mal war es ihr eigenes. „Ja?", rief sie.

„Ich konnte ihn zuordnen."

Valerie setzte sich auf. „Wem?"

„Nun, das ist etwas ..."

„Raus damit!", fuhr sie die Anruferin an, was ihr augenblicklich leidtat. „Verzeihung."

„Schon gut, schon gut. Hier bei uns ist eine Leiche, der ein Finger fehlt. Morphologisch scheint es der zu sein, den Sie uns gebracht haben. Aber mit hundertprozentiger Sicherheit kann ich das erst nach weiteren Te..."

„Um Gottes willen!", unterbrach sie Doktor Zach und musste vor der nächsten Frage unwillkürlich schlucken. „Ist die Tote ein kleines Mädchen?"

„Ja."

Das Grauen kroch ihr den Nacken hoch und von dort direkt in den Hinterkopf weiter. Wie tausend Amei-

sen, die sich das Gehirn ausgesucht hatten, um dort
ihr Nest zu bauen. Ihre Kehle schnürte sich zu. Blanke
Wut griff nach ihr. Valerie schleuderte das Handy mit
aller Kraft an die gegenüberliegende Wand. Akku, Vorderseite, Rückklappe und diverse Kleinteile trennten
sich voneinander. Tränen stiegen ihr in die Augen, so
sehr sich die Wut auch dagegen sträubte. Alles war
verloren, Lizah, das Geld, ihr kriminalistischer Ins-
tinkt, einfach alles. Als hinge sie im Netz einer Spinne
und wartete nur noch auf den tödlichen Biss. Eigentlich waren es viele Spinnen in einem Riesennetz, das
sich von Gipfel zu Gipfel über ganz Tirol zu spannen
schien. „Was ist das nur für ein Scheißland?", presste
sie heraus und fuhr hoch. „Es reicht!", rief sie. Zuerst
riss sie die Sauerstoffbrille aus der Nase, schmetterte sie
zu Boden. Dann zerrte sie an der festgeklebten Infusi-
onsleitung, immer fester, bis sich das Fixierpflaster mit
einem Ruck löste und die Nadel mit sich nahm. Augenblicklich begann die Einstichstelle zu bluten, eine Mini-
Fontäne, die Valerie bekämpfte, indem sie ihren rechten
Daumen draufhielt. Beim Aufstehen sah sie Sterne. Sie
durfte jetzt nicht wieder ohnmächtig werden. Pressatmung, die ihre Lungen mit Rasseln quittierten. Heftige
Kopfschmerzen, wieder im Takt ihres Herzschlags. Mit
wackligen Beinen – neben dem Schwindel rang auch
der Muskelkater um Beachtung – tastete sie sich zu
den Schränken und fand Verbandszeug, mit dem sie
ihren Arm notdürftig versorgte. Im Kasten daneben
lag ihre Kleidung. Sie zitterte, nahm die Anziehsachen
und wankte zurück zum Bett, immer der Blutspur nach.
Hinein in den Rollkragenpulli, sie brauchte albtraum-
haft lange, um den Kopf durchs richtige Loch zu stecken. Wegen des Verbandsmaterials kam sie gerade so
durch den Schlauch, der nun ihren Hals würgte, als

wäre dieser über Nacht auf doppelten Durchmesser angeschwollen. Dann nahm sie die Jeans und wollte schon hineinschlüpfen, als sie den Teppich aus Katzenhaar sah, der sich untrennbar mit der unteren Hälfte der dunklen Hose verbunden hatte. Sie warf sie ins Eck, verzichtete instinktiv einige Sekunden darauf, einzuatmen. Was sollte sie anziehen? Sie musste doch raus, aber im Schlüpfer? Unter ihren Sachen fand sie auch Stolwerks geliebten Pullover, blutdurchtränkt. Sein bestes Kleidungsstück. Das war es wohl, was er ihr um den Kopf gebunden hatte. *Was trägt er jetzt bloß?*, fragte sie sich, als gäbe es in dem Moment nichts Wichtigeres. Auch den Pulli konnte sie nicht als Beinkleid tragen. Aber umbinden. Sie bekam ihn einmal ganz herum, die Ärmel ein weiteres Mal, und band sie an der Hüfte zusammen. Dann beugte sie sich vor, um die Schuhe anzuziehen, doch die Schmerzen waren derart unerträglich, dass sie augenblicklich wieder auftauchte und nur vorne reinschlüpfte, um sie wie Pantoffeln zu tragen. So schlurfte sie hinaus und wäre beinahe in Hubertus Freudenschuss gekracht, der eilenden Schrittes um die Ecke bog und dabei einen riesigen Strauß Blumen vor sich hertrug.

„Valerie, um Gottes willen, was tust du da? Wie siehst du aus? Was hast du nur an? Komm, leg dich hin, Dirndl!" Er fasste nach ihrer Hand.

Sie überlegte kurz, woher er denn wusste, dass sie in der Klinik lag, warum er wieder „du" zu ihr sagte und sie ständig mit dem D-Wort ansprechen musste. Dann befreite sie ihren Arm, ließ den Landeshauptmann links liegen und eilte den Gang hinunter, wobei sie sogleich feststellte, dass sie die falsche Richtung genommen hatte. Also drehte sie um und ließ ihn nochmals liegen, diesmal rechts. Vorbei am Stationsschalter, eine Schwester rief ihr etwas nach, unwichtig, schnell ums Eck zu den Aufzügen.

Hoffentlich kommt mir Freudenschuss nicht nach, dachte Valerie. Tat er aber.

„Valerie, so sei doch vernünftig, ich bring dich wieder zurück ins Zimmer. So kannst du doch nicht auf die Straße raus gehen, Herrgott noch mal."

Sie sagte nichts, streckte ihren Zeigefinger und hielt ihn senkrecht in seine Richtung, begleitet vom bösesten Blick, zu dem sie noch fähig war. Mit der anderen Hand winkte sie ihn weg. Er gehorchte. Endlich kam der Lift. In ihm befanden sich eine gebrechliche Dame im Rollstuhl und ein unterwäscheloser Herr im hinten offenen Operationshemd, was Valerie erst bemerkte, als er sich zur Tafel mit den Knöpfen drehte und fragte, was er für die „Frau mit dem eleganten Rock" drücken solle. „Ist schon." Das, was dem Kavalier oben an Haaren fehlte, hatte sich auf seiner Hinterseite versammelt.

Ein schöner Rücken ..., fing die böse Souffleuse an, wurde aber gnadenlos ignoriert.

Valerie zwang sich, nachzudenken. Die Entführer mussten Lizah ohne jeden Skrupel umgebracht haben. Sie hatte es doch gewusst. Wer einem kleinen Mädchen einen Finger abschneiden konnte, der war zu allem fähig. Wie damals. Die Aussage des Täters, es wäre viel zu mühsam und aufwändig gewesen, auf das entführte Kind aufzupassen, „ein Schnitt und das Problem war erledigt", hatte sich für immer in ihre Seele gebrannt. Und so hatte Valerie in Wahrheit auch nie daran geglaubt, dass es hier mit der Geldübergabe erledigt gewesen wäre. Deshalb wollte sie unbedingt so nahe wie möglich an die Täter rankommen. Ihren Finger am Pulsschlag dieses Verbrechens haben. Nicht einfach nur zusehen, warten und hoffen wie damals. Trotzdem war sie gescheitert. Und Lizah tot.

Wann war das Mädchen gefunden worden? Valerie kam ein schrecklicher Gedanke: *Was, wenn sie umgebracht wurde, WEIL wir geschnüffelt haben?* Sie wusste, an dieser Last würde sie zerbrechen. Sie wollte Stolwerk anrufen, der vielleicht noch auf der Suche nach Lizah war, ihr vielleicht auch schon bestätigen hätte können, dass es ihre Schuld war. Doch ihr Handy lag zertrümmert am Boden des Krankenzimmers.

Die Aufzugstüre ging auf. Sie gelangte in einer Mischung aus Wanken, Traben und Schweinsgalopp durchs Atrium, hinaus vor die Tür, wo sie von Regentropfen empfangen wurde. Das Wetter hatte umgeschlagen. Ein kalter Windstoß fuhr ihr unter ihren Behelfsrock. Kurz musste sie sich orientieren. Sie war in der Anichstraße, am falschen Ausgang, also zurück in die Eingangshalle, durch diese hindurch, in ihrem Zustand fast namibische Dimensionen, der Kopf der Dame am Informationsschalter drehte sich mit ihr. Valerie ging auf der anderen Seite hinaus, ein Masten, sie hielt sich daran fest und krümmte ihren Körper, bis die Schwärze wieder zurückgedrängt war, atmete angestrengt ein und aus, lief die Straße hoch, um die zweihundert Meter, die einem Marathon gleichkamen, Lungenrasseln, Herzrasen, Schwindel, schneidende Schmerzen im Kopf und um die Wunde herum, vereinzelte Blicke, Kopfschütteln, kalter Regen, der ihr entgegenschlug. Eisige Windböen kamen aus der Richtung, in die sie musste, schienen sie von ihrem Vorhaben abhalten zu wollen. Aber es gab kein Zurück mehr. Immer vorwärts Richtung Tod. Sie bog links und dann rechts ab, erkannte das Gebäude der Gerichtsmedizin, fröstelte, klingelte an der Rückseite und fragte nach Doktor Zach, von der sie eine Minute später abgeholt wurde.

„Hallo, Frau Mau... du liebe Güte, wie sehen Sie denn aus?"

„Nicht so wichtig. Bringen Sie mich zu Lizah."

„Zu wem?"

„Zur Leiche, die Sie gefunden haben."

„Aber Sie sind ja ganz nass und bluten am Kopf, kümmern wir uns erst mal darum. Läuft ja niemand davon."

Gerichtsmedizinerhumor. „Nein, mir geht's gut, kommen Sie, schnell, los jetzt! Wohin?"

Doktor Zach deutete in eine Richtung und ging voraus, die Treppen hinunter in den Leichenschauraum, wo ein zugedeckter kleiner Körper auf sie wartete. Wieder war die Dunkelheit daran, sich Valeries Sinne zu bemächtigen. Mit letzter Kraft hielt sie sich am Rand des silberfarbenen Leichentischs fest und presste erneut die Luft aus den Lungen, ohne diese jedoch entweichen zu lassen, um Blut ins Gehirn zu bekommen. Die Umgebung hellte sich wieder auf, fast zu sehr. Denn auf dem kalten Metalltisch, wenige Zentimeter entfernt, lag ihr Schicksal, die Höchststrafe, ihr Versagen, das vermisste Mädchen. Tot. Heute noch würde sie den Marinovs mitteilen müssen, dass ihr Engel eiskalt ermordet worden war. Und dass die Täter wahrscheinlich längst geflohen waren. Sie hatte versagt. Hatte Verantwortung für einen Menschen übernommen, der vielleicht längst tot gewesen war. Im besten Fall. Im schlimmsten hatte sie diesen Tod mitverursacht. Sie zitterte am ganzen Körper.

„Kommen Sie, Frau Mauser, das hat doch keinen Sinn." Doktor Zach fasste sie sanft an der Schulter. „Setzen Sie sich da rüber, ich schau mir Ihre Wunde an."

Valerie wehrte ihre Berührung ab, fasste das obere Ende des Tuchs und hob es an. In Zeitlupe. Das Herz steuerte den Trommelwirbel bei. Als die Haare des Mädchens zum Vorschein kamen, hielt sie inne. Fünf Sekunden, zehn, dann ließ sie die Luft herausströmen, die sie eine gefühlte Ewigkeit angehalten hatte, und atmete neue ein.

„Schwarz", flüsterte sie, dann lauter: „Aber die sind ja schwarz!" Sie zog das Tuch ganz weg. Ja, es war ein kleines Mädchen gewesen, dessen sterbliche Hülle vor ihr lag, vielleicht vier Jahre alt. Die Leiche trug Spuren der Obduktion, die Valerie aber weniger schockierten als die vielen Hämatome, Platz- und Schürfwunden. Die Lippen waren aufgesprungen. Um den Hals war eine Rötung erkennbar. Am linken Oberarm hatte sich die Hand eines Erwachsenen verewigt, man konnte vier Finger zählen, den Daumen an der anderen Seite. Auch Rumpf und Beine bezeugten die Gewalt, die der Kleinen angetan worden war. Ohne dass Valerie es aktiv steuerte, begann sich ihr Kopf zu schütteln, als wollte er sich gegen das wehren, was sie ihm zu sehen gab. Eine Unvollständigkeit lenkte Valeries Aufmerksamkeit auf die rechte Seite des Körpers. Denn dort lag der kleine Finger, den sie zwei Tage zuvor an der GMI abgegeben hatte. Neben der Hand, zu der er gehörte. Und das war nicht Lizahs Hand.

Lizah war blond, und trotz des geschwollenen Gesichts war deutlich zu erkennen, dass die Leiche keine Ähnlichkeit mit dem vermissten Mädchen besaß. *Nicht Lizah.* Und damit lebte die Chance, dass diese noch unversehrt war. Dass Valerie sie finden konnte. So tragisch das Schicksal des Mädchens auf dem Metalltisch vor ihr gewesen war: Valerie trug keine Schuld, war nicht verantwortlich. *Nicht. Lizah.* Nun weinte sie hemmungslos.

„Jetzt aber", befahl Doktor Zach, packte sie am Arm und drückte sie auf einen Stuhl, den sie hinter Valerie gerollt hatte. Während die Gerichtsmedizinerin den durchnässten Turban abwickelte, berichtete sie: „Das ist die Leiche von Claudia Schütz, Opfer familiärer Gewalt. Misshandelt und erwürgt. Sie wurde vergangenen Donnerstag zu uns gebracht und von einem Kollegen obduziert. Hätte eigentlich noch am Freitag abgeholt werden sollen, aber dem Bestatter scheint etwas dazwischengekommen zu sein. Wenn man so will, unser Glück, denn so konnte ich den Finger zuordnen. Fremde DNA war übrigens nicht feststellbar. Und jetzt kommt das Delikate ... wer hat eigentlich Ihre Kopfwunde versorgt?"

„Die von nebenan. Was meinen Sie mit *delikat*?"

„Sauber. Viel zu viel Verband, wie üblich bei den Kollegen. Alles nicht so schlimm. Aber zurück zur Leiche. Wie gesagt, die Obduktion war am Donnerstag. Laut Bericht waren alle Finger noch dran. So was würden wir nicht übersehen, keinesfalls. Das wäre einfach stümperhaft."

Valeries Verstand brauchte ungewöhnlich lange, um den entscheidenden Schluss zu ziehen: *Dann haben wir jetzt den ersten richtigen Anhaltspunkt in Lizahs Entführung!*

„Das heißt, jemand hat den Finger nach der Obduktion hier abgetrennt?"

„So muss es wohl sein, und das ist mehr als prekär", bestätigte Doktor Zach, die Valeries Kopfwunde mit einem mittelgroßen Pflaster versorgt hatte, „Verbandsmaterial brauchen wir normalerweise nicht mehr, trotzdem haben wir immer welches hier. Verrückt, nicht?" Sie lächelte Valerie an.

Diese beugte sich vor, steckte den Zeigefinger hinten in ihre Schuhe und schlüpfte mit den Fersen ganz hinein. Dann stand sie auf und bat um ein Taschentuch.

„Hier. Und ... warten Sie ..." Die Gerichtsmedizinerin kramte in einem Schrank. „Die dürfte passen. Nicht schick, aber besser als dieser Axl-Rose-Gedächtnisrock. Und trocken." Mit einem Augenzwinkern überreichte sie ihrer Besucherin eine grüne Arbeitshose.

Noch während sie sich umzog, stellte Valerie die Frage, die sich ihr am meisten aufdrängte: „Wer hat obduziert?"

„Wie Sie sich vielleicht vorstellen können, habe ich mir das bereits angesehen. Ich hatte Donnerstag und Freitag frei und dann Wochenendschicht. Die Obduktion wurde von Doktor Trenkwalder vorgenommen."

„Wer hat hier überhaupt Zugang zu den Leichen?"

„Nur die Gerichtsmediziner. Und die Obduktionsassistenten."

„Sonst niemand? Sicher?"

„Todsicher. Nur wir haben die Schlüssel."

„Gibt es ein Zugangsprotokoll?"

„Auch das habe ich mir schon angesehen. Doktor Trenkwalder und Herr Hofer waren Donnerstag und Freitag alleine hier."

„Haben Sie schon jemanden informiert?"

„Ich wollte es unserem Leiter sagen, der ist allerdings auf Urlaub."

„Dann möchte ich bitte so schnell wie möglich mit den beiden in Frage kommenden Personen sprechen. Haben Sie einen Raum, der sich dafür eignet? Der vielleicht ein bisschen geheizt ist?" Valerie rieb sich demonstrativ die Oberarme.

„Sollten Sie sich nicht besser ausrasten? Schließlich ist es ja nicht direkt eine dringliche Angelegenheit, oder? Wenn auch eine schrecklich unangenehme."

„Danke für Ihre Sorge, wirklich, aber je früher wir das erledigen, desto besser."

„Wieso?"

War es natürliche Neugier oder mehr, dass Doktor Zach ständig nachfragte und Begründungen haben wollte? Valerie beschloss, ihr keine Antwort zu geben. Die Medizinerin brachte sie in einen kleinen Besprechungsraum und holte ihr den Obduktionsbericht, Schreibmaterial und – ohne dass Valerie darum hätte bitten müssen – einen heißen Tee. „Wen wollen Sie zuerst sprechen?"

„Fangen wir mit Doktor Trenkwalder an. Sagen Sie ihm bitte nicht, worum es geht. Und danke für alles."

Es verstrichen einige Minuten, bis der Gerichtsmediziner das Zimmer betrat. Zeit, die Valerie auch dringend brauchte, um sich zu sammeln und ihre Fragen vorzubereiten. Die neue Spur gab ihr Kraft und Zuversicht, und ihr Gefühl sagte: Sie würde den Täter finden. Und das Mädchen. Schon bald. Die Kopfschmerzen und Lungenprobleme zogen sich in den hintersten Winkel ihrer Aufmerksamkeit zurück. Ihr Jagdinstinkt war geweckt, der Pilotensitz nicht mehr weit entfernt.

Schließlich klopfte es. *Showtime.*

„Herein!"

Ein junger Mann betrat den Raum, Mitte zwanzig, kastanienbraune, dichte Haare, groß, markante Brille.

„Trenkwalder", stellte er sich vor.

„Mauser, LKA. Vielen Dank für Ihre Zeit, Herr Doktor. Bitte, setzen Sie sich."

„Aber was ist denn mit Ihnen passiert?"

Valerie fragte sich, welches Bild sie wohl abgab. Nicht das beste vermutlich. Trotz neuen Verbands und giftgrüner Hose.

„Ich bin hingefallen."

„Soll ich mir das mal ansehen?"

„Geht schon, danke. Herr Doktor Trenkwalder, Sie haben letzte Woche diese Obduktion hier vorgenommen, Claudia Schütz, vierjähriges Mädchen", sagte Valerie und schob ihm die Mappe hin. Während er sie an sich nahm und öffnete, überlegte sie, wo sie ihn schon mal gesehen hatte.

„Ja. Unfassbar."

„Was meinen Sie?"

„Diese Gewalt. Einfach unerträglich. Ich weiß nicht, ob ich mich an so etwas jemals gewöhnen kann. So weit hat es die Gesellschaft seit der Barbarei gebracht!" Er formte Zeigefinger und Daumen, sodass ein kleiner Spalt übrig blieb, durch den er Valerie ansah. Viel spannender fand diese, dass ihr auch seine Sprechweise bekannt vorkam.

„Ist Ihnen bei der Kleinen etwas Besonderes aufgefallen? Ich meine, außer dem, was in Ihrem Bericht steht?"

„Nein, wieso, habe ich etwas übersehen?"

„Fehlte dem Mädchen ein Finger?"

Er schien verunsichert und überlegte eine Weile. „Nein?"

„Sind Sie sicher? So einen fehlenden kleinen Finger könnte man nicht übersehen?"

Doktor Trenkwalder rieb sich das Kinn.

„Wie lange arbeiten Sie schon an der GMI?"

„Seit Oktober."

„Wie viele Obduktionen haben Sie seither durchgeführt?"

„Ein Dutzend, würde ich sagen."

„Und dabei sind Ihnen noch nie Fehler unterlaufen?"

Er schwieg.

„Na?"

„Menschen machen Fehler, klar. Gerade am Anfang."

„Was waren das für Fehler?"

„Kleinigkeiten."

„Klein wie kleine Mädchenfinger?"

„Nein." Die Freundlichkeit wich aus seinem Gesicht. Er rutschte auf seinem Stuhl zurück.

„Nehmen wir mal an, der Finger war noch dran, als Sie Claudia Schütz obduziert haben. Wer könnte ihn danach abgetrennt haben?"

„Aber warum sollte jemand so etwas tun?"

„Ja, warum? Was meinen Sie?"

Er zuckte mit den Schultern.

„Sie und Herr Hofer waren Donnerstag und Freitag alleine hier. Richtig?"

„Das ist richtig", antwortete er nach einer Weile.

„Hat sonst noch jemand Zugang zu den Leichen? Ich meine, außer Medizinern und Assistenten?"

Er ließ sich wieder Zeit mit seiner Antwort. „Eigentlich nicht, nein."

„Und uneigentlich?"

„Das ist doch wie überall. Wer die Abläufe kennt, könnte sie auch umgehen."

„Aber laut Zugangsprotokoll waren nur Sie und Hofer im Gebäude."

„Dann wird das wohl so sein. Aber ich habe sicher nichts mit verschwundenen Fingern zu tun."

„Haben Sie Donnerstag oder Freitag sonst noch jemanden unten gesehen, außer den Kollegen Hofer?"

„Nein."

„Herr Trenkwalder, haben Sie Kinder?"

„Nein. Wieso?"

„Verheiratet, in einer Partnerschaft?"

„Nein. Aber ..."

„Geldsorgen?"

„Warum fragen Sie mich das?"

„Nun?"

„Nein. Keine Sorgen."

Valerie schaute zum Fenster hinaus. Der nächste Satz sollte so beiläufig wie möglich klingen. „Kennen Sie eigentlich diesen Innsbrucker Oligarchen, wie hieß er noch mal ..."

„Sie meinen diesen ... Marnikov?"

„Ja, ich glaube schon, irgendwie so", täuschte Valerie vor.

„Aus den Medienberichten, klar. Der ist ja nicht zu übersehen. Warum fragen Sie?"

„Was halten Sie von ihm?"

„Nicht viel. Aber was ..."

„Was heißt *nicht viel*?", fuhr sie ihm ins Wort.

„So halt. Nicht viel."

„Was heißt *nicht viel*?", wiederholte sie ihre Frage.

„Frau Mauser, dieser Oligarch ist nicht besonders beliebt in Tirol. Fragen Sie irgendwen auf der Straße, Sie werden dasselbe hören. Keiner mag ihn. Aber warum ... hat er vielleicht etwas mit dem Tod der Obduzierten zu tun?"

„Und was genau stört Sie an ihm?"

In seinem Gesicht war deutliches Missfallen zu lesen. Aufgrund ihrer Frage – oder wegen des Russen? Er ließ sich Zeit. Dann holte er Luft. „*Tiroler, lasst die Hosen runter, die Russen kommen*", trug er vor, als stünde er auf der Theaterbühne. „Erinnern Sie sich an den Spruch?"

Wie hätte sie ihn vergessen können. Die Schlagzeile gehörte ja mittlerweile zur Allgemeinbildung, war zum Synonym für die Unterwürfigkeit geworden, mit der man zahlungskräftigen Gästen begegnete, wurde seither gerne benutzt, wenn *Prostitution* in diesem Kontext zu hart geklungen hätte. Während halb Österreich darüber lachte, hatte sich das offizielle Tirol beleidigt gegeben, und mit ihm auch etliche seiner Einwohner, die ihre Abos stornierten und sogar auf die Straße gegangen waren, um gegen den Affront zu protestieren. Ein Elektronikdiscounter hatte mit *„Tiroler, dieses Mal lassen wir für Euch die Hosen runter!"* geworben und sich damit einen Boykott eingehandelt. „Natürlich kenn ich den. Also stört es Sie, dass unsere Landsleute vorm Oligarchen auf die Knie gehen?" Dann hängte sie einen wohldosierten Nachsatz an: „Profitieren nicht alle von seinen Investitionen ins Land?"

Er schien mit sich zu kämpfen, ging aber nicht auf ihre Provokation ein, sondern verschränkte kopfschüttelnd seine Arme.

„Wäre es Ihnen lieber, er würde aus Tirol verschwinden?", fuhr sie fort.

Er blieb beim Schweigen, sein Blick war verhärtet.

„Wie sähe so ein Wunschtirol für Sie aus, Herr Doktor? Touristen raus, Fremde raus, Tunnel zu?"

„Worauf wollen Sie hinaus, Frau Mauser? Das hat doch nichts mit dem verschwundenen Teil zu tun!", blaffte er. „Oder doch?"

„Haben Sie diesen Finger abgeschnitten, Trenkwalder?", fragte sie scharf.

„Nein. Und wenigstens ein ‚Herr' wäre nett, Frau Mauser. Auf dem Doktortitel will ich ja gar nicht herumreiten, aber ein Grundmaß an Höflichkeit darf ich mir doch erwarten. Warum provozieren Sie mich die ganze Zeit? Womit habe ich das verdient, Frau Mauser?"

Sie dachte nicht daran, sich zu entschuldigen. Denn sie wusste: Käme Sie Leuten wie ihm mit Faserschmeichlerfragen, hätte sie heute noch keinen einzigen Fall gelöst. Stolwerk liebte es, seinem Gegenüber die Emotionen herauszukitzeln, es zu unüberlegten

Aussagen zu verleiten. Valerie kostete es Überwindung. „Wenn Sie es nicht waren, dann kann es nur dieser Assistent ... Hofer gewesen sein. Was wissen Sie über ihn?" Trenkwalder wurde wieder ruhiger.

„Na ja, der ist schon einige Jahre hier, älter als ich."

„Sind Sie befreundet?"

„Nein. Er ist einer dieser *Poser*, wenn Sie verstehen. Ich habe nach der Volksschule damit aufgehört, mit meiner Kleidung und den Spielsachen anzugeben, er nicht. Wir haben überhaupt keine gemeinsame Basis."

„Sie mögen ihn nicht?"

„Nein. Muss ich auch nicht, oder?"

„Glauben Sie, dass er in der Lage wäre, den Finger zu entwenden?"

„Wozu?"

„Für Geld?"

„Na, das wäre aber schon ganz großes Kino für Tirol, finden Sie nicht? Leichenteile verkaufen im Heiligen Land?"

„Ratten gibt es überall auf der Welt. Also warum nicht genau hier?" Sie fixierte ihn mit ihrem Röntgenblick. Er hielt ihm drei Sekunden lang stand, bevor er nach unten auswich. Doch außer Verunsicherung war nichts zu erkennen. Blieb zu erfahren, ob er Alibis für die Zeit der Entführung sowie der Geldübergabe hatte.

„Herr Doktor Trenkwalder, wo waren Sie letzten Mittwoch gegen elf Uhr vormittags?"

„Mittwoch? Was weiß ich ... wahrscheinlich hier ... ja, sicher hier. Ich musste ja arbeiten."

„Und Herr Hofer?"

„Ich denke, auch der. Wir hatten ja die ganze Woche gemeinsam Dienst. Aber kontrollieren Sie die Zeiterfassung, ich habe viel zu tun und kann mich auch irren."

Also vermutlich zwei Täter, folgerte Valerie still, denn keiner der beiden hätte Lizah auf der Seegrube entführen können.

„Und gestern Abend? Wo waren Sie da, so gegen zweiundzwanzig Uhr?"

„Zuhause."

„Kann das jemand bestätigen?"

„Ich lebe alleine ... aber warten Sie, zehn Uhr abends ... ja, ich kann Ihnen gern erzählen, was in der Politdebatte vorkam, die ich mir angesehen habe."

Sie musste weiterkommen, und Politiker hätten ihr Kopfweh nur verschlimmert. „Herr Doktor Trenkwalder, ich brauche dann noch ein paar Angaben von Ihnen."

„Natürlich."

Nachdem sie die persönlichen Daten aufgenommen hatte, bat Valerie den jungen Gerichtsmediziner, seinen Kollegen Hofer zu holen.

„Der ist krank."

„Ach was? Seit wann? Was fehlt ihm?"

„Seit heute. Und keine Ahnung, was er dieses Mal wieder hat."

„Er ist also öfter krank?"

„Pff! Wissen Sie, ich bin sonst vorsichtig mit solchen Äußerungen. Aber würde *ich* mich so verhalten, würde man mich als Kollegenschwein bezeichnen. Doch dem lieben David kann einfach niemand böse sein." Dazu zeigte er einen Gesichtsausdruck zum Abgewöhnen. Valerie hatte genug von dem Kerl.

„Gut, dann rufen Sie mir bitte Frau Doktor Zach."

Diese betrat mit den Worten „Herr Hofer ist krank" den Raum.

„Ja, das hat mir Doktor Trenkwalder bereits gesagt. Wissen Sie, was ihm fehlt?"

„Nein."

„Wem würden Sie es eher zutrauen?"

„Was?"

„Den Finger abzutrennen und zu entwenden."

„Keinem. Beide sind korrekt und kompetent."

„Würden Sie so weit gehen, Ihre Hand für sie ins Feuer zu legen?"

„Frau Mauser, ich schätze die beiden, aber hineinschauen kann ich nicht in sie. Die Kollegen Trenkwalder und Hofer sind wirklich in Ordnung, jeder auf seine Weise. Das macht es ja so schwer zu glauben, dass einer von ihnen so etwas tun könnte."

„Was meinen Sie mit ‚in Ordnung'? Wie würden Sie die beiden einschätzen?"

„Also, Herr Hofer ist immer gut aufgelegt und bringt Schwung in den Laden." Sie lächelte. „Man kann ihm einfach nicht böse sein."

„Wofür?"

„Ich meine, es ist doch normal, dass sich junge Männer die Hörner abstoßen. Solange es nicht überhandnimmt ..."

„Das heißt, sein Privatleben wirkt sich negativ auf seine Arbeit aus?"

Doktor Zach legte den Kopf zur Seite, sagte aber nichts.

„Und Trenkwalder?"

„Doktor Trenkwalder ist nicht so aufgeschlossen und lebhaft, aber nett, hat sich gut in unser Team integriert und leistet ordentliche Arbeit."

Valerie stellte ihn sich bildlich vor. *Irgendwo ...* „War er schon mal in den Medien? Ist er prominent?", fragte sie die Medizinerin.

„Ich wüsste nicht, nein. Warum?"

„Nur so ein Gedanke. Und dass der fehlende Finger bei der Obduktion übersehen worden ist, schließen Sie definitiv aus? Doktor Trenkwalder ist noch sehr jung und unerfahren, und David Hofer hatte vielleicht ganz andere Dinge im Kopf."

„Aber die beiden sind nicht blind, Frau Mauser. Nein, so etwas könnte ihnen sicher nicht passieren."

„Sagen Sie, dieser Hofer, hat der vielleicht etwas mit den Hoteliers zu tun?", schoss Valerie ins Blaue.

„Welchen Hoteliers? ... ach, Sie meinen Tobias Hofer?"

„Ja?"

„Das wäre ein großer Zufall bei den vielen Hofers, die es hier gibt. Aber den Hotelier ... hab ich letztes Jahr obduziert."

Valerie setzte sich gerade hin. „Bitte, nehmen Sie Platz und erzählen Sie mir davon."

Doktor Zach kam der Aufforderung nach. „Tobias Hofer. Eigentlich ein klarer Fall. Mann, Mitte vierzig, Todesursache Ertrinken. Keine Anzeichen auf Fremdeinwirkung, Krankheiten oder sonstige Unregelmäßigkeiten."

„Warum sagen Sie dann ‚eigentlich'?"

„Weil ich mir den Suizid nicht erklären kann."

„Das Familienerbe zu verlieren, könnte doch eine Motivation sein, oder nicht?"

„Haben Sie Kinder, Frau Mauser?"

Warum fragen mich alle danach?, dachte sie. Valerie ließ sich nicht darauf ein. „Und jetzt gehört das Hotel diesen Marinovs."

„Ja, das habe ich mitbekommen."

„Und was haben Sie sich dabei *gedacht*?"

„Das möchte ich lieber nicht sagen. Der Fall ist abgeschlossen, alles Weitere wäre unprofessionelle, persönliche Spekulation. Kann ich sonst noch etwas für Sie tun?"

„Aber eine schiefe Optik hat das Ganze schon, oder?"

„Wohin man sieht, gibt es schiefe Optiken. Korruption, Seilschaften, Freunderlwirtschaft, bei uns wie im Rest der Welt. Nur ..."

„Nur?"

„Bei uns scheint man eher damit durchzukommen, Frau Mauser. Bitte, sind wir fertig? Brauchen Sie mich noch?"

„Ich bräuchte die persönlichen Daten von Herrn Hofer."

Doktor Zach gab ihr seine Wohnadresse und begleitete Valerie hinaus, nicht ohne ihr noch einen knallgelben, riesengroßen Regenschirm in die Hand zu drücken. „Werbegeschenk aus der früheren Firma eines Arbeitskollegen. Hiermit weitergeschenkt. Alles Gute für Ihre Arbeit, Frau Mauser!"

Der Regen war noch stärker geworden, dafür hatte der Wind an Kraft verloren. Trotzdem bot der übergroße Schirm genügend Angriffsfläche, um Valerie mehrmals aus der Balance zu bringen. Immer noch fühlte sie sich benebelt, doch weit besser als vorhin, als ihre Welt wie ein Kartenhaus in sich zusammenzustürzen drohte. *Stolwerk*, kam ihr in den Sinn. Sie ging zurück zum Gebäude des Medizinzentrums und hinauf in das Zimmer, in dem sie gelegen hatte, um ihr Handy zu holen, beziehungsweise das, was davon übrig geblieben war.

„Frau Mauser", rief eine Stationsschwester und kam ihr entgegen. „Da sind Sie ja wieder. Sie können doch nicht einfach so gehen, wir sind hier für Sie verantwortlich!"

„Bitte verzeihen Sie die Umstände. Es geht mir besser. Ich möchte nur schnell mein Handy holen."

„Das Zimmer ist schon aufgeräumt. Warten Sie, ich hole Ihre Sachen." Der offensichtliche Widerspruch zwischen menschlicher Fürsorge und wirtschaftlicher Effizienz war der Schwester nicht aufgefallen. Sie erschien gleich wieder. „Hier, Ihre Jacke, Ihre Hose, die Trümmer Ihres Telefons und dieser Blumenstrauß, das war alles."

Sie fragte sich, warum sie vorhin nicht auf die Idee gekommen war, ihre daunengefütterte Winterjacke anzuziehen, und tastete diese ab. „Meine Dienstwaffe? Mein Ausweis?"

Die Schwester zog ihre Schultern hoch. „Wir haben nur das hier gefunden."

Freudenschuss, überlegte Valerie, verwarf den Gedanken aber gleich wieder als zu absurd. Vorsichtig tastete sie ihre Hose ab, um nicht erneut mit Katzenhaar in Berührung zu kommen. Auch ihr Schlüsselbund fehlte.

„Können Sie bitte nochmals nachsehen? Meine Schlüssel sind auch weg."

„Kommen Sie."

Das Zimmer war noch nicht wieder belegt worden. Alles klinisch rein. Als wäre nie jemand hier gewesen. Von ihren vermissten Sachen fehlte jede Spur.

Sie musste Stolwerk erreichen. So nahm sie das Handy, setzte den Akku wieder ein und schloss die Rückklappe. Doch es machte keinen Mucks. Sicher vermisste es das kleine Teil mit den elektrischen Bauteilen drauf, dessen ursprüngliche Position tief in seinem Inneren liegen musste, sich aber nicht mehr feststellen ließ. Das Gerät hatte ihren Wutausbruch nicht überlebt.

„Dürfte ich telefonieren?", fragte sie die Krankenschwester.

„Natürlich."

Sie wählte Stolwerks Mobilnummer, die sie als eine von wenigen auswendig kannte. Er ging nicht ran. Auch beim zweiten Versuch nicht. *Stolwerk, wo steckst du?*

„Wollen Sie Anzeige erstatten? Wegen der fehlenden Gegenstände?"

„Nein. Haben Sie noch jemanden in mein Zimmer gehen sehen, nachdem ich weg war?"

„Der Herr Landeshauptmann hat den Blumenstrauß reingebracht und ist dann gleich gegangen. Ein fescher Kerl. Kennen Sie ihn etwa näher?"

„Ich fürchte, ja. Sonst noch wer?"

„Nein, aber das muss auch nichts heißen, Sie sehen ja, viel zu tun."

Valerie unterschrieb die Enthaftungserklärung, schnappte sich Pullover und Jacke, ließ die Hose liegen, winkte ab, als ihr die Schwester den Blumenstrauß entgegenstreckte, „Geschenkt, mit lieben Grüßen vom Tiroler Steuerzahler!", verließ das Gebäude und nahm ein Taxi zu ihrer Wohnung.

„Vollgas!", wies sie den Fahrer an.

Vor dem Hauseingang angekommen drückte sie alle Knöpfe durch. Das „Sandro Weiler?" ließ sie kurz zusammenzucken, sie hieß sich selbst ein *schüchternes Schulmädchen*, nach einem hastig aufgesagten „Post ist da" öffnete er die Türe. Eine Notlüge, denn fürs Kennenlernen dieses Künstlertypen wollte sie nicht aussehen wie ein Autounfall in grünen Medizinerhosen.

Warum denn nicht? Warhol wär stolz auf dich gewesen!, gab die böse Souffleuse zu bedenken.

Trotzdem schlich sie so leise sie konnte am dritten Stock vorbei. Draußen an ihrer Wohnungstüre klebte ein Zettel: „Bist aus KH verschwunden, erreiche dich nicht, meld dich sofort bei mir, Gruß, Stolwerk." Sie holte ihren Ersatzschlüssel aus dem Versteck und sperrte auf.

Gutes, altes Festnetz, lobte sie den Apparat. Sofort hob Stolwerk ab.

„Hallo?"

„Ich bin's."

„Veilchen! Wo steckst, zum Kuckuck?"

„Bin in der Wohnung. Hab schon in der Klinik versucht, dich anzurufen."

„Ach, das warst du? Kam von einer anonymen Rufnummer und ich wollt Batterie sparen, Akku ist gleich aus."

„Wo bist du, Stolwerk?"

„Wieder bei den Marinovs."

Sie sandte ein Stoßgebet aus, traute sich fast nicht, die Frage zu stellen: „Ist Lizah aufgetaucht?"

„Nein, Veilchen. Die haben sich einfach nicht an die Vereinbarung gehalten. Das Geld ist futsch. Keine neuen Nachrichten, gar nichts. Hab die ganze Nacht gesucht, überall auf der Hungerburg, aber keine Spur von der Kleinen. Veilchen, du musst es melden."

„Hör zu, ich hab neue Informationen und eine konkrete Spur. Du kannst den Eltern schon sagen, dass es nicht Lizahs Finger war. Alles nur ein Trick."

„Ach was?"

„Stolwerk, sag's ihnen, dann komm her und leg dich aufs Ohr. Möglich, dass uns eine weitere Nachtschicht bevorsteht. Ich geh ins LKA und später befrag ich noch wen. Wir treffen uns dann wieder hier, o.k.?"

„Sag mal, in der Nacht hab ich noch geglaubt, du stirbst mir, und jetzt läufst rum wie ein Duracellhaserl?"

„War nicht so wild. Ein Bums auf den Kopf und dazu die verdammte Katzenallergie. Und das Gefühl, keinen Boden mehr zu finden. Aber jetzt steh ich wieder fest in meinen Schuhen."

„Veilchen?"

„Iss meinen Riegel?"

„Iss deinen Riegel."

Sie grinste. Diesen Trick hatte er ihr tags zuvor verraten: Wann immer sie in Metaphern zu sprechen begann, wusste er, dass sie Süßes brauchte. *Alles nur eine Frage der Beobachtung*, hatte er gemeint, der schlaue Fuchs. Und Recht gehabt. „Noch was, Stolwerk, hast du meine Schlüssel gesehen? Oder Waffe und Marke?"

„Den Schlüssel hab ich genommen, weil ja in der Klinik warst, die anderen Sachen hast nicht einstecken gehabt?"

„Weißt du, ob ich sie noch hatte, nachdem ich ausgeknockt war?"

„Nein, weiß ich nicht, Veilchen. Das Handy schon, hab's dir neben dein Bett gelegt. Pistole und Ausweis hab ich nicht gesehen, aber auch nicht danach gesucht."

Gänsehaut lief ihr über den Rücken. Der, der sie niedergeschlagen hatte, musste auch die fehlenden Sachen an sich genommen haben.

Valerie ging ins Bad und erschrak ob ihres Anblicks. Getrocknetes Blut klebte in ihren Haaren, die linke Seite pappte wie ein Teller an ihrem Kopf, während die rechte – kraus wie eh und je – im Neunzig-Grad-Winkel zur Kopfhaut wegstand. Ein Hämatom streckte sich von der Schläfe kommend nach ihrem linken Auge aus, erinnerte sie an *Starchild* von *Kiss*, der Lieblingsband ihrer Jugend. Das schneeweiße Pflaster gab einen heftigen, zu dieser Vorstellung passenden Kontrast ab. *Kein Wunder, dass alle erschrecken*, dachte sie und wusch sich das Gesicht unter Aussparung der Wunde. Die Haare mussten warten. Eine Kopfwehtablette konnte nicht schaden. Dann zog sie sich frische Sachen an – dazu die weiteste Mütze, die sie finden konnte – und rief sich ein Taxi. Mit ihrem Riegel im Mund, einer Blisterpackung Schmerztabletten in der Hosentasche und ihrem knallgelben Riesenschirm ging sie die Treppen hinab, hielt jedoch inne, denn die Türe im dritten Stock öffnete sich.

„Ruf mich an!", befahl eine weibliche Stimme. Lief sein Fernseher?

„Mach ich", antwortete Sandro. Bussi Bussi. *Oder Kuss Kuss?*, überlegte Valerie. Die Tür ging zu, die Dame klackerte das Treppenhaus hinunter. Hatte sie etwa Stepptanzschuhe an? Vielleicht war sie auch Straßenkünstlerin und wärmte sich nur bei ihm auf? Und falls ja: Wie sah dieser Temperierungsprozess aus? Eine Tasse Tee oder doch eher Wärme durch Reibung? Valerie pirschte ihr nach, um jedenfalls noch einen Blick auf die Besucherin zu erhaschen. Zuerst sah sie nur die schwarzen Haare mit roten Strähnen, dann ein knappes Kleidchen und dunkle Netzstrumpfhosen, und schließlich, als die Person zu ihr hochblickte, auch noch grellrote Lippen, die sich vom weißgepuderten und schwarz akzentuierten Gesicht abhoben, welches Valeries verlegenes Nicken in keiner Weise erwiderte. Dazu hochhackige Klapperstiefel.

Schlampe!, maulte das kleine Teufelchen.

Sandro, stehst du etwa auf Gothic?, fragte sich Valerie, als sie dem strengen Püppchen nachsah. Sie passte nicht zu seinen Liedern. Wie mochten wohl seine Bilder aussehen?

Das Taxi wartete bereits. Fünf Minuten später traf sie im LKA ein. Der Platz ihrer Sekretärin war weiterhin verwaist, doch eine Krankmeldung lag auf ihrem Schreibtisch, versehen mit einem Haftzettel: „Diagnose: Burnout. Dauer: unbekannt. Viel Glück, Marina Distelbacher."

„Diagnose Burnout, papperlapapp!", raunte Valerie.

Daneben fand sie eine weitere Notiz, die mit spitzem Bleistift auf die Rückseite eines Schmierzettels geschrieben worden war: „Dringendst R', Berger". Sie interpretierte dies als Wunsch des LKA-Leiters, baldigst Rücksprache mit ihm zu halten, tippte die Kurzwahltaste am Apparat ihrer meuternden Assistenzkraft und wurde gleich zu ihm weiterverbunden.

„Frau Mauser. Sind Sie endlich im Büro? Es ist jetzt gleich Mittag vorbei. Was war los? Wir haben auf Sie gewartet."

Valerie musste etwas verpasst haben. „Bitte?"

„Ich spreche von der Bereichsleitersitzung. Ich hätte Sie gerne unserem Führungskreis vorgestellt. Aber Sie fehlten unentschuldigt! Was war los, Frau Oberstleutnant?" Den Dienstgrad sprach er besonders zackig aus.

Ja klar, Montagvormittag zehn Uhr, EB-Leiter-Sitzung! „Bitte verzeihen Sie, ich hatte gestern Nacht einen Unfall und bin eben erst gekommen."

„Aha. Ist Ihnen etwas passiert?"

„Nur Kratzer. Aber ich war zur Beobachtung die Nacht im Krankenhaus."

„Geht es wieder?"

„Ja."

„Dann kommen Sie morgen um Punkt neun Uhr mit einem Bericht zu mir."

„In Ordnung."

Jawoll, Sir! Das kleine Teufelchen salutierte.

Ihr neuer Chef war kein Freund großer Worte oder Nettigkeiten, ganz im Gegensatz zu Freudenschuss. Trotzdem hätte sie ihn jederzeit diesem picksüßen Schönwetterjäger vorgezogen, auf den die halbe Tiroler Frauenwelt zu fliegen schien. Die beiden mochten sich nicht. Das wusste sie, weil ihr neuer Chef vor

Wochen zufällig auf die Landespolitik zu reden gekommen war. Er hatte es nicht ausgesprochen, doch seine Antipathie gegenüber Freudenschuss stand überdeutlich zwischen den Zeilen.

Das dürfte auch der Grund dafür gewesen sein, dass der Landeshauptmann sie und nicht *den alten Berger* zu Hilfe gerufen hatte. Wenn, und auch dafür sprach einiges, er sie nicht einfach für ein dummes Hascherl gehalten hatte. *Ein Dirndl*, verbesserte sie sich. Sein Glück, dass er sie am falschen Fuß erwischt und sie sich auf den Wahnsinn eingelassen hatte. Doch es war müßig, schon wieder darüber nachzudenken.

Sie ging in ihr Zimmer, startete den PC und holte ihre Notizen von der Vernehmung an der GMI heraus. Wie sie mittels Personenabfrage feststellte, waren beide Männer, die Zugang zur Leiche hatten, bisher unbescholten geblieben. David Hofer, der Obduktionsassistent, war neunundzwanzig Jahre alt und wohnte in der Schneeburggasse. Valerie rief einen Online-Kartendienst auf. Es handelte sich um ein mittelgroßes Gebäude in Hötting. In der Satellitenperspektive machte es einen sehr modernen Eindruck. Die Höttinger Gasse war in wenigen Minuten zu Fuß erreichbar. Noch dazu hieß er Hofer, wie die Hoteliers. Zufall? Ihr früherer Chef war der Meinung, es gab keine, alles floss ineinander, jedes Indiz war ein Puzzleteil, mochte es noch so zufällig erscheinen, und am Ende hatte jede vermeintliche Nebensächlichkeit ihren Platz im Gesamtbild. Sie selbst teilte seine Meinung nur bedingt – wenngleich sie davon überzeugt war, dass es oft die Kleinigkeiten waren, die den Erfolg ausmachten. Hofer war ein verbreiteter Name, hunderte Menschen trugen ihn wohl alleine in Innsbruck – aber diese räumliche Nähe zum Übergabeort war schon auffällig.

Doktor Siegfried Trenkwalder, sechsundzwanzig, war in der Noldinstraße in Innsbruck gemeldet, ganz in der Nähe seiner Arbeitsstelle an der Gerichtsmedizin. Während sich über ihn nichts Aufschlussreiches im Internet finden ließ – sah man von Telefonbucheinträgen, vereinzelten Schnappschüssen, zufällig namensgleichen Personen und ähnlich belanglosen Treffern ab –, hatte David Hofer eine öffentlich zugängliche Facebook-Seite, die er regelmäßig pflegte. Sie zeigte einen jungen Mann, der im Winter Snowboardfotos postete und sich im Sommer mit dem Fahrrad den Berg hinunterstürzte. Als Beruf führte er *Freerider und Downhill Racer* an. Dazu passend schien er dem Skater- und Snowboard-Look verfallen, schlampig und viel zu weit, trotzdem teure Markenware. Valerie scrollte sich durchs letzte Jahr seiner Statusmeldungen. Er protzte mit seinen Anschaffungen, mal eine teure, unzerbrechliche Sonnenbrille, dann ein Downhillbike im Wert von mehreren tausend Euro, Kameras, die er sich überall hinmontieren konnte, Urlaube, sein neues Smartphone, ein Sturzhelm im Design des Dosendrinks und mehr. Dazwischen Actionvideos und immer wieder Fotos von ausgelassenen Partys. Er mit kaum volljährigen Mädchen, er mit seinen *Buddies* und *Homies*. Valerie schüttelte den Kopf über dieses denglische Kauderwelsch. Er in Kitzbühel, er mit teurem Schampus, er mit B- und C-Promis, dazwischen auch ein kleines A, ein a, das er auf dem falschen Fuß erwischt zu haben schien, so, wie es sich dagegen wehrte, dass er ihr mit selbst vorgehaltener Kamera ein Busserl auf die Wange drückte, *Selfie* würden Leute wie er die Aufnahme wohl nennen. Hauptsache, alles glitzerte und blinkte und er stand im Mittelpunkt. *Wie kann man sich als Obduk-*

tionsassistent so ein Leben leisten?, fragte Valerie das virtuelle Abbild des Verdächtigen, *vielleicht mit Entführungen? Oder Leichenteilen?*

Seine Darstellung erinnerte sie an eine frühere Schulkollegin, die ihren Assistenzjob in der Bank genutzt hatte, um Geld von Wertpapier-Verrechnungskonten abzuzweigen, damit ein unangemessenes Leben zu führen und Gott und die Welt mit der Nase darauf zu stoßen, welch tolle Sachen sie sich leisten konnte. Wobei Valerie bezweifelte, dass noch ein Mensch so dumm sein konnte wie die Frau, mit der sie sich mal gut verstanden hatte: Die Kundengelder hatte sie auf ihr Gehaltskonto bei derselben Bank überwiesen.

Man durfte Menschen nicht nach Äußerlichkeiten und individuellen Geschichten beurteilen. Doch David Hofer war eine heiße Spur und sie musste zu ihm. Valerie stand etwas zu schnell auf – wieder Pressatmung –, schlüpfte in ihre Jacke und griff sich den gelben Schirm. Doch gerade, als sie das Büro verlassen wollte, wurde sie von Schmatz abgefangen.

„Frau Mauser, grias di! Ich hab schon ein paarmal vorbeige... aber was ist denn mit dir passiert?"

„So schlimm?", fragte sie den aufgeweckten, schmächtigen Burschen.

„Schlimmer", beschönigte er seinen Einleitungssatz in keiner Weise.

„Kleiner Unfall. Geht schon wieder."

„Sieht aber nicht danach aus. Na ja, deine Sache. Also, ich wollte dir nur schnell sagen, was ich wegen der Akte herausgefunden habe."

„Super, aber ich muss jetzt dringend einen Verdächtigen vernehmen, oben in der Schneeburggasse. Haben Sie einen Führerschein?"

„Schon, aber ..."

„Gut, dann holen wir uns jetzt einen Wagen und Sie erklären mir das mit der Akte beim Rauffahren."

„Aber ich kann doch nicht einfach so abhauen? Mein Chef wird mich köpfen, und noch dazu bin ich ..."

Sie hob die Hand zur beschwichtigenden Geste. „Das erklär ich ihm schon. Ich kann in meinem Zustand ja wohl kaum fahren, oder?"

Er seufzte. „Na gut, Frau Mauser. Aber auf deine Verantwortung."

Diese würde sich auch noch übernehmen lassen. Im Vergleich zur Last, mit der sich Lizah auf ihren Schultern breitgemacht hatte, war dies höchstens ein *Verantwörtchen*. Dachte sie.

Fünf Minuten darauf saßen sie hinter dem Armaturenbrett eines zivilen Audi A6 mit weit über zweihundert PS.

„Gut, also zuerst anschnallen." Schmatz sah prüfend zu Valerie hinüber, die seiner Aufforderung nachkam. Dann machte er sich daran, seinen Sitz zu justieren und anschließend die diversen Spiegel einzurichten.

„Das hätten wir. Schlüssel ...", murmelte er, fand aber kein Zündschloss.

Valerie drehte langsam ihren Kopf zu ihm rüber. „Herr Schmatz?"

„Ja, Frau Mauser?"

„Seit wann haben Sie den Führerschein?"

„Schon seit ich achtzehn bin. Aber ..."

„Aber?"

„Gefahren ..."

„Gefahren?"

„... bin ich seit der Prüfung nicht mehr."

Es schmerzte. Zuerst an der linken Augenbraue, als sie diese zu weit hochzog, dann in der Vorstellung dessen, was gleich auf sie zukommen würde, und schließlich meldete sich auch das Zwerchfell, weil sie den Impuls unterdrückte, laut loszulachen. Immerhin hatte er es bald geschafft, den „Engine/Start/Stop"-Knopf zu finden und damit den Motor zu starten, doch dann suchte er nach dem ersten Gang. In einem Automatikauto.

„Herr Schmatz, der hat keine Gänge. Nur Gas und Bremse."

„Ich hab mich schon gewundert, dass die Kupplung so schwer geht."

„Das war dann die Bremse. Also sind Sie noch nie Automatik gefahren?"

„Vielleicht solltest du lieber ein Taxi nehmen. Oder einen anderen fragen."

„Schmatz, hören Sie zu. Den linken Fuß anziehen und vergessen. Ganghebel auf ‚D' und dann nur noch Gas geben und bremsen."

„Na gut."

„Los geht's, Cowboy!"

Schmatz gab ihm die Sporen. Der Wagen bockte – nur das Wiehern fehlte noch – und schoss vorwärts aus seiner Lücke, war in einer Sekunde auf Stadtgeschwindigkeit, um in einer ABS-unterstützten Vollbremsung augenblicklich wieder zum Stillstand zu kommen. Valerie hatte schon vorsorglich damit gerechnet und ihre Halsmuskeln angespannt, dennoch schmerzte das Hin und Her. Sie verkniff sich aber jeden Kommentar, um den jungen Mann nicht noch zusätzlich zu verunsichern. So hoppelten sie, nun vorsichtiger, aus dem Parkplatz und hinein in den Stadtverkehr. Der Pförtner grinste und winkte ihnen nach. Valerie sagte dem jungen EDV-Techniker den Weg an, den Plan dazu hatte sie sich aus dem Internet geholt und ausgedruckt.

„Vorne gleich rechts über die Brücke. Halt, rot!" Sie warteten. „Was haben Sie wegen der Akten herausgefunden, Herr Schmatz? Grün! ... langsam, die Fußgänger!" Valerie ahnte, wie unerträglich es sein konnte, einen Beifahrer neben sich zu haben, der etwas vom Autofahren verstand. Schmatz brachte kein Wort über die Lippen. Aus den Augenwinkeln sah sie, wie er sich den Schweiß von der Stirn wischte. Es musste Angstschweiß sein.

„Nach der Brücke links. Herr Schmatz?"

„Was hab ich denn jetzt wieder falsch gemacht, Frau Mauser?"

„Gar nichts. Ich meine, was ist wegen der Akten?"

„Frau Mauser, Multitasking geht gerade nicht, verstehst du?"

„Da vorne rechts rauf. ROT, Schmatz! Bist du ... sind Sie etwa farbenblind? Entschuldigung."

„Nein, aber ich kann nicht gleichzeitig denken und lenken, Frau Mauser."

Chauffeur wird er keiner, aber als Komiker ist er ein echtes Naturtalent, flüsterte die Souffleuse.

„Dann warten wir eben, bis wir oben sind. Achtung, gleich geht es scharf links um die Ecke. Gut ausholen und ganz einschlagen."

„O.k."

Valerie bewunderte die Bodenhaftung des Luxuswagens, der mit atemberaubender Kurvengeschwindigkeit ums Eck zirkelte. *So ließe sich garantiert auch Wäsche schleudern,* kombinierte sie. Beinahe hätte Schmatz vergessen, das Lenkrad nach der Haarnadel wieder loszulassen, sie waren schon am besten Weg zu einem Vollkreis, dem jedoch gewichtige Mengen an Metall und Mauerwerk entgegengestanden wären. Seine Hände flogen wie aufgescheuchte Tauben, als er die Lenkradposition korrigierte. Valerie atmete auf. Der Bolide aus Ingolstadt hatte die Begrenzungsmauer um wenige Zentimeter verfehlt. Im Ameisentempo ging es weiter.

„Geben Sie ruhig etwas Gas, in ein paar Stunden wird es dunkel", scherzte Valerie, erntete aber keinen Lacher. „Da vorne ist die nächste scharfe Kurve rechts rauf in den Speckweg. Langsam."

„Ich glaub, jetzt hab ich's", sagte Schmatz, nahm den Wahlhebel der Automatik in die Hand und trat den linken Fuß in die Bremse, welche er für die Kupplung hielt, ein typischer Anfängerfehler, der in einer unvorhersehbaren Notbremsung und dem gleichzeitigen Einlegen des Rückwärtsgangs endete. Ihr Schädel wurde nach vorne geschleudert und pochte. Nun ging es – erneut mit Vollgas – rückwärts weiter. Die Fliehkraft hielt Valerie auf Tauchstation, bis sie die erneute Vollbremsung wieder aufrichtete. Physik, erste Reihe fußfrei. Ein Segen, dass ihnen kein Auto gefolgt war. Hoffentlich hatte sie niemand beobachtet und die Polizei gerufen. Allerdings, *ich BIN die Polizei*, das wollte sie schon immer mal sagen, es hatte sich nur noch nie die Gelegenheit gefunden.

„Tschuldigung", piepste Schmatz vom Fahrersitz.

„Schon gut, Sie machen das großartig", log sie. „Und weiter."

Die dreihundert Meter des Speckwegs kosteten sie eine ganze Minute. „Fast geschafft. Jetzt rechts in die Schneeburggasse ... geradeaus ..." Valerie erkannte das Gebäude, in dem David Hofer wohnen musste, an seiner modernen Architektur. Schon am Satellitenfoto war es das auffälligste Gebäude weit und breit gewesen. „Und jetzt einfach längs parken, hinter dem roten Auto da. Sehr gut!"

Schmatz stellte den Motor ab und lächelte sie erschöpft an. Valerie nickte anerkennend und sah nach vorne. „Also, die Akten. Was haben Sie herausgefunden?", fragte sie ihn, während sie ihren Blick auf dem Haus hielt.

„Dass herumgelöscht worden ist. Laut Protokoll vom Andi, ich meine ... dem Herrn Zahn. Also, ich komm zwar nicht in die Datenbank rein, aber ein Kollege in Wien hat mir bestätigt, dass der Akt mal Einträge hatte. Eine ganze Menge offensichtlich. Und noch eins ist merkwürdig."

„Ja?"

„Dass *er* die Löschungen gemacht haben soll, nachdem er schon aus dem LKA draußen war."

„Was das für Einträge waren, lässt sich nicht mehr feststellen, oder?"

„Nicht, ohne dass es auffallen würde."

„Haben Sie Internet dabei?"

„Ist der Papst katholisch?"

„Also nein?", erinnerte sie seinen schiefgegangenen Weihnachten- und Ostern-Sager.

„Doch! Am Smartphone bin ich online."

„Kommen Sie damit ins interne System?"

„Offiziell nicht."

„Also?"

„Über eine Hintertür im virtuellen Schreibtisch, ja."

Faszinierend, dachte Valerie. Wer sich in der EDV auskannte, dem standen heute viele Türen offen. Vermutlich konnte Schmatz seinem Vorgesetzten vorgaukeln, im Büro zu sitzen, während er seine Füße in den Inn streckte und die Sonnenstrahlen genoss. Was, wie sich Valerie angesichts seiner Blässe korrigierte, nicht oft der Fall gewesen sein dürfte.

Ihr Vorgänger Andreas Zahn, *der Andi*, wie Schmatz ihn nannte, entwickelte sich langsam zum Phantom. Ob er sich wirklich im Ausland aufhielt, wie alle behaupteten? Sie beschloss, noch einen Versuch zu unternehmen, ihn aufzuspüren.

„Fragen Sie bitte die letzte Wohnadresse von Herrn Zahn ab, die war irgendwo in Götzens. Und dann müssten wir schauen, wie wir dorthin gelangen."

„Darf ich nicht mitkommen?"

„Zu Ihrer eigenen Sicherheit lieber nicht. Sollte nicht lange dauern."

„Und was ist mit deiner Sicherheit, Frau Mauser? Du hast gesagt, du willst einen Verdächtigen befragen. Alleine, in deinem Zustand?"

Seine Bedenken waren berechtigt. *Was, wenn dieser Hofer mich k.o. geschlagen hat und ich mich kopfüber in die Höhle des Löwen stürze?*, überlegte Valerie. „Ich nehme nicht an, dass Sie Außendiensterfahrung haben, Herr Schmatz?"

„In der Kripo bisher nicht, aber ich mach schon lange WingTsun."

Valerie hatte schon von der Kampfkunst gehört, die die Kraft des Gegners nutzte und zum eigenen Vorteil umleitete. Doch sie bezweifelte, dass Schmatz sein Trainingswissen in die Praxis umsetzen würde können, wenn ihm ein wild gewordener Gewalttäter den Schwung seines Baseballschlägers zum Umleiten gab. Trainingsgegner waren gut, Psychopathen besser. Stolwerk war der beste Beweis für den Unterschied zwischen Übung und Ernstfall. Doch auch, wenn sie damit neuerlich ihre Kompetenzen überschritt und wider die eigene Vernunft agierte, beschloss sie, Schmatz mitzunehmen.

„In Ordnung, kommen Sie mit."

Er sprang aus dem Auto. „Danke, danke, danke!"

Sie musste seine Euphorie bremsen. Etwas Angst konnte ihm nicht schaden. „Bedanken Sie sich nicht zu früh. Vielleicht sehen Sie danach aus wie ich. Oder schlimmer."

„Glaubst du, *er* hat dich ausgeknockt?", fragte Schmatz mit, wie Valerie befand, gekünstelter Beiläufigkeit.

„Gut möglich."

Er schwieg. Sie hatten den Eingang erreicht.

„Hofer", murmelte sie und drückte den Knopf.

„Ja?", schnarrte der Lautsprecher kurze Zeit darauf.

„LKA, Mauser ..."

„Ich hab schon, danke!", unterbrach er sie.

„Was?"

„Ich kaufe nichts."

„Nein, Landeskriminalamt, Mauser und Schmatz. Ich muss mit Ihnen sprechen."

Keine Antwort. Sie warteten eine halbe Minute, dann klingelte Valerie erneut und hörte „Zweiter Stock!" zusammen mit dem Surren des Türöffners.

David Hofer erwartete sie bereits an seiner Türe. „Landeskriminalamt? Spionieren Sie jetzt schon Krankenständlern hinterher?", gab er ihr zum Gruß.

„Grüß Gott, Herr Hofer. Nein, aber ich habe tatsächlich ein paar Fragen an Sie, die Ihre Arbeit an der GMI betreffen."

„Aha. Da bin ich ja gespannt. Kommen Sie." Er hustete. Sein Blick blieb an Valeries Kopf haften. „Sie sehen aber auch nicht gerade arbeitsfähig aus."

Das musste ja kommen, dachte Valerie. Wobei sie nicht unglücklich über diese Gesprächseröffnung war. Er hätte ja auch nach ihrem Ausweis fragen können. „Ich bin gegen einen Türstock gerannt", variierte sie ihre Geschichte. Die Mütze behielt sie besser auf. Ob ihr linkes Auge nun bereits vollständig blau umrandet war?

Die Wohnung war seinem Facebook-Profil nicht unähnlich: offen, transparent und angeberisch. Am Flur hingen Fotos, darunter befanden sich einige Halbakte, natürlich nur von ihm und seinem Luxuskörper. Eines von hinten, samt unverhülltem Allerwertesten, zeigte einen mächtigen Adler, der sich von Schulterblatt zu Schulterblatt spannte. Irgendein Rockstar hatte genau so eine Tätowierung, erinnerte sich Valerie an ein Foto in ihrer Klatschzeitschrift. *Weniger ist mehr* war die Devise, nach der Hofer sein Domizil eingerichtet und die teuren Möbelstücke ins Rampenlicht gesetzt hatte. Gegenüber einer Spielwiese aus weißem Leder stand der größte Flatscreen-Fernseher, den Valerie je gesehen hatte. Ihr eigener hatte um die vierzig Zoll und war mehr als ausreichend, zumal er ohnehin kaum lief und nicht mehr war als ein dunkler Fleck in der Wohnung. Aber dieser hier hatte Ausmaße wie im Kino. Ein Sportvideo lief, Leute stürzten auf ihren Snowboards durch Felslandschaften, der Ton war aus. Die Actionszenen, die mit höchster Leuchtkraft aus dem Bildschirm schossen, illuminierten den Raum sekündlich neu. Das Gerät blitzte und blinkte und schien trotz fehlenden Tons geradezu um Aufmerksamkeit zu betteln.

„Setzen Sie sich bitte", sagte Hofer und zeigte auf das lederne Abenteuerland. Valerie beschloss, noch stehen zu bleiben.

„Bist das du?", fragte Schmatz und zeigte auf ein mehrere Meter breites Nacktfoto, das an der Wand hinter der angebotenen Sitzgelegenheit hing.

Rrrr, machte die böse Souffleuse.

Der Akt war nichts für Schulmädchen. Facebook würde ein solches Bild bestimmt nicht tolerieren. Valerie versuchte, es geistig auszublenden, vor allem aber, nie wieder auf das Würstchen zu starren.

Eher eine Bratwurst, wurde sie von der rechten Schulter aus korrigiert. Wenigstens schien ihr junger Computerfreund keine Berührungsängste zu haben.

„Ja", antwortete Hofer, „das Bild hat Penelope Becker geschossen."

„Cool", kommentierte Schmatz, „die hat doch gerade Tyra Banks fotografiert?"

„Genau", bestätigte Hofer mit sichtlichem Stolz und wies ihnen den Platz. Valerie und ihr Begleiter setzten sich an den Rand des überdimensionalen Möbels, während Hofer sich einen Hocker holte.

Aus Jux und Tollerei wird die Starfotografin Herrn Hofer und dessen Würstchen samt Munitionskammer nicht abgelichtet haben, dachte Valerie. Denn auch, wenn er gut gebaut und recht ansehnlich war, für ein Männermodel reichte es kaum. *Woher hat der Kerl nur so viel Geld?*

„Herr Hofer, es geht wie gesagt um Ihre Tätigkeit an der GMI."

„Ich bin wirklich krank, hören Sie das nicht?" Er hustete erneut, nicht gerade oscarverdächtig. „Soll ich Ihnen die Krankmeldung zeigen?" Hundeblick. Kein Zweifel, der Mann hatte Charme, ganz im Unterschied zu seinem Arbeitskollegen. Er saß mit dem Rücken zum Flatscreen, wurde aus Valeries Perspektive von diesem umrandet, in Szene gesetzt wie ein Rockstar.

„Nein, es geht um eine Leiche, der ein Teil fehlt. Was nicht im Obduktionsbericht erwähnt wird", platzte sie heraus. „Es wurde nach der Untersuchung abgeschnitten. Und nur Sie und Doktor Trenkwalder kommen dafür in Frage." Die Lockerheit entwich der Runde wie die Luft aus einem geplatzten Reifen.

„Nicht wirklich."

„Doch, wirklich. Erinnern Sie sich an Claudia Schütz, vier Jahre alt, totgeschlagen?"

„Ja, wir haben sie letzte Woche obduziert. Mittwoch oder Donnerstag. Schrecklicher Fall."

„Ist Ihnen dabei etwas Ungewöhnliches aufgefallen?"

„Geht es um das fehlende Teil?"

„Ja. War die Leiche vollständig?"

„Ich denk schon, aber die Untersuchung hat Doktor Trenkwalder gemacht."

„Wie kann es dann sein, dass dem Körper am Wochenende etwas fehlte?"

„Was genau?"

„Raten Sie mal." Valerie erschrak selbst über ihre Frage. Allerdings waren Menschen, die mit Toten arbeiteten, für gewöhnlich nicht dünnhäutig. Selbst bei Frau Doktor Zach, die einen höflichen und professionellen Eindruck hinterlassen hatte, war der schwarze Humor mehrmals durchgeblitzt. Und David Hofer war schon lange genug an der GMI, um ebenso zu ticken.

„Hm. Ein Ohr?"

„Wie kommen Sie gerade darauf?", fragte Valerie.

„Ich habe geraten. Was soll man einem kleinen Mädchen sonst groß abschneiden? Die Haare?" Er starrte auf Valeries Mütze und grinste. „Die Nase? Oder den ganzen Kopf?"

„Es war ein Finger, der abgetrennt wurde. Von wem, Herr Hofer?"

Er schien nun doch an Selbstsicherheit zu verlieren und ruckelte nervös auf seinem Hocker hin und her. Hinter ihm war die Action vorbei und der Hintergrund des DVD-Startmenüs umrandete Hofer in schlichtem, unschuldigem Weiß, fast wie ein Heiligenschein. Schmatz saß da, als hätte er einen Besen im Hintern, und starrte ein Loch in die Luft. Oder auf den Flatscreen? Dort gab es nichts mehr zu sehen. Vermutlich hatte der Arme mit Harmloserem gerechnet als zerstückelten Mädchenleichen. Sollte er nur fernsehen. Oder so tun als ob.

Hofer setzte zu einer Antwort an. „Das weiß ich nicht, Frau ..."

„... Mauser. Herr Hofer, wo waren Sie am Mittwoch gegen elf Uhr vormittags?" Dass er zum Zeitpunkt der Entführung in der Arbeit war, wusste sie zwar, doch seine Reaktion interessierte sie.

Er runzelte die Stirn und schob den Kopf zurück. „Wieso, was soll da gewesen sein?"

„Wissen Sie es nicht mehr?"

„Also Mittwoch ... keine Ahnung. Bei der Obduktion von diesem Mädchen vielleicht? Ich bin ja schon froh, wenn ich noch weiß, was ich gestern oder heute Morgen gemacht oder gegessen habe. Aber an einem Wochentag um elf Uhr vormittags habe ich sicher gearbeitet. Sie können sich aber gerne meine Zeiteinträge ansehen."

Hatte sie schon. „Und was haben Sie gestern gemacht? Am Abend, so gegen zweiundzwanzig Uhr?"

„Gestern ... da war ich aus, in der Stadt. Im Theresienbräu. Und dann hier." Schnell fügte er noch hinzu: „Und dabei muss ich mich dann verkühlt haben." Hust, hust.

„Waren Sie alleine dort, oder gibt es Zeugen?"

„Eine ... Zeugin." Er lächelte verklärt.

Ein Gentleman genießt und schweigt, drängte sich geradezu auf. „Name, Telefonnummer?"

„Hab ich leider nicht. Eine lose Bekannte, wissen Sie?"

„Sie waren mit ihr hier und kennen nicht mal ihren Namen?"

„Schockiert, Frau Mauser?" Im Schauspielunterricht hätte er jetzt eine Eins für schleimiges Grinsen bekommen.

„Herr Hofer. Sie oder Doktor Trenkwalder sind in ein Verbrechen verwickelt. Warum sollten wir Ihnen glauben, dass Sie nichts damit zu tun haben?"

„Sind wir jetzt in einem Bewerbungsgespräch? Muss ich Ihnen etwa meine Unschuld beweisen, oder wie war das noch mal?"

„Herr Hofer, wie gut verstehen Sie sich mit dem Kollegen?"

„Mit Trenkwalder? Na ja, er ist ja noch nicht lange bei uns, aber er ist keiner meiner Buddies, wird es auch nicht werden, soviel ist sicher."

„Warum?"

„Weil er nervt. Total. Mitte zwanzig und schon ein kompletter Spießer. Vollkommen spaßbefreit. Mit seiner Krankenkassenbrille kommt er sich wahrscheinlich noch mächtig intellektuell vor, der *Herr Doktor*. Spießer eben. Ich kann mit dem nichts anfangen."

„Sie haben etwas gegen ihn?"

„Ich mag ihn einfach nicht."

„Glauben Sie, er wäre zu einem Verbrechen in der Lage?"

„Der? Macht sich doch schon ins Hemd, wenn ... das heißt ..." Er hielt inne. Hatte er Angst, sich zu verplappern? Oder war ihm bewusst geworden, dass er sich gerade selbst zum Hauptverdächtigen machte?

„Ja?", drängte sie ihn zur Antwort.

„Nichts. Ich sage dazu nichts mehr."

„Wie Sie meinen ... Herr Hofer, kannten Sie eigentlich diesen Hotelier, der letztes Jahr gestorben ist? Tobias Hofer? Sind Sie vielleicht mit ihm verwandt?"

Dem Obduktionsassistenten entfuhr spöttisches Gelächter. „Also bitte, Frau Mauser, jetzt reicht's aber. Nur, weil ich *Hofer* heiße? Wo kommen *Sie* denn her? *Da Hofa war's*, oder wie? Was glauben Sie eigent-

175

lich, wie viele Hofers es alleine in Innsbruck gibt? Ich hätt Sie für eine Tirolerin gehalten, so, wie Sie reden. Aber wer solche Fragen stellt ...“ Er klopfte sich auf die Schenkel.

„Also nein?“, fragte Valerie trocken. Im Geist tätschelte ihr früherer Chef ihr die Schulter. *Zufälle gibt es nicht! Dranbleiben und zugreifen!*

„Sind wir nicht alle irgendwie miteinander verwandt?“, fragte er kryptisch.

„Kannten Sie Tobias Hofer, Herr Hofer?“, präzisierte Valerie ihre Frage und betonte dabei seinen Nachnamen.

David Hofer schien nachdenken zu müssen. Legte er sich jetzt eine passende Antwort zurecht? Die Zeit wollte sie ihm nicht lassen. „Also?“, setzte sie nach.

Nun sprach er langsamer. „Nein. Nur aus den Zeitungen. Einmal hab ich ihm beim Weggehen die Hand geschüttelt, ein Freund war mit ihm am Weg. ‚Kennen‘ wäre zu viel gesagt.“

„Waren Sie bei seiner Obduktion dabei?“

„Nein.“

„Sie erinnern sich also, dass er an der GMI obduziert worden ist?“

„Ja.“

„Haben Sie seine Leiche gesehen?“

„Nein.“

„Warum nicht?“

„Weil es an der GMI mehr Obduktionsassistenten gibt als mich alleine. Zufall, Urlaub, Vorsehung, was weiß ich.“

„Und was dachten Sie sich zum Todesfall?“

„Ich hab damals nicht großartig darüber nachgedacht.“

„Und heute?“

„Denke ich, dass er einen Dachschaden hatte. Wer schmeißt schon freiwillig sein Leben weg, wenn es eh so kurz ist?"

„Haben Sie je am Suizid gezweifelt?"

„Wie gesagt hab ich mich nie damit beschäftigt. Ich habe meine eigenen Sorgen."

„Geldsorgen?", fragte Valerie.

„Wie kommen Sie darauf?"

„Nun, wenn ich mich hier so umsehe, dürfte Ihre Einrichtung nicht gerade billig gewesen sein. Von der Wohnung ganz abgesehen. Dazu Ihre Facebook-Status-Einträge, Champagner und Schickimicki-Partys. Was verdient man so als Obduktionsassistent?"

„Haben Sie mir etwa auf Facebook nachgestellt?", amüsierte er sich.

„Herr Hofer, Sie oder Doktor Trenkwalder sind in ein Verbrechen verwickelt. Entweder direkt, oder Sie haben den Tätern das Leichenteil verkauft. Ihr Lebensstil ist luxuriös. Wie können Sie sich den leisten?"

Er lachte nicht mehr. „Frau Mauser, das geht Sie überhaupt nichts an. Aber von mir aus, bevor Sie sich ins Höschen machen. Meine Eltern sind vorletztes Jahr gestorben. Ich bin Alleinerbe."

„Und dieses Erbe verprassen Sie jetzt?"

Mit einem Satz sprang Hofer auf. „Sie", schrie er, „haben kein Recht, mich und mein Leben zu bewerten. Und jetzt verschwinden Sie, bevor ich mich vergesse!" Keine halbe Sekunde nach ihm war auch Schmatz in der Senkrechten und hatte seine Kampfposition eingenommen. Hofer sah ihn ungläubig an. „Was wird das?"

„Ich warne Sie. Ich bin Meister des WingTsun", drohte Schmatz. Langsam wanderten seine Hände hin und her, als wollte er damit seinen Gegner hypnotisieren, doch die Gesten erinnerten Valerie eher an das

Dirigieren einer verspielten Kätzchenbande. Fehlte nur noch das Wollknäuel. Sie staunte.

„Frau Mauser, nehmen Sie Ihren Spasti da mit und lassen Sie mich in Ruhe, ja?"

„Schon gut, Herr Schmatz. Wir sind hier fertig. Kommen Sie", wies sie ihren Begleiter an.

Beim Hinuntergehen blies Schmatz geräuschvoll die Luft aus. „Das war knapp ... für Hofer", kommentierte er seine Aktion, nachdem die Haustüre hinter ihnen zugefallen war. Valerie verbarg ihr Grinsen, so gut es ging.

Schon oben hatte sich Stolwerk in Valeries Bewusstsein gedrängt. Sie musste sich möglichst bald mit ihm austauschen und wollte ihn anrufen, dann fiel ihr jedoch ein, dass ihr Handy kaputt war, seines fast leer – es sei denn, er hatte sich wie vorgeschlagen bei ihr zuhause aufs Ohr gelegt. Dann würde er sein Gerät angehängt haben und auch bei unbekannten Anrufern rangehen, womit sie ihn auch mit Schmatz' Handy erreicht, Stolwerk andererseits wieder um seinen Schlaf gebracht hätte, den er dringend nötig hatte, wenn er denn ihrer Aufforderung überhaupt nachgekommen war und nicht immer noch die Gegend auf der Hungerburg durchstreifte, um Lizah zu finden ... auch das Handyzeitalter konnte verdammt kompliziert sein.

Ihr Kopf schmerzte wieder stärker, und so warf sie sich eine weitere Tablette in den Mund, die sie am Weg zum Wagen trocken schluckte.

„Geht's wirklich, Frau Mauser? Du siehst nicht gerade fit aus."

„Danke, Herr Schmatz. Jaja, geht schon. Kommen Sie."

„Wann gibst du's endlich auf, Frau Mauser?"

„Was denn?"

„Na, das Siezen. Den Andi, also den Herrn Zahn, hatte ich nach einer Stunde so weit."

Warum eigentlich nicht, zum Kuckuck?, fragten sich Souffleuse und Valerie gleichzeitig, das Teufelchen warf noch ein *‚Du staubtrockenes Kampfhühnchen!'* hinterher. Sie drehte sich zu ihm und streckte ihm die Hand entgegen. „Valerie."

„Schmatz!" Er wand sich an ihrer Hand vorbei und breitete seine Arme aus. Vor Glück scheinbar platzend drückte er sie an sich.

„Aua!", unterbrach Valerie seine Euphorie und die Umklammerung, die sie mit zweimaligem Klopfen mit der flachen Hand eher halbherzig erwidert hatte.

Staubtrocken!, kam's von rechts, dann noch mal zum Mitschreiben: S...t...a...u...

„Valerie ... kann ich auch Frau Mauser sagen?", fragte Schmatz.

„Warum?"

„Klingt irgendwie lustig, wie du uns vorgestellt hast, ‚Mauser und Schmatz'."

„Gut. Also kommen Sie ... komm, Schmatz, wir haben einen Fall zu lösen. Auf zu diesem Andi." Die Szene hatte ihre Anspannung gelöst. Es tat gut, sich zu duzen, über Hierarchien hinweg. Noch besser tat es, einen weiteren Mitstreiter gegen den unbekannten Gegner zu haben.

„Aber der ist doch auf Grenada?"

Die Anspannung war zurück. „Woher weißt du das?", fragte sie verblüfft.

„Hab vor ein paar Wochen mit ihm geskypt."

„Du? Ich meine, kanntest du ihn näher?"

„Wir haben uns ganz gut verstanden. Waren immer mal wieder zusammen Mittagessen. Ich glaub, er war froh, mit jemandem reden zu können, von außerhalb. Nicht aus seiner Abteilung, mein ich."

„Aber der Videoanruf hätte doch von überall aus kommen können."

„Theoretisch, ja."

„Dann fahren wir jetzt nach Götzens und sehen nach, ob er zuhause ist. Ich fahre."

„Aber warum ... aber du kannst doch nicht fahren!"

„Wird schon gehen. Du sagst mir den Weg an."

Um nichts in der Welt hätte sie sich in ihrem Zustand nochmals von Schmatz pilotieren lassen. Mit Valerie am Steuer wandelte sich das bockige Wildpferd zur geschmeidigen Raubkatze. Ihr Beifahrer versank zusehends in seinem Sitz. In den Haarnadelkurven hielt er sich mit beiden Händen fest.

„Nicht ziehen", riet Valerie.

„Was?"

„Zieh nicht an dem, was du gerade mit deiner linken Hand umklammerst."

Es war die Handbremse. Er starrte darauf und ließ sie los. „Ach so, haha."

Der Stadtverkehr hatte zugenommen, die Pendler waren allmählich auf dem Weg nach Hause. Valerie wurde ungeduldig. Sie mussten weiterkommen, vor allem aber durften sie die beiden Hauptverdächtigen nicht zu lange alleine lassen. „Ein Blaulicht haben wir doch auch irgendwo. Sieh mal bitte nach", bat sie den nervösen Techniker, der es im Handschuhfach fand, an den Zigarettenanzünder ansteckte und aufs Dach pappte. Wie auf Kommando trat Valerie das Gaspedal durch. Ihr Passagier krallte sich ins Leder.

„Du hast Zahn also näher gekannt, Schmatz?"

„Ein wenig. Ach..."

„Und er war froh, jemanden zum Reden zu haben, hast du gesagt?"

„...tung! Ja. Manchmal. Oooh ..."

„Keine Angst, ich brems gleich. Was glaubst du, warum hat er sich so in diese Russengeschichte verbissen?"

„Dazu hat er mir nicht viel gesagt. Aber er war überzeugt davon, dass da ein dickes Ding lief."

„Wohin jetzt? Rechts oder geradeaus?"

Schmatz warf einen Blick auf sein Smartphone, auf dem eine Navigations-App lief. „Öhm ..."

Valerie hatte den Wagen schon rechts um die Kurve geworfen.

„Rechts", bestätigte Schmatz.

Auf der Völser Straße fuhren sie hundertzwanzig statt der erlaubten siebzig Kilometer pro Stunde, überholten Kolonnen von Fahrzeugen und retteten sich mehrmals knapp vor dem Gegenverkehr auf die rechte Spur zurück. Linkerhand flog das Gefangenenhaus vorbei. *In dem die Entführer bald sitzen werden*, beschloss Valerie.

„Was für ein dickes Ding?", fragte sie Schmatz. Der Fahrer des hinteren Autos zeigte ihr den Scheibenwischergruß.

Ihr Mitfahrer antwortete nicht gleich. „Du meinst ... Andi? Ich glaub ... Verschwörung."

„Was weißt du noch darüber?"

„Nur, dass er Tag und Nacht ... gearbeitet hat. Keine Zeit ... irgendwann ... nicht mal mehr zum ... Mittagessen ..." Schmatz wurde immer leiser.

„Und dann hat man ihn ... IDIOT!" Die Reifen quietschten. Links, rechts, wie eine Formel-Eins-Schikane nahm sie die Abzweigung nach Götzens, räuberte übers Bankett und beschleunigte wieder. „Immer diese selbst ernannten Verkehrserzieher. Entschuldige, Schmatz. Und dann wurde er einfach rausgeschmissen? Und soll hinterher noch den internen Akt gelöscht haben?"

Neben ihr blieb es still. „Schmatz?"

„Frau Mauser ... bitte ganz schnell a...anhalten!"

„Warum?" Sie sah zu ihm rüber. Er war leichenblass und würgte. Seine Backen füllten sich. *Hoffentlich macht er den Mund nicht auf, um zu antworten,* betete sie still, denn ihr Magen gab sich allzu gerne solidarisch, wenn sich jemand in ihrer Umgebung übergeben musste. Sie steuerte den Wagen auf einen weiten, asphaltierten Parkplatz längs zur schmalen Landstraße. Schmatz schaffte es gerade noch, die Türe aufzumachen. Da er sich nicht abgeschnallt hatte, hing er rechts aus dem Auto und spuckte knapp an der Fußleiste vorbei. Valerie öffnete ihr Fenster und suchte im Fahrzeug nach einem Taschentuch, fand jedoch keines, auch nicht in ihrer Umhängetasche. In die Laute, die von Schmatz kamen, hätte sie gleich mit eingestimmt, also stieg sie aus dem Wagen und entfernte sich einige Schritte. Wieder war es ein paar Grad kälter geworden und es nieselte leicht, dunkle Wolken zogen vom Oberland kommend Richtung Innsbruck. Mehrmals traf sie die Gischt vorbeirasender Autos wie der Stoß aus einer Sprühflasche, besonders schlimm war der Schwall, den ein Bus hinter sich herzog. Von Kälte und Nässe getrieben lief sie zu Schmatz. „Geht's?"

Er spuckte aus und räusperte sich. „Jaja. Hast du ein Taschentuch?"

„Leider keines gefunden."

Er schnallte sich ab, stieg über das Erbrochene und ging auf ein kärgliches Schneehäuflein zu, das die Föhnlage überlebt hatte und am Rand des Parkplatzes lag. Dort putzte er sich ab und kam zurück, um einen gedankenverlorenen, dafür umso satteren Schritt mitten in sein Halbverdautes zu setzen. Nach nochmaliger Schändung des grauweißen Hügelchens konnte es weitergehen. Valerie nahm die kurvenreiche Straße ein wenig langsamer, Schmatz dankte es ihr, indem er sie zielsicher vor Andreas Zahns Haus navigierte.

„Sie haben Ihr Ziel erreicht", imitierte er die pseudoerotische Stimme moderner Navigationsgeräte.

Wenn möglich, bitte wenden, krähte die böse Souffleuse. Doch leider gab es in dieser Geschichte kein Zurück mehr.

Aus dem Nieseln war Regen geworden. Zahns Wohnhaus war ein typischer Tiroler Siebzigerjahrebau, vermutlich in Eigenregie errichtet, ein einfacher, schnörkelloser Kasten mit Satteldach. Die Fassade trug deutliche Witterungsspuren. Hier wohnte keiner, dem seine vier Wände am Herzen lagen. Valerie und Schmatz stiegen aus dem Wagen. Unter dem gelben Riesenschirm schlichen sie die Straßenseite des Wohnhauses ab. Der Briefkasten vor dem versperrten Einfahrtstor quoll über. Der Garten war verwildert, das Laub lag nass auf dem Rasen, der diese adelige Bezeichnung kaum verdiente, es handelte sich eher um eine wilde Komposition aus stehen gelassener Futterwiese und Moos. Tatsächlich wirkte alles, als wohnte hier seit Jahren niemand mehr. Als wäre Zahn schon viel früher abgedampft. Valerie klingelte. Nichts. Eine halbe Minute später läutete sie abermals, etwas länger, schließlich hielt sie den Knopf gedrückt. Das Dauerschrillen war deutlich zu vernehmen.

„Hallo? Ihr da!", kam von der gegenüberliegenden Straßenseite. Valerie drehte sich um und erkannte eine Frau mit Lockenwicklern, die in ihre Richtung fuchtelte. „Schaut's, dass verschwindet's, ihr Falotten, sonst ruf ich die Polizei!"

„Ich *bin* die Polizei!", rief Valerie, trat unter dem Regenschirm hervor, den Schmatz für sie gehalten hatte, schritt entschlossen auf die Nachbarin zu und fasste in die Hosentasche, in der sie ihre Marke gewöhnlich mit sich führte. *Ups*, dachte sie, wischte sich alibihalber die Hand an der Hose ab und streckte sie der Frau entgegen. „Mauser, LKA. Und das ist mein Kollege, Herr Schmatz."

Die Frau behielt ihre Hand bei sich und musterte die beiden – schmal und argwöhnisch. „Na, wie vom LKA seht's ihr aber nicht aus, oder. Ausweis?"

Im Haus der Dame bellte ein Hund, dessen Größe, gemessen am Bass seines „Wuff!", beeindruckend sein musste.

„Na, was ist? Ausweis!"

Valerie drehte sich fragend zu Schmatz, der mit den Schultern zuckte. Was sollte er auch im Innendienst damit anfangen. Sie beschloss, in die Offensive zu gehen.

„Und wer sind Sie?"

„Ihren Ausweis, hab ich gesagt."

„Gleich." Valerie kramte in ihren Taschen, obwohl sie wusste, dass sie ihre Dienstmarke dort genauso wenig finden würde wie ihre Waffe, die ohnehin keine Option war. „Wissen Sie, wo Herr Zahn ist?"

„Der Zahn? Pff. Irgendwo in Spanien. Oder Afrika. Granada oder so. Dem Spinner war's hier vielleicht nicht warm genug, oder. Einfach abgehauen ist er, und seither verludert alles da drüben. Wobei, gekümmert hat der sich seit Jahren nicht mehr drum. Schauen Sie sich das Grundstück an, ein Schandfleck ist das, oder. Wir sind doch nicht im Süden, oder! So was zieht womöglich noch Gesindel an." Sie musterte Valerie langsam, von oben bis unten, als hätte diese nicht längst verstanden, wen sie mit der wenig schmeichelhaften Bezeichnung gemeint hatte. „Also kein Ausweis, oder? Da, schauen Sie mal da!" Die Frau tippte auf ein Schild, das am Zaun zwischen ihnen befestigt war. Es zeigte das Porträtfoto eines Kampfhundes, darunter einen Schriftzug: „Rolf Exitus II. In 3 Sekunden von 0 auf dir."

Valerie fürchtete sich zwar nicht vor Hunden, aber vor dem, was Herrchen – Frauchen – wie diese aus ihnen machten. Sie nahm ihren Mut zusammen. „Haben Sie verdächtige Aktivitäten bemerkt? Licht im Haus? Unbekannte Personen?"

„Außer euch zwei Gestalten? Nein. So, genug." Sie machte kehrt, holte Luft und schrie: „Rolf Exitus!"

Dieser antwortete überdeutlich, als wollte er sagen: *Ja, Meisterin? Darf ich sie jetzt endlich töten? Dann lass mich raus!* Worauf sie ihm *Flieg, Rolf Exitus, flieg!* hinterhergerufen hätte.

Valerie und Schmatz sahen sich an, drehten sich um und sprinteten zum Wagen. Hinter ihnen das Geräusch einer aufgerissenen Haustüre. „Wusst ich's doch! Einbrecher! Die Falotten fliehen! Fass, Rolf Exitus, fass! Felix, ruf die Polizei, schnell!" Das Geräusch von Hundekrallen auf Steinplatten, voluminöses Bellen, dann kurz Stille – er musste sich gerade auf dem Flug über den Zaun befinden. Es konnte sich knapp noch ausgehen, ins Auto hineinzuspringen. Valerie riss die Fernbedienung aus der Jacke und drückte den Knopf, den sie von ihrem eigenen Dienstwagen her als Türöffner kannte. Doch die Türe blieb verriegelt. Was auch panisches Rütteln nicht änderte. Das scheußliche Geräusch der Krallen am Asphalt wurde lauter. Rolf Exitus nahm Anlauf zum finalen Sprung. Sie sah nicht hin.

„Frau Mauser, mach die Tür auf!", schrie Schmatz. Schaudern. Nackenhaare stellten sich auf. Valerie drückte alle Knöpfe an der Fernbedienung gleichzeitig, die Kiste klackte hier und da, hupte, dann öffnete sich der Kofferraum – fehlte nur noch der Konfettiregen –, aber die Fahrgastzelle ging nicht auf. Und dann doch. Valerie sprang ins Innere und verriegelte die Türe, als wüsste der Hund, wie man sie bedient. Keine Sekunde danach verdunkelte sich die Seitenscheibe. Rolf Exitus war mit lautem Bums gegen den Wagen gesprungen, bellte wie von Sinnen, versuchte, sich mit seinen Pfoten durchs Glas zu graben, verschmierte die Sicht, knurrte, fletschte seine spitzen Zähne, keine zwanzig Zentimeter von ihrem Kopf entfernt. Sein Halsband, vielmehr die massive Halskette aus glänzendem Metall, flog hin und her. Doch sein animalischer, instinktgetriebener Kampf gegen Lack und Glas aus Ingolstadt war aussichtslos. Valerie war in Sicherheit. Die böse Souffleuse zeigte der Bestie ihre Zunge, schielte und winkte mit dem Hirschgeweih ihrer Finger, Daumen im Ohr.

Dann ließ der Hund von Valeries Türe ab und lief vorne ums Auto herum. Erst jetzt hörte sie das Klopfen, das von rechts kam: Schmatz stand immer noch draußen, rüttelte am Griff, starrte sie entsetzt an. Irgendwie musste er es geschafft haben, den Moment zu verpassen, in dem die Türe offen war. Valerie hechtete hinüber und zog am Türöffner. Als er die Türe aufriss, war ein dumpfer Knall zu hören, Rolf Exitus II. musste sie auf die Nase bekommen haben. Hüben wie drüben war es sich gerade so ausgegangen, ihm seinen Abendsnack zu vermiesen.

Valerie startete den Motor und drückte das Gaspedal durch. Der Hund war schnell abgehängt, zumal er ihnen gar nicht folgte, desorientiert wirkte und sich schüttelte. Der gelbe Regenschirm lag neben ihm am Boden. Doch trotz der wachsenden Entfernung hörte sie Hecheln. Überdeutlich. Es kam von Schmatz. „Frau Mauser ... was ... war denn ... das gerade ... willst du ... mich vielleicht ..."

„Entschuldige bitte, hab gedacht, du bist schon drin!"

Im Rückspiegel sah Valerie, wie die Hundeherrin auf die Straße stürmte und sich über ihren Kampfhund beugte.

„Die hat doch ... einen Vollschuss!", schimpfte Schmatz.

„Bei der Nachbarschaft ist es kein Wunder, dass Zahn abgehauen ist. Schmatz, tut mir leid wegen vorhin. Ich hab nur mehr den Hund gesehen. Ich bin echt nicht fit heute."

„Schon o.k. War eh cool. Wie im Film."

Eine Weile schwiegen sie, atmeten durch, beruhigten sich. Sie waren schon wieder am Gefangenenhaus vorbei, als Schmatz zu reden begann. „Warum sind wir überhaupt raufgefahren?", fragte er, „hast du echt erwartet, dass der Andi uns die Tür aufmacht?"

„Und du? Glaubst du an diese Karibik-Geschichte?"

„Eigentlich schon."

„Warum?"

„Der Andi hat mir erzählt, dass er seit Jahren ein Haus auf Grenada hat und es kaum erwarten kann, seine Pension dort zu genießen. Hat mir auch Fotos gezeigt. Echt schön. Jetzt ist es halt ein paar Jahre früher so gekommen."

„Und wie hat er den elektronischen Akt von Grenada aus gelöscht?"

„Wieso er? Das hätte jeder machen können, der sein Passwort hat. Oder am entsprechenden Knotenpunkt sitzt. Du hast ja den Eintrag gesehen, wo der physische Akt liegt, oder?"

Im Innenministerium, erinnerte sie sich. „Hm." Kurz waren beide still. Valerie grübelte. „Und seine Frau ist bei ihm?"

„Die ist schon lange tot."

„Freundin?"

„Hatte er keine."

„Aber seine Tochter lebt hier. Hat er sonst noch Kinder?"

„Davon hat er nie was gesagt."

„Glaubst du wirklich, er hat sich den Rauswurf einfach so bieten lassen und Tirol verlassen? Und damit alles, woran er wie besessen gearbeitet hatte? Und die, denen er auf der Spur war, einfach ziehen lassen?"

„Aus den Augen, aus ..." Schmatz pausierte.

„Aus dem Sinn?", vervollständigte Valerie den Gedanken ihres wenig sprichwortsicheren Kollegen.

„Genau."

Zahns Tochter hatte durchklingen lassen, dass er unter Druck gesetzt worden sei. Aber genügten Drohungen, um einen leitenden Kriminalbeamten ruhigzustellen? Einen Polizisten, der sich übereinstimmenden Aussagen zufolge in diesen Fall verstiegen hatte, als hätte es nichts Wichtigeres auf der Welt gegeben? Doch auch, wenn Valerie nicht an Grenada glaubte, er war nicht auffindbar. Und es gab noch andere Verdächtige, die im Auge zu behalten waren. Zunächst musste sie sich aber endlich mit Stolwerk treffen. „Schmatz, ich fahr jetzt nach Hause. Bringst du den Wagen zurück ins LKA?"

„Geht klar."

Zehn Minuten darauf hielt Valerie vor der Altstadt, in die nachmittags nicht eingefahren werden durfte. Beide stiegen aus und trafen sich vor der Fahrertüre.

„Wenn dein Chef Stress macht, sag ihm, er solle mich anrufen. Und schick mir diese Skype-Adresse von Zahn, bitte. Oder versuch, ihn zu erreichen, er soll sich bei mir melden, so schnell es geht."

Er stieg ein. „O.k. ... und danke, dass ich mitkommen hab dürfen. Das war der beste Tag, seit ich am LKA bin. Können wir das bitte bald wiederholen?"

Mut scheint er zu haben, dachte Valerie. Zudem schien er per EDV und dank seiner unkonventionellen Art hinter bedeutend mehr verschlossene Türen zu kommen, als sie ihm zugetraut hätte. Der junge Mann hatte Potential, und insgeheim wünschte sie sich dasselbe wie er, auch wenn Jahre fehlender Ausbildung und Erfahrung zwischen ihr und ihm als Mitglied in ihrem Team standen. Mit den Worten „Da müssten wir erst mit deinem Chef reden!" warf sie die Türe zu, winkte aufmunternd, ging um den Wagen herum und vermied bewusst, sich umzudrehen, als quietschende Reifen und Hupsignale ertönten.

Die vier Stockwerke hoch in ihre Wohnung erinnerten Valerie daran, dass sie eigentlich ins Krankenbett gehörte. Mit hämmernden Kopfschmerzen, rasendem Herzen und schweren Beinen schloss sie die Türe auf und vernahm sogleich Stolwerks Schnarchen. Draußen dämmerte es bereits, in der Wohnung war es beinahe dunkel. Sie machte Licht im Gang, atmete ein paarmal durch, ging leise zur Couch und konnte ihren Augen kaum trauen, als sie Stolwerk in seinem unbefleckten Lieblingspullover daliegen sah. Er musste ihn gefunden und in Windeseile gesäubert haben. Hatte sie das Kleidungsstück überhaupt mitgebracht, nachdem sie es zuerst zweckentfremdet und dann gegen die grüne Arbeitshose getauscht hatte?

Am liebsten hätte sie den treuen Gefährten weiterschlafen lassen, doch nichts von dem, was den beiden bevorstand, duldete Verzug. So legte sie ihre Hand auf seine Schulter, rüttelte sanft und sprach auf ihn ein. Er grinste und mahlte mit den Zähnen.

„Stolwerk? Hallo, Stolwerk?" Sie beutelte ihn fester. Er wurde wach.

„Und ich nehm den Kaiserschmarrn mit Zwetsch... Veilchen? Was? Wo? Veilchen? Ach, Veilchen, endlich!" Er setzte sich auf, rieb sich die Augen und gähnte. „Wo warst? Wie geht's dir? Hast sie geschnappt?"

„Leider nicht. Erzähl ich dir gleich. Einen Kaffee zum Schmarrn?"

Er lachte. „Tee, bitte. Nettes Veilchen übrigens. Machst deinem Spitznamen alle Ehre."

„Jaja. Und du, süße Träume?"

„Mmh."

Sie nahm eine weitere Schmerztablette zu sich und stellte das Wasser auf. Ihr Spitzname. Stolwerk hatte sie vor ein paar Jahren *Veilchen* getauft. Nicht aufgrund genetischer Vererbung des Blumenticks ihrer Mutter – in der Beziehung war sie leer ausgegangen –, sondern weil sie es zustande gebracht hatte, innerhalb eines einzigen Jahres drei Blutergüsse im Augenbereich auszufassen. Den ersten hatte ihr ein Verdächtiger beigebracht, den sie aus der falschen Reserve geholt hatte, der zweite war beim Boxtraining passiert, und den dritten hatte sie einer randalierenden Minderjährigen zu verdanken. Fortan war sie Veilchen, und Stolwerk ... blieb Stolwerk.

„Sag mal, wie hast du den Pullover so schnell wieder sauber bekommen?", fragte Valerie, als sie den Wasserkocher zum Tisch brachte.

„Glaubst wirklich, ich hab nur einen einzigen davon? Hast nie die unterschiedlichen Farben und Muster bemerkt?"

Ja, glaubte sie tatsächlich. Und nein, hatte sie nicht. Bei einem Verdächtigen wäre ihr das niemals entgangen. Bei dem Menschen, den sie vorbehaltlos als ihren besten Freund bezeichnete, schon. *Schande.* „Erzähl, wie war es mit den Marinovs?", drängte sie.

„Wie gesagt, ich war die ganze Nacht und den Morgen auf der Suche nach Lizah, aber nichts. Zuerst bin ich zigmal die Gegend abgefahren und dann herumgelaufen, bis ich Blasen an den Füßen gehabt hab, aber keine Spur von dem Mädchen. Die Eltern waren außer sich, kannst dir ja vorstellen."

„Was hat Janette zur Geldübergabe gesagt?"

„Nur, dass sie das Geld in den Container geworfen hat und dann wieder nach Hause gefahren ist. Aufgefallen ist ihr überhaupt nichts."

„Und die Entführer haben keine Nachricht geschickt?"

„Nein, nichts." Stolwerk nahm die ausgedrückten Teebeutel, stand auf und ging zur Spüle.

„Glaubst du, unsere Anwesenheit war schuld, dass man Lizah nicht freigelassen hat?", fragte sie in seinen Rücken.

Stolwerk ließ sich mit der Antwort Zeit. „Kann man nicht sagen. Jemand hat dich entdeckt, niedergeknüppelt und dann das Geld geholt." Er kam zum Tisch zurück, wischte ihn ab und fuhr fort: „Könnte man so verstehen, dass der Deal trotzdem über die Bühne gegangen ist. Aber am Ende tun die Entführer sowieso, was sie wollen, ob wir dabei sind oder nicht." Er setzte sich wieder zu ihr und nahm den ersten Schluck.

„Stolwerk, hast du den Marinovs ausgerichtet, dass der Finger nicht von Lizah war?"

„Ja, sofort nachdem du angerufen hast. Das ist ein gutes Zeichen."

„Ja. Lizah lebt", behauptete Valerie. Das war der Strohhalm, an den sie sich klammerte. „Wie haben sie es aufgenommen?"

„Boris hat die halbe Nacht gesoffen, nur noch russisch gebrabbelt und geweint und ist dann eingeschlafen. Der ist total am Sand und bekommt gar nichts mehr mit. Janette hat sich eher zusammengerissen, für ihre Verhältnisse mein ich, auch wenn sie mir ... na ja, wenn ich sie nach der frohen Botschaft dann plötzlich *trösten* hätte sollen, Veilchen."

Das klang spannend. Valerie beschloss, nachzuhaken. „Wie ... *trösten*?" Sie nahm die Tasse zwischen beide Hände, stützte die Ellenbogen auf und schlürfte das Heißgetränk.

„Na, sie hat sich auf einmal um mich geschlungen, konnte gar nicht aufhören, Danke zu sagen, und dann hat sie mich einfach nicht mehr losgelassen."

Rechts knirschte es. Die Souffleuse kaute Popcorn. „Und dann?"

„Zuerst hat sie mir ja nur den Pulli vollgerotzt. Bald hab ich keinen frischen mehr. Aber nach einer Weile hat sie begonnen, sich an mir zu reiben, mit den Beinen und so, weißt schon, dann immer fester, und da hab ich sie weggeschubst. Was dachtest du denn? Glaubst, ich will mich mit einem besoffenen Oligarchen prügeln? Mal ganz davon abgesehen ..." Es beutelte ihn bei der Vorstellung. Das kleine Teufelchen klatschte sich an die Stirn, so fest, dass es hinterrücks von der Schulter fiel.

„Aber warum?"

„Ich glaub, die hat mich ziemlich gern."

Valerie erinnerte sich an ihre Blicke. „Ja, das ist mir gestern schon aufgefallen. Und dann?"

„Bin ich hierhergefahren."

„Und hast dich hingelegt?"

„Wie befohlen, Sir." Stolwerk salutierte mit zwei Fingern. „Jetzt erzähl endlich, was hast inzwischen getrieben, Veilchen?"

Valerie berichtete ihm von den Ereignissen der vergangenen Stunden, der Gerichtsmedizin, den neuen Verdächtigen, David Hofers Vernehmung und Zahns verlassenem Wohnhaus.

„Zahn scheidet also aus", schloss er.

„Schmatz meint, er sei wirklich in der Karibik. Kannst du dir das vorstellen?"

„Wenn's so war, dass er sich nach der einsamen Insel gesehnt hat, vielleicht. Möglicherweise wurde er so unter Druck gesetzt, dass er heilfroh ist, weg zu sein. Weißt ja, es gibt immer was im Leben, das zu kostbar ist, als dass man es je verlieren möchte, und sei es das Leben selbst. Oder das einer geliebten Person."

Und manchmal kommt man erst drauf, wenn es zu spät ist, dachte Valerie.

„Und Hofer?", fuhr er fort.

„Sollten wir im Auge behalten. Zufälle ...", begann Valerie den Spruch ihres gemeinsamen Vorgesetzten in Wien.

„... gibt es nicht." Stolwerk grinste. „Ein Hofer tot, der andere auf Rachemission? Und dann hätten wir noch Hofer Nummer drei."

„Franziska. Machen sie gemeinsame Sache? Oder doch nur ein dummer Zufall mit der Namensgleichheit?"

„Und dieser junge Gerichtsmediziner, Trenkwalder?"

„Keine Verbindungen, aber er ist ein paar Jahre jünger als David Hofer und erst kurz an der GMI, noch in der Lernphase. Ich glaube, er hat was gegen die Russen. Er meinte, er sei nicht der Einzige. Aber er ist einer von den Typen, bei denen ich glaube, dass es knapp unter der Oberfläche brodelt, auch wenn er sich zusammengerissen hat. Und ich könnte schwören, ich kenn ihn irgendwoher. Sein Gesicht ... und wie er redet ... aber ich komm einfach nicht drauf."

„Aber was spricht für ihn als Kindesentführer?"

„Immerhin war er für die Obduktion von Claudia Schütz hauptverantwortlich und ist geübt im Herumschnippeln. Die Gelegenheit hatte er. Andererseits hat er ein Alibi für Sonntag zehn Uhr abends, wenn die Fernsehgeschichte stimmt. Er hat sich irgendeine politische Diskussion angesehen."

„*Im Zentrum*?"

„Nein, bei sich daheim."

Stolwerk presste die Lippen zusammen und sah nach unten. Verhielt er sich etwa das Lachen?

„Was ist?"

„Veilchen, ich mein die Sendung *Im Zentrum*."

Valerie machte sich nichts aus Politik, im Gegensatz zu Stolwerk, der immer bestens informiert war. „Was weiß ich. Wieso?"

„Na ja, da brauchst dir nur die Gästeliste anzuschauen und weißt, was geredet wurde. Die einen stecken in der Opferrolle, die anderen machen auf Oberlehrer und die an der Macht schieben sich gegenseitig die Verantwortung für Sachen zu, die sie nicht verstehen. Schlechtes Alibi."

„Möglich. Aber er wirkte schon wie einer, den Politik interessiert. Wie auch immer. Er oder Hofer – einer von beiden kann uns definitiv was zur Entführung erzählen."

„Zum Drüberstreuen hätten wir noch den Landeshauptmann, den Banker und jede Menge Abgründe."

„So sieht's leider aus. Aber trotzdem wird uns nichts übrig bleiben."

„Als ...?"

„Als uns heute Nacht wieder auf die Lauer zu legen. Die beiden von der Gerichtsmedizin sind aufgeschreckt. Wenn einer von ihnen der Täter ist, weiß er jetzt, dass wir an ihm dran sind, und wird bald etwas unternehmen, da bin ich mir sicher."

„Gut. Wie machen wir's?"

„Ich werde diesen David Hofer beschatten."

„Und ich Trenkwalder?"

„Und Franziska Hofer."

„Na klar." Er griff sich an den Hinterkopf. „Wo war dieser Reißverschluss noch mal, mit dem ich mich zweiteilen kann?"

„Stolwerk, über den Südring kommst du schnell von einem zum andern. Du könntest dich als Gasmann ausgeben und nachsehen, ob du Lizah in einer der beiden Wohnung entdeckst."

„Das wär zu schön, aber man weiß ja nie, vielleicht haben wir's mit grenzdebilen Entführern zu tun. Darf ich auch der Milchmann sein?"

„Hauptsache, du behältst sie im Auge."

„Wenn der wahre Täter nicht längst durchgebrannt ist."

Valeries Verstand beendete Stolwerks Gedanken: *Mit Lizah und dem Geld.*

„Dann sorgen wir jetzt dafür, dass uns der Rest der Bande nicht auch noch entwischt. Komm, Stolwerk."

„Willst dich nicht hinlegen?"

„Dann bleib ich liegen und komm nicht mehr auf. Los geht's."

Valerie schnappte sich beim Rausgehen die dicke Daunenjacke und den Schlüsselbund, den sie Stolwerk geliehen hatte. Dann zog sie die SIM-Karte aus den Trümmern ihres Handys.

„Stolwerk, du hast nicht zufällig ein Zweithandy dabei?"

„Leider. Was ist denn mit deinem passiert?"

„Wutopfer."

„Kauf dir doch unten eins. Ums Eck ist ein Handy-
laden, sollte noch offen haben."

Stolwerk schien die Gegend besser zu kennen als
sie, dabei war er erst seit zwei Tagen hier und sie schon
mehrere Wochen. Wieder einmal schalt sie sich selbst
für die Unaufmerksamkeit, die sie Alltagsdingen zuteil-
werden ließ. Im Geschäft erstand Valerie ein spottbil-
liges, aufgeladenes Gebrauchtgerät. Gleich nach dem
Entsperren der SIM-Karte trudelte eine SMS herein:
„Bitte ruf mich zurück. Es ist wichtig. Hubertus."

„Funktioniert", murmelte Valerie und hängte ein
kaum wahrnehmbares „leider" daran. Dann wandte
sie sich Stolwerk zu: „Gut, dann machen wir's so und
schließen uns kurz, wenn was passiert. Wetten, dass
wir bald die Nadel im Heuhaufen gefunden haben? Hm,
Stolwerk?"

„Veilchen?" Er sah ihr in die Augen und senkte seinen Blick demonstrativ auf ihre Hände.

Erst jetzt bemerkte sie, wie sehr das Handy darin
zitterte. „Wo?"

„Süßwarenladen, die Straße rauf, rechts. Bärenland."

Sie grinste ihn an, holte sich zur Abwechslung keinen Riegel, sondern ein Viertelkilo fruchtiger Gummi-
bären, die ob ihrer plumpen Gestalt auch als *Gummi-
stolwerks* durchgegangen wären, und ging zu Fuß über
die Innbrücke, um ihren Dienstwagen abzuholen. Der
Regen, der beim Verlassen der Wohnung kaum mehr als
ein Nieseln war, wurde stärker, vor allem aber kühlte
es ab. Schirm hatte sie keinen. Um nicht komplett nass
zu werden, beschleunigte sie ihren Gang. Ihr eigener
Dienstwagen stand noch immer dort, wo sie ihn tags
zuvor abgestellt hatte, mit einem Strafzettel hinter dem
Scheibenwischer. Einundzwanzig Euro wollten diese
Wegelagerer dafür kassieren, dass sie im Krankenhaus

gelegen und Verbrecher gejagt hatte, statt Münzen in den Parkautomaten zu werfen. Im Inneren des Fahrzeugs war es eiskalt, woran auch die kurze Fahrt bis vor Hofers Haus nichts zu ändern vermochte. In seiner Wohnung flackerte Licht, vermutlich der überdimensionale Fernseher oder der verglaste Holzofen. *Ich hoffe, du hast es fein warm*, dachte sie und zog die Daunenkapuze über, vergrub ihre Hände in den Taschen und ließ das Zittern zu, welches sich nicht zweimal bitten ließ und nahtlos in erbärmliches Schlottern überging. *Eine Standheizung wäre auch noch drin gewesen*, dachte sie. Aber der Staat musste sparen, brauchte das Geld für wichtigere Dinge als den warmen Hintern seines Personals. Aus der rechten Jackentasche zog sie einen Fruchtbären, den ihre Zähne zerkleinerten, ohne dass sie aktiv kauen hätte müssen. *Herrlich*, jubelten die Geschmacksrezeptoren. Ihr neuwertiges Gebrauchthandy signalisierte das Eintreffen einer weiteren SMS: „10 Anrufe in Abwesenheit: ..." Alle kamen von derselben Nummer. Sie rief zurück.

„Valerie, endlich."

„Herr Freudenschuss?"

„Hubertus, ja. Ich habe dich den ganzen Tag zu erreichen versucht. Ich mach mir solche Sorgen um dich. Da hab ich dich ja in was reingezogen, unverzeihlich ist das. Jetzt sag mir, bist du in Sicherheit? Wird sich um dich gekümmert?"

Valeries Sprachzentrum war noch dabei, Grammatik und Fragestellungen aufzulösen, als sie sah, wie David Hofer auf die Dachterrasse seiner Wohnung trat – nackt. Sein Körper dampfte im Regen. *Training, Sauna oder Infrarotkabine*, kombinierte ihr Verstand.

Die Bratwurst!, jubelte Klein Adlerauge von der rechten Schulter.

„Herr Freudenschuss, haben Sie neue Informationen für mich? Von den Marinovs? Oder vom Konsul?"

„Nein, Valerie, aber mach dir dazu keine Gedanken mehr. Du hast schon viel zu viel leiden müssen. Ich hoffe, du bist zuhause? Liegst du in deinem Bett?"

Was hast du gerade an?, stöhnte die böse Souffleuse.

„Herr Freudenschuss, Sie haben in der SMS von etwas Wichtigem geschrieben, das Sie mir mitteilen wollten?"

„Das war es, ich meine, dass du von der Last offiziell ... ich meine inoffiziell ... verstehst mich schon ... entbunden bist. Die Gesundheit geht vor."

„Meine Gesundheit ist Ihnen wichtiger als das Leben Ihres Patenkinds?"

Pause.

„Valerie, wer ist dieser Stahlwerk und warum hast du ihn geholt?"

„Wer soll das sein?", ließ sie sich zu einem kleinen Verwirrspiel verleiten.

„Ja Kruzifix, was ist denn das für eine Frage? Der dicke Salzburger!"

„Helfen Sie mir ... ein dicker Salzburger namens Stahlwerk? Den kenne ich nicht."

Er schwieg. Erneut hatte sie es geschafft, Sand in sein sicherlich gut geschmiertes Getriebe zu streuen.

„Valerie, wo bist du jetzt gerade?"

Mit den Worten „Dem Täter auf den Fersen" legte sie auf, zog einen weiteren Fruchtbären aus der Tasche und betrachtete Hofer aus der Ferne. Popcorn wäre auch nicht übel gewesen. Das suspekte Subjekt dampfte noch eine Minute vor sich hin und ging dann in die Wohnung zurück. Valerie drehte das Radio auf. Das Zittern hatte sich gelegt, kalt war ihr trotzdem noch.

Eine Weile passierte nichts, sah man von eilig vorbeilaufenden Passanten und dem üblichen Durchzugsverkehr ab. Diese Nacht war eine, in der man einfach froh war, nach Hause zu kommen, eine, in der man nicht nach links oder rechts sah. Ihr Vorteil und Schutz vor allzu aufmerksamen Passanten – und Anwohnern, die sich die Verteidigung ihrer Gegend zur Mission gemacht hatten. Wie Frau Lockenwickler aus Götzens, die Valerie aufs deutlichste daran erinnert hatte, sich in Wohngegenden so unauffällig wie möglich zu verhalten. Deshalb blieb sie auch im Wagen sitzen, statt sich hin und wieder die Beine zu vertreten. Schließlich wählte sie Stolwerks Nummer.

„Veilchen, hallo! Wie läuft's?"

„Er ist in der Wohnung. Alleine, soweit ich sehe. Und bei dir, *Stahlwerk*?"

„Frau Ho... was?"

„Freudenschuss hat dich so getauft und hält dich für einen Salzburger."

„Stille Post?"

„Hört sich so an. Er wollte mich vom Fall entbinden und wissen, wo ich gerade bin."

„Dann sind wir richtig."

„Möglich. Jedenfalls scheint er zu befürchten, dass wir irgendwas entdecken. Gut, dass du kein Staatsdiener mehr bist, Stolwerk."

„Was meinst?", fragte er etwas zu blauäugig.

„So bleibt dir erspart, was auf mich zukommen wird. Aber egal."

„Kannst jederzeit bei mir anfangen, ich hab Arbeit genug für uns beide."

Einerseits tröstlich, andererseits galt Valeries Leidenschaft der Kriminalistik und nicht der Gebäude- und Wertsicherung.

„Danke, Stolwerk. Jetzt erzähl, was war bei dir?"

„Frau Hofer war nicht da, drinnen alles still wie gestern. Aber der Nachbar hat gleich wieder ums Eck geschaut und berichtet, dass sie seit unserem Besuch noch nicht hier war. Ich hab ihn gebeten, mich anzurufen, sobald sie auftaucht. Der hat sich richtig drüber gefreut."

„Gute Idee mit dem Hilfssheriff."

„So behalten wir sie im Auge. Er würde sicher alles tun, um die Rasselbande loszuwerden. Den Gefallen täte ich dem Kerl nur ungern."

„Tja, alles auf einmal kann man eben nicht haben. Wo bist du jetzt?"

„Ich steh vor Trenkwalders Haus. Bin vorhin rauf und hab die Wohnung gefunden, dritter Stock."

„Und? Dingdong, der Milchmann ist da?"

„Nein, hab ihn in Ruhe gelassen. So ein Gefühl."

„Gefühle sind gut. Hast du was gehört?"

„Keinen Mucks."

„Glaubst du, er ist zuhause?"

„Ich denk schon, weil Licht brennt. Ich geh dann später noch mal lauschen. Weißt was? Saukalt ist mir, Veilchen."

„Mir auch, Stolwerk. Wie damals am Zentralfriedhof, weißt du noch?"

Sie hatten sich als Friedhofsgärtner getarnt und das Familiengrab eines Verdächtigen beschattet, hatten gehofft, dass er sich wenigstens beim oder rund um das Begräbnis seiner Mutter sehen lassen würde. Zwei Tage lang waren sie zwischen Gräbern herumgeschlichen, hatten diese alibihalber gepflegt, von Eis und Dreck befreit, Kerzen wieder angezündet. Was ihnen eben alles eingefallen war, um wie Friedhofsgärtner auszusehen. Manchmal war Valerie nur durch die Reihen gestreift, hatte Namen, Daten, Berufsbezeichnungen, Abschiedsgebete und Sprüche gelesen. Und war den Gedanken nachgehangen, die Friedhöfe in ihren Besuchern hervorriefen. Das Wetter war perfekt gewesen, um sich dieses oder jenes abzufrieren, bei zweistelligen Minusgraden und Nebel. Am schlimmsten aber war der Wind gewesen. Nicht stark, aber grauenvoll konstant. Wenigstens der blieb ihnen heute erspart.

„Ist mir vorhin auch eingefallen. Sibirisches Arbeitslager, und alles umsonst."

„Am Ende haben wir ihn doch geschnappt", gab sie zurück.

„Ja, im Frühling."

„Wer weiß, vielleicht hat es dafür die Beschattung im Winter gebraucht. Kennst du das mit den Schmetterlingen?"

„Was meinst?"

„Dass der Flügelschlag an einem Ort später einmal einen Tornado an einem anderen auslösen könnte. Manchmal kommt mir die Arbeit so vor. Eine scheinbar vergebliche Aktion zum richtigen Zeitpunkt treibt einem den Täter irgendwann in die Arme. Und dieser Erfolg wird dann auf Glück oder Intuition geschoben."

„Veilchen?"

„Riegelzeit?"

„Nein, aber ein Königreich für eine Standheizung."

„Ich hab auch keine."

„Ist es das alles wirklich wert, Veilchen?"

„Ja", antwortete sie, ohne eine Sekunde überlegen zu müssen.

„Na gut, dann frieren wir eben. Bis später dann."

„Stolwerk, meld dich, wenn was ist."

„*Roger.*"

„Und gewöhn dir diese Funkersprache ab."

„Und du mach keine Dummheiten."

Hatte sie auch nicht vor. David Hofer war hin und wieder von der Brust aufwärts zu erkennen, einmal im Wohnzimmer, dann wieder im Bad. Von Vorhängen oder Rollläden, geschweige denn Kleidung, hielt er offenbar wenig. *Arme Nachbarn, denen er Tag für Tag sein Ding vorwedelt*, dachte Valerie und steckte sich einen weiteren Bären in den Mund. Zum Zeitvertreib spielte sie am Radio herum und fand schließlich einen Innsbrucker Lokalsender, bei dem sie hängen blieb.

Eine Viertelstunde später hielt sie es nicht mehr im Wagen aus, ging ein paar Schritte, schüttelte ihre Beine und kreiste die Arme, um Blut in die Gliedmaßen zu bekommen. Sie blies sich den warmen Atem in die Faust und rieb die Handflächen aneinander. Ein Geruch lag in der Luft, den sie schon als Kind geliebt hatte. Der Blick auf die Nordkette verriet, dass die Schneefallgrenze unaufhörlich heruntersank. Bald würde es auch hier zu schneien beginnen. Mit jedem Atemzug fühlte sie sich besser. Dann trieb sie der Regen zurück hinters Steuer.

Sie saß schon wieder eine Zeit lang im Auto, als das Licht in Hofers Wohnung erlosch. Vorhin hatte sie noch gesehen, dass er sich ankleidete. Wenige Sekunden später tauchte er unten auf, öffnete seinen Regenschirm und ging geradewegs auf ihren Wagen zu. Valerie duckte sich ganz in ihren Sitz. Hatte er sie entdeckt und brachte ihr einen Tee, wie man es aus billigen Fernsehkrimis kannte? Valerie zog den Kragen ihres Mantels hoch und ließ nur den Spalt frei, den sie zum Spähen brauchte. Hofer ging keine zwanzig Zentimeter an ihrer Fahrertüre vorbei – und weiter. Zu ihrer Erleichterung schien er sie nicht bemerkt zu haben. Im Rückspiegel sah sie ihn ostwärts gehen, Richtung neue Höttinger Kirche. „Na, besonders krank scheinst du aber nicht zu sein, Hofer", murmelte sie, stieg aus, fluchte, selbst keinen Schirm dabeizuhaben, zog sich die schwarze Mütze tiefer ins Gesicht, was schmerzte, darüber die Daunenkapuze, kurzer Check, Handy war da, Bären auch, und ab ging's, diesem *Poser*, wie Trenkwalder ihn treffend bezeichnet hatte, hinterher, zu Fuß, denn die automobile Verfolgung schied aus: zu schnell, zu wenige Parkmöglichkeiten, zu auffällig. Und sie war froh um die Bewegung. Sie sah, wie Hofer die Frau-Hitt-Straße überquerte und die Schneeburggasse weiterging, die sich nun verschmälerte, gerade noch Platz für die Breite eines PKWs und den schmalen Gehsteig ließ und abwärts führte. Hofer hatte ein paar schnelle Schritte eingelegt, war schon fast unten am Vorplatz der Kirche, als er rechts in die Höttinger Gasse abbog und aus ihrer Sicht verschwand. Bis zum Knick lief Valerie, um Meter gutzumachen, spähte dann ums Eck, als würde er gleich dahinter auf sie warten und „Buh!" rufen – und erkannte ihn gerade noch, bevor er von der ersten, leichten Biegung der Gasse verschluckt wurde, dreißig Meter vor ihr. Mit leisen Schritten hastete sie hinterher. Als er wieder in Sichtweite war, hielt sie den Abstand konstant und kam bald an ihrem katzenhaarverseuchten Versteck gegenüber der Altpapiercontainer vorbei. *Ganz toll hast du dir das ausgesucht*, schalt sie sich und unterdrückte den Impuls, in den Sammelbehälter gegenüber zu sehen. Zu ihrem Glück schien es David Hofer jetzt nicht mehr eilig zu haben, so konnte sie ihm trotz ihres Zustands leicht folgen. Von Unsicherheit keine Spur, er blickte sich kein einziges Mal um. Während der ganzen Zeit hatte sie nur seinen Regenschirm im Blick. Valerie wählte Stolwerks Nummer.

„Veilchen!"

„Hallo Stolwerk", flüsterte sie, als hätte sie jemand aus zwanzig Metern Entfernung zwischen Regenrauschen und diversen Fließ- und Tropfgeräuschen telefonieren hören können. „Ich verfolge David Hofer zu Fuß die Höttinger Gasse hinunter."

„Bist auf Abstand?"

„Logisch. Er scheint ziemlich selbstsicher zu sein. Geht gerade über den Zebrastreifen zur Innbrücke."

„O.k. Bleibst dran? Ich brauch nämlich Unterhaltung. Hier ist nichts los."

Mit einem stimmlosen „Mach ich" überquerte sie die Straße und war nun ebenfalls auf der Brücke. Die Anzahl der Passanten nahm zu. Ein schirmloses Pärchen huschte eng umschlungen vorbei, über ihren Köpfen sein kavalierhaft geopferter Mantel. Autos spritzten Wasserfontänen auf den Gehsteig. Das war kein Abend, an dem man seinen Hund vor die Türe schickte. Eine lautstarke, Kälte und Nässe verachtende Burschengruppe in uniformen T-Shirts riss Valeries Aufmerksamkeit an sich. Jeder von ihnen hielt sich an einer Bierflasche fest. „Lage 000" stand auf den Leibchen, die nass an den Oberkörpern klebten, darunter der durchgestrichene Bundesadler. Die Störenfriede feierten das Ende ihres Pflichtdienstes fürs Österreichische Bundesheer. Als sie kurz vor Valerie waren, bildeten sie eine Kette, als wollten sie gleich den Sirtaki tanzen, in Wahrheit aber, um sie am Weitergehen zu hindern. Dazu warfen sie ihr vieldeutige Blicke zu, untermalt von animalischem Grölen. „Hey, Puppe, trink was mit uns!" ging ja noch, aber das unisono im Fußballchoral vorgetragene „Wir wolln die Titten sehn, wir wolln die Titten sehn, wir wolln die Titten ... Titten sehn! Zwo, drei! Wir wolln ..." ließ sich nicht mehr tolerieren. Zu Valeries Entsetzen schien auch David Hofer so zu denken, denn er hatte sich umgedreht und kam schnell auf sie zu, wohl, um das auserwählte Opfer der Abrüstungsfeier zu retten. Alles konnte sie jetzt brauchen, nur nicht seine Hilfe, denn er hätte sie mit Sicherheit erkannt, selbst aus ein paar Metern Entfernung. Also steckte sie das Handy weg, sah sich kurz um, verpasste dem schwächsten Glied einen Tritt, dessen Träger sich kurz darauf am Boden krümmte, und schlüpfte durch das entstandene Loch in der Männerkette auf die andere Straßenseite, knapp vor einem PKW, der sich das obligatorische Hupen nicht verkneifen wollte, was für einen zusätzlichen Adrenalinstoß sorgte. *Mann am Steuer.* Die Affenbande brüllte ihr hinterher, verfolgte sie jedoch nicht, im Suff wäre das auch schwer geworden. Valerie lief über die Brücke, verschwand in der Deckung eines Betonpfeilers und hielt Ausschau nach Hofer. Zum Glück hatte dieser seinen Weg fortgesetzt. Sie kramte das Telefon wieder aus der Manteltasche.

„Veilchen? Veilchen? Valerie! Hallo!", rief ein unüberhörbar aufgeregter Stolwerk.

„Dass du mich Valerie nennst", antwortete sie. „Entschuldige, so eine Abrüsterhorde wollte mich vernaschen, musste schnell weg, weil Hofer helfen wollte."

„Der edle Retter?"

„Zivilcourage scheint er ja wenigstens zu haben."

„Und jetzt?"

„Er geht über die Straße zum Marktgraben. Ich folge ihm wieder. Was gibt's bei dir?", fragte sie Stolwerk.

„Trenkwalder ist in der Wohnung. Ich hab von unten einen Schatten hinter dem Vorhang gesehen und jetzt läuft auch der Fernseher."

„Ist er alleine?"

„Keine Ahnung. Anscheinend. Soll ich versuchen, es herauszufinden?"

„Nein, lassen wir ihn lieber in Ruhe. Hofer geht um die Rathausgalerien herum ... am Hotel vorbei ... jetzt in die Anichstraße ... auf die Maria-Theresien-Straße zu ... verdammt!", stieß sie aus.

„Was? ... Valerie?"

„Er ist in ein Lokal abgebogen. Krahvogel. Bummvoll."

„Bleib draußen."

„Klar, Stolwerk. Ich stell mich gegenüber unter. Irgendwann muss er ja wieder rauskommen." Ein massiver Torbogen bot Schutz vor Wind und Regen. Hinter den Säulen, die ihn links und rechts flankierten, war sie auch vor neugierigen Blicken sicher. Doch es zog. Leider hatte sich die Feuchtigkeit schon bis zur Haut vorgearbeitet. Sie schlotterte wieder. Unwillkürlich musste sie mit den Zähnen klappern.

„Frierst?"

„Geht schon."

„Das alles für das Kind eines reichen Sacks."

„Stolwerk, wir sollten jetzt Akku sparen. Ich melde mich." Sie drückte ihn weg und vergrub sich im Mantel. Die Batterie des Telefons war voll. Doch sein letzter Satz hatte sie geärgert. Andererseits war es verständlich, dass er sie nicht verstand. Er wusste nichts von ihrer Rebecca und der Verantwortung, der sie sich damals entzogen hatte, als ihr Baby sie gebraucht hätte. Nie wieder durfte sie einen Menschen so im Stich lassen.

Als Valerie Mauser bitter frierend darauf wartete, dass David Hofer das Studentenlokal wieder verließ, blieben ihre Gedanken in der eigenen Vergangenheit hängen. Wie viele Menschen mochte sie nicht an ihr wahres Ich herangelassen haben, eben weil sie Angst vor den Pflichten hatte, die Beziehungen mit sich brachten? Sie war selten liiert gewesen, und wenn, dann nur oberflächlich, ein paar Tage oder Wochen, und immer hatte es dort geendet, wo Verantwortung begonnen hätte. Wie viel davon mag der fehlenden psychologischen Betreuung geschuldet und wie viel der Tatsache zuzuschreiben gewesen sein, dass man Hilfsangebote, so es sie gegeben hatte, auch annehmen hätte müssen? Sie war zu jung und zu unerfahren gewesen. Ganz sicher auch zu unreif, um die Konsequenzen ihres Verhaltens absehen zu können, für sich selbst und die anderen, zu engstirnig, sich helfen zu lassen. Und dann gab es kein Zurück mehr.

Sie hatte beschlossen, es mit sich selbst auszumachen. Sich zu bestrafen. Und ihr Umfeld, ihre Familie und Freunde gleich mit. Das hatte wehgetan. Tat es immer noch. Musste es auch.

Sie war Opfer und Täter in einer Person gewesen, und niemand durfte die wahren Gründe erfahren, die sie zum beziehungslosen Workaholic gemacht hatten, nicht einmal Stolwerk. Kein Mensch war so nah an ihr wie er, und das nur, weil auch er keine klassische Beziehung wollte. Das wusste sie. Auch wenn es nie Thema war. Stolwerk und die Frauen, das passte nicht zusammen.

Eigentlich hätte Innsbruck alles ändern sollen. Runter von den ausgetretenen Wegen, raus aus der anonymen Großstadt, rein ins Heimatland des Vaters, *Vaterland*, umringt von hohen Bergen, behütet, anders, einfach. Und nun saß sie da wie ein begossener Pudel, auf ein Dirndl reduziert, schonzeitlos ins kalte Wasser gestürzt, geprügelt und schockgefroren, in einem Land, das dieselben Probleme hatte wie jedes andere und sie schneller mit ihrer Vergangenheit konfrontierte, als ihr lieb gewesen war. Hier in der Anichstraße vorm Krahvogel wurde Valerie bewusst, dass sie zwar davonlaufen, aber niemals entkommen konnte. Sie musste sich ihren Dämonen stellen. Bald.

Aber zuerst hatte sie ein Kind zu finden.

In der Jackentasche klingelte es. Sie holte das Handy heraus, lächelte bitter und wartete, bis es verstummte. Valerie vermisste ihren alten Klingelton, so bescheuert er auch sein mochte. Nun wurden eingehende Anrufe in der sterilen Tonfolge signalisiert, wie sie um die Jahrtausendwende an jeder Straßenecke zu vernehmen war. Eine Melodie, die untrennbar mit dem damals dominierenden finnischen Hersteller verbunden war und es für immer sein würde, die sogar dessen Namen trug. Schrecklich uniform ertönte sie zum zweiten Mal. Valerie sah aufs Display und zog ihre Mundwinkel zur Seite, als hätte sie in eine saure Zitrone gebissen.

Keine zwei Jahrzehnte war es her, dass sie jeden auslachte, der ein Handy nötig hatte. Heute ging es nicht mehr ohne, wie der zu Ende gehende Tag bewiesen hatte. Wieder das Gepiepse. *Wieder Freudenschuss*, dachte Valerie, die sich an die letzten Ziffern der angezeigten Rufnummer erinnerte. Sie lehnte das Gespräch ab und wählte Stolwerk an.

„Veilchen?"

„Ja, Stolwerk, *das alles für das Kind eines reichen Sacks*. Für das Kind."

„In Ordnung. Fürs Kind, Veilchen. Und jetzt wieder Akku sparen?"

„Ach, pfeif auf den Akku. Ich mag Kinder, weißt du?"

„Hab ich gemerkt. Entschuldige, dass ich dich verärgert hab, sollt mir eigentlich nicht passieren. Dabei hab ich dich immer für einen überzeugten Einzelgänger gehalten."

„Das hätte nicht so kommen müssen."

Eine Weile schwiegen sie.

„Magst drüber reden?", fragte Stolwerk.

„Nicht jetzt. Nicht am Telefon. Bald."

„Worüber reden wir dann? Über das Wetter?"

„Ich glaub, es wird bald zu schneien beginnen. Es riecht schon danach."

„Haben sie vorhin im Radio auch gesagt. Über Nacht soll's einen ordentlichen Schwung geben."

„Wenigstens regnet's dann nicht mehr."

„Weißt, worauf ich mich freue, Veilchen?"

„Hm?"

„Auf ein heißes Bad."

„Stellen wir uns doch einfach vor, am Strand zu liegen."

„Wo, Veilchen?"

„Lass mich überlegen ..." Sommer, Sonne, Meer und Strand waren seit ihrer Kindheit untrennbar mit dem italienischen Touristenmekka Jesolo verbunden. Familie Mauser hatte an Urlaube in Tirol oft noch eine Woche an der Adria angehängt. Valerie, ihre drei Jahre ältere Schwester Lilian, Papa und Mama. Untertags hatten sie Sandburgen gebaut oder sich gegenseitig vergraben, hatten Eis geschleckt und im Wasser getobt. Das wirkliche Highlight waren aber die abendlichen Spaziergänge in der längsten Fußgängerzone Europas gewesen, einer nie enden wollenden Aneinanderreihung von Kinderattraktionen, Eisständen, Automaten, Fahrgeschäften und buntem Glitzerzeug. Spielzeugverkäufer hatten es meisterhaft verstanden, Kindern so große Augen zu machen, dass ihren Eltern nichts anderes übrig blieb, als ihre Brieftaschen zu zücken. Es war das Paradies gewesen. Unvergesslich, wie sie mit den vierrädrigen Bicicletas johlend und hupend an den Touristenhorden vorbeigestrampelt waren. Wie die Straße nach einem kurzen Regenguss gedampft hatte. Wie Papa nach einem arbeitsreichen Jahr endlich wieder Zeit für sie gehabt hatte. Unbändiges Glück.

„Bist noch dran?"

„Jesolo, Stolwerk."

„Ausgerechnet Jesolo? Wo sie wie die Hendln am Stangerl aufgefädelt grillen?"

„Kindheitserinnerungen. Familie. Darüber lass ich nichts kommen, verstehst du?"

„Gut ... fahren wir doch mal hin. Das heißt, wenn garantieren kannst, dass der WWF nicht auftaucht und mich zurück ins Meer schubsen möchte."

„Das schaffen wir, Stolwerk." Seine Witze waren Bartträger. Immer schon. Er musste es wissen, denn Valerie hatte es ihm bereits einige Male gesagt. Und sie war nicht die Einzige gewesen. Trotzdem verkniff er sich keinen noch so abgewetzten Schenkelklopfer, erwartete dafür aber nicht mehr, dass sie aus Höflichkeit lachte.

„Und, ist's dir schon wärmer?", fuhr er fort.

War es tatsächlich. „Wird schon langsam."

„Was ist mit Hofer? Siehst du ihn?"

„Nein. Ist immer noch im Lokal." Valerie nahm das Gerät vom Ohr und sah aufs Display. Nun war er schon eine gute halbe Stunde drin. „Ich schätze, das kann dauern. Vielleicht sollte ich mal nachsehen. Wenn er mich entdeckt, ist es eben Zufall. Schlimmer kann ich es auch nicht machen, oder?"

„Pass auf dich auf, Veilchen. Keine Gewaltaktionen heute, versprochen?"

„Bis gleich."

Sie stand auf und ging über die Straße, wartete, bis ein Pärchen ins Lokal ging, und nutzte ihre Deckung. Stickige, warme Luft strömte ihr entgegen, dazu eine Schallkulisse aus Partymusik und dagegen ankämpfenden, kommunikationsbedürftigen Menschen. Es roch nach Bier und Schweiß, ging zu wie in einem Ameisenbau, Körper standen dicht an dicht. Vereinzelt bemerkte Valerie Köpfe, die sich nach ihr drehten. Im Innenspiegel des Autos hatte sie ihr Gesicht zuletzt betrachtet. Das Hämatom hatte sich nun endgültig das ganze linke Auge geschnappt. *Wenigstens sind Verband und Haare unter der Mütze*, dachte sie.

Keine Spur von Hofer. Sie drängte sich durchs Lokal, spähte stets einige Schritte voraus, um nicht plötzlich Brust an Brust mit dem Obduktionsassistenten zu stehen, dann hoch in den ersten Stock, nichts, vor ans Geländer, wo man das hektische Treiben besser überblicken konnte. Langsam ließ sie ihren Blick über das gesamte Untergeschoß streifen. Nichts. Sie ging die Treppe hinunter und wollte sich noch den separaten Gastraum ansehen, als sie sah, dass das Lokal einen Hinterausgang hatte, der direkt in die Rathausgalerien führte, um die Hofer vorhin herumgegangen war.

„Verdammt", stieß sie aus, in einer Lautstärke, die neue Aufmerksamkeit auf sie lenkte. *Wie dumm muss man sein?*, schalt sie sich still. Sie prüfte noch schnell den letzten Raum, ahnend, dass es aussichtslos wäre, Hofer dort zu finden, stürmte dann durch den zweiten Ausgang in die Galerien, wissend, dass auch das sinnlos war. Er hätte sich schon weiß Gott wo befinden können. Dennoch lief sie bis zum Ausgang vor, der in die Maria-Theresien-Straße führte, zurück und rechts Richtung Hotel, wo sich offene Gastlokale befanden, deren Besucher sie im Schnellgang überflog. Doch es war aussichtslos. Die Nadel im Heuhaufen konnte man nur finden, wenn man wusste, wo der Heuhaufen war, den man durchsuchen sollte. Fast wäre sie in den Rosenverkäufer gekracht, als sie im Laufschritt ihr Handy herauskramte, um Stolwerk anzurufen.

„Veilchen?"

„Stolwerk, ich glaub, er ist mir durchgebrannt. Hinterausgang."

„Mist. Und bei Trenkwalder sind gerade die Lichter ausgegangen. Alles dunkel. Und jetzt?"

„Pass auf, ob er rauskommt. Ich ..." Sie hasste die einzige Option, die ihr übrig geblieben war, und noch mehr, sie aussprechen zu müssen. „Ich geh hinauf zum Auto und warte. Hilft ja nichts. Immerhin wissen wir noch, wo sich Kandidat Nummer zwei befindet, oder?"

„Veilchen, wie wär's, wenn dich einfach hinlegst?"

„Nein, Stolwerk. Einer von unseren beiden hängt mit drin."

„Und wenn der das Leichenteil nur für jemand anderen besorgt hat?"

„Mein Gefühl behauptet das Gegenteil."

„Dann müssen wir dem vertrauen."

„Ja."

Valerie warf sich die vierte Schmerztablette des Tages ein, das Doppelte der Höchstdosis. *Was soll's, die rechnen schon mit unvorsichtigen Patienten*, dachte sie. Dann machte sie sich auf, zurück nach Hötting, wo ein eisiger Wagen vor Hofers Haus auf sie wartete. Erste Schneeflocken kämpften sich durch den Regen bis zum Boden. Eine davon schlüpfte in die Kapuze und landete seitlich am Hals, dick, nass und kalt. Erst in der Mitte der Steigung dachte sie daran, dass sie vorhin kaum fünf Minuten von zuhause entfernt gewesen wäre, wo sie sich wenigstens etwas Trockenes anziehen und einen Schirm holen hätte können. Zu spät, zu weit zurück. Mit jedem Meter, der bergaufwärts führte, schwanden ihre Kräfte. Viel weiter ging es nicht mehr. Wieder überkam sie das Gefühl der totalen Hilflosigkeit. Was, wenn sie wirklich auf dem falschen Dampfer war? Wenn sie ihr Bauchgefühl im Stich ließ? Kurz der Impuls, sich hinzusetzen, sich auf den Boden zu werfen, einfach aufzugeben, die Niederlage zu akzeptieren, zu warten, bis sie irgendjemand, irgendein Hilfsdienst von Ort und Stelle trug, auf der Bahre, in Handschellen oder Zwangsjacke – einerlei. *Man muss auch verlieren können*, pflegte *Frau Doktor* zu sagen, wann immer sie oder eine ihre Töchter an Herausforderungen zu scheitern drohten. Ausgerechnet jetzt musste Mutters Patentrezept für den Misserfolg aus den Tiefen ihres Unterbewusstseins kriechen. Doch Valerie hasste Niederlagen. Egal, wie hoch die Mauer, sie wollte drüber – niemals durch sie hindurch, aber auch nicht daran vorbei, und schon gar nicht vor ihr verharren. Ihre Mutter war kein Vorbild. Valerie konnte es besser. „Man muss auch gewinnen können", murmelte sie und machte den nächsten Schritt, biss die Zähne zusammen und presste ein Fauchen durch: „Wir werden Lizah finden. Heute Nacht." Wie ein Mantra wiederholte sie ihren Entschluss, wieder und wieder, lauter und lauter, einem Boxer gleich, der sich durch die tobenden Massen Richtung Ring bewegte.

Ich. Werde. Dich. Schlagen. Heute Nacht.
Wir. Werden. Lizah. Finden. Heute Nacht.

Dienstag

Der geringe Höhenunterschied hinauf in die Schneeburggasse hatte ausgereicht, die Schneefallgrenze vollständig zu durchstoßen. Frau Holle hatte ihre Betten
aufgeschlitzt und schüttelte sie nun wie verrückt, direkt
über ihr. Auf Valeries Dienstauto hatten sich schon fünf
Zentimeter gesammelt. Sie öffnete die Türe, womit eine
Ladung direkt auf den Fahrersitz fiel, die sie mit eiskal-
ten Händen wegfegte. Sie setzte sich in den Wagen und
streifte die durchnässte Kapuze nach hinten. Wenigstens die Mütze war halbwegs trocken geblieben. Sie
hoffte, unter dem Schnee auf dem Wagen würde sich
ihre Körperwärme sammeln. *Vielleicht funktioniert so
ein Auto ja wie ein Iglu*, überlegte sie. Doch das konnte
dauern. Ihr ganzer Körper wurde von einem Schlottern erfasst, das sie – entsprechende Arm- und Bein-
freiheit vorausgesetzt – mühelos zu einem filmreifen
Harlem Shake steigern hätte können. Der Scheibenwischer kämpfte gegen die weiße Pracht, schaffte es aber
unter rheumatischem Knirschen, die Sicht auf Hofers
Wohnung freizuschieben. Oben war alles dunkel.

In die Faust zu blasen, brachte keine Erleichterung,
Jesolo half Valerie auch nicht mehr. Sie spürte nur noch
Nässe und Kälte. Staunte über Frau Holle und deren
Schneeflocken, die größten, die sie je gesehen hatte.
Außerirdisch. Monsterflocken. Valerie gönnte den
überforderten Wischmotoren eine Pause und schaltete das Radio an. Wieder der Lokalsender mit dem
ungewöhnlichen, computerstimmengenerierten Jin-
gle. Dazu Musik, die man nur *alternativ* nennen konnte.
Nichts, was sich mit dem US-Retortenpop vergleichen
ließ, den der staatliche Rundfunk so liebte. Diese Musik
klang anders, war so ungewöhnlich wie sie und die

Situation, in der sie steckte. Valerie vertrieb sich die Zeit mit gymnastischen Übungen, winkelte die Beine abwechselnd an, dann Trommelwirbel mit den Füßen, Oberschenkelmassage, wildes Schütteln, wie man es von nassen Hunden kannte. Bis der Kopf *stopp!* schrie. Stille, nur ihr Atem, der an der Innenscheibe kondensierte. Keine Sicht nach draußen, mit jedem Zentimeter Schnee wurde es im Innenraum dunkler. Und leiser. Und wärmer. Oder bildete sie sich das nur ein? Sie gähnte.

Dann ein Moderator. „Und jetzt wünsch ich euch eine gute Nacht, mit dem neuen Song von Sandro Weiler …“

Schlagartig richtete sich Valeries Konzentration auf das Gerät. Sie drehte es lauter. „Und möget ihr nun entschweben in diese neue Nacht. Auf dass morgen wieder die Sonne durchkomme. Pfiat enk.“ Gitarrenklänge. Schlagzeug und Bass. Sandros Stimme. „Das Leben ist Chaos, du tanzt den Tanz, und suchst den Sinn … es hat nicht auf dich gewartet, und manchmal kommt dir vor, es geht viel zu schnell dahin … doch es gibt noch diese Tage, die sich lohnen, an denen einfach alles richtig ist … Die Wolken ziehen weiter, komm bleib hier, denn bald kommt die Sonne durch …“

Mit den letzten, angenehm flotten Takten des Lieds, das Valerie tatsächlich für ein paar Minuten an einen sonnigeren Ort getragen hatte, beendete auch der Radiosender sein Programm. Leises Rauschen kam aus den Lautsprechern. Sie blieb auf der Frequenz. Das Knistern, welches sich ab und zu in das Grundgeräusch mischte, erinnerte an ein Lagerfeuer. Leider ohne zu wärmen. Diese Nacht würde lang werden. Und es war genauso wahrscheinlich wie unwahrscheinlich, dass Hofer wieder auftauchte.

Sie griff nach ihrem Handy, rief das Anrufprotokoll auf und wählte die oberste Nummer.

„Veilchen!"

„Stolwerk, bei Hofer ist alles dunkel."

„Hier auch. Keiner rausgekommen bisher. Schneit irre, oder?"

„Und saukalt ist's", benutzte sie seinen Ausdruck von vorhin.

„Was machen wir?"

„Warten. Nützt ja nichts."

„Wird so sein. Dein Bauchgefühl hat ja schon öfter Großtaten geleistet. Obwohl ..."

„Hm?"

„Du so wenig Platz dafür hast."

Auch er fror hörbar. Hätte sie ihn darauf angesprochen, hätte er garantiert einen abgestandenen Sager zu seiner isolierenden Fettschicht ausgepackt. Sie ließ es bleiben, hatte auch keine besondere Lust, sich für seine Vorhaltung zu revanchieren.

„Schläfst?", fragte er.

„Blödsinn. Und du?"

„Aber was. Wenn's gar nicht mehr geht, ruf ich dich an."

„In deinen Träumen dann."

„Trotzdem ... irgendwie schon toll, mal wieder im Einsatz zu sein."

„Hat mir gefehlt mit dir. Wie in unseren guten alten Tagen."

„*The good old days are now*", sagte Stolwerk mit theatralischer Stimme.

Das passte. Diese *guten alten Tage* waren selten so gut wie in der Erinnerung. Frei von aller Verklärung war es das Hier und Jetzt, das zählte – die Situation, in der sie gerade steckten und an die sie sich irgendwann zurückerinnern würden – wiederum verklärt. *Die guten alten Tage sind jetzt.* „Von wem ist das?", fragte sie Stolwerk.

„Tom Clancy."

„Hm." Sie hätte auf Mark Twain getippt.

„Wie geht's dem Akku?", fragte er. Valerie nahm das Gerät vom Ohr und sah nur noch zwei von fünf Strichen. *Gebrauchthandy eben*, dachte sie. „Besser, wir sparen uns noch was für später auf."

„O.k. ... dann gute Nacht."

„Gute Nacht, Stolwerk. Und danke."

„Immer, Veilchen."

Sie sah noch eine Weile aufs Display. Einen Autoladestecker hatte ihr der Händler leider nicht mitverkauft. Wenn der Ladestand schon jetzt so tief war, würde sich das Handy bald verabschieden.

Valerie drehte ihren Kopf, den sie an die Stütze gelehnt hatte. Nur die Seitenscheiben blieben längere Zeit offen, sodass sie hin und wieder einen Blick zu Hofers Wohnung werfen konnte, ohne dafür in die Kälte zu müssen. Nun war sie sich sicher, dass es im Inneren des Fahrzeugs langsam wärmer wurde. Doch jede Viertelstunde war es notwendig, das Fenster kurz einen Spalt herunterzulassen – womit Schnee ins Auto fiel – oder auszusteigen, womit der Innenraum schlagartig auskühlte – *und erst recht* Schnee ins Auto fiel. Also blieb sie bei der Scheibensenktechnik, um den Sichtspalt freizuhalten. Dazu gymnastische Übungen – mehr gab es nicht zu tun.

Valerie konzentrierte sich auf ihre Aufgabe. Wünschte sich, David Hofer möge jeden Moment an ihrem Auto vorbeispazieren und in die Wohnung hinaufgehen. Sie stellte sich vor, wie das Licht oben anginge und sie ihn nicht mehr aus den Augen ließe. Doch niemand kam. Phasenweise nicht einmal Fußgänger, die einen leisen Verdacht erregen hätten können. Autos krochen vorbei und Schnee fiel – mehr gab es nicht zu sehen.

Valerie hatte genug vom Grübeln. Sie hatte sich geärgert, vor allen Dingen über sich selbst, die Welt verflucht, war in schöne, wärmende Erinnerungen getaucht, hatte sich manches gewünscht, von dem sie wusste, dass es unerfüllbar war, hatte sich in Selbstzweifeln ergangen, die von neuerlicher Wut abgelöst worden waren. Die Buntheit in ihrem Kopf hatte sich zunächst noch ordnen lassen, doch jetzt stoben ihre Gedanken genauso wild durcheinander wie draußen die Schneeflocken. Also zwang sie ihr Bewusstsein zum Schweigen. Knipste sich aus. Kam Hofer, oder kam er nicht – mehr gab es nicht zu denken.

***

„Ja?"

„Bin in zehn Minuten da. Seid ihr fertig?"

„Ja."

„Dann pack zusammen und komm raus."

„Sicher, dass dir niemand folgt?"

„Todsicher."

„Und Mauser?"

„Dürfte die Fährte verloren haben. Aber höchste Zeit, dass wir verschwinden."

„Wo ist sie jetzt?"

„Jedenfalls nicht hier. Und bei dir?"

„Alles ruhig."

„Was macht die Kleine?"

„Was schon. Will nach Hause."

„Gib ihr noch mal eine."

„Das wäre viel zu viel."

„Dann erzähl ihr, du bringst sie heim. Hauptsache, niemand hört sie."

„Mach schnell."

„Fünf Minuten, o.k.?"

„Glaubst, wir schaffen es raus, bei dem Schnee?"

„Sorg dich nicht zu Tode, du Rindvieh."

***

Ohrenbetäubender Lärm. Ganz nah. Valerie schreckte auf. Fahles, gelbes Blinklicht, rechts neben ihr. Dann wieder Getöse. Knirschendes Metall auf Asphalt, der Boden vibrierte. Das konnte nur ein Räumfahrzeug sein. Nochmals fuhr es dicht an der Beifahrerseite vorbei, und als es das Auto passierte, wackelte und knarzte es ordentlich. Valerie zog am Türöffner, die Fahrertüre öffnete sich einen Spalt weit, womit sich eine kleine Dachlawine in den Innenraum ergoss, feuchter, schwerer Schnee. Draußen schneite es unaufhörlich. Sie stieg aus und sah, dass sich bereits gut vierzig Zentimeter der weißen Pracht am Dach gesammelt hatten, und was noch schlimmer wog – dass der Straßendienst rechts neben ihrem Fahrzeug eine ordentliche Schneemauer hinterlassen hatte, die es schwierig bis unmöglich machen würde, dieser Parklücke zu entkommen. Sie zog den rechten Ärmel vor, schob sich damit einen zusätzlichen Sichtspalt auf der Windschutzscheibe frei und setzte sich ins Auto zurück.

Der Vollständigkeit halber sah sie zu Hofers Wohnung hinauf, rechnete mit Dunkelheit – und konnte kaum glauben, dass dort Licht brannte, wenigstens in einem Raum, kein Flackern, sondern konstantes, gedämpftes Licht, das gerade vorhin noch nicht da gewesen war. Doch von David Hofer war nichts zu sehen. Sie musste den Moment verpasst haben, als er zurückgekommen war. Was hatte er getan, wo war er gewesen? Hatte er sie an der Nase herumgeführt? So oder so war ihre Leistung blamabel. Die Kopfschmerzen waren wieder stärker geworden. Wenigstens die Lunge schien sich trotz der Kälte erholt zu haben.

Noch bevor sie alle Möglichkeiten durchgedacht hatte, die sich ihr nun boten – warten, in die Offensive gehen, Stolwerk ablösen, die ganze Aktion abblasen –, war der Sichtspalt wieder zugeschneit. Also noch mal raus, Kapuze rauf, Ärmelwischdienst, dieses Mal die ganze Frontscheibe. Noch waren kaum Autos auf der Straße, und wenn, dann krochen sie in Zeitlupe an ihr vorbei, als müssten sie sich mit ihren Reifen vorwärtstasten wie in einem Disney-Cartoon. Mit der körperlichen Aktivität stellte sich etwas ein, das man fast als Wärme bezeichnen konnte. Als sie die Scheibe von der Schneelast befreit hatte, setzte sich Valerie zurück in den Wagen und schaltete den Scheibenwischer auf Intervall. Sie prüfte ihr Handy. Nur noch ein Strich. Wie es wohl Stolwerk ging? Sie hatte seine Nummer schon aufgerufen und wollte gerade drücken, als unvermittelt das Licht in einem weiteren Raum in Hofers Wohnung anging. Zu ihrer Überraschung war ein halbtransparentes Rollo heruntergelassen. Sekunden darauf waren die Umrisse einer Person zu erkennen, die nach vorne an die Panoramaglasfront trat und dort stehen blieb, etwas zum Mund hielt und den Kopf zurückbeugte. So stand sie mehrere Minuten lang da und trank ihr sicherlich beneidenswert heißes Getränk. „Was denkst du?", sprach Valerie aus. „Wohin schaust du? Wer ist da unten, hä? Wo ist Lizah, du Schwein?"

Dann plötzlich eine weitere Gestalt, kleiner, die sich von hinten anschlich und die Arme um die andere legte, worauf sich diese umdrehte. Die Köpfe bewegten sich miteinander. Dann ging eine der Personen auf Tauchstation, die andere legte den Kopf in den Nacken. Valerie rollte die Augäpfel nach oben. Denn damit war klar, was David Hofer in den letzten Stunden gemacht hatte: Liebe. Sie hatte sich umsonst ihren Allerwertesten abgefroren. Er musste eine Frau getroffen und dann den Hinterausgang des Krahvogel genommen haben, möglicherweise für einen Lokalwechsel mit anschließendem Nachtisch bei ihm. So oder so, es gab hier nichts mehr zu sehen, egal, wie laut das Geräusch gekauten Popcorns von ihrer rechten Schulter kommen mochte.

Sie nahm das Handy, rief Stolwerk an, wartete, es klingelte einmal, zweimal, dreimal, doch er hob nicht ab. Zum ersten Mal überhaupt, soweit sie sich zurückerinnern konnte. Sogar am WC, in der Wanne oder im Kino war er stets ans Telefon gegangen, wenn sie angerufen hatte, zu jeder Uhrzeit – hatte sie auch gleich wissen lassen, wo sie ihn erreichte, wenn mal wieder an einem exotischen Ort. Und so gab ihr diese Banalität, die sie bei anderen Menschen schulterzuckend hingenommen hätte, Anlass zu ernster Besorgnis. Etwas stimmte nicht. Sie probierte es abermals – mit demselben Ergebnis. Sie kontrollierte die Rufnummer, als hätte ein Heinzelmännchen diese während ihres Schlafs geändert, doch es war definitiv seine, prüfte sie wieder, Ziffer für Ziffer, sie stimmte immer noch.

Dann fasste Valerie einen Entschluss: Sie musste dorthin, wo er zuletzt gewesen war. Vielleicht war ihm etwas zugestoßen und er brauchte ihre Hilfe – während sie hier untätig herumsaß. Mit neuer Wut riss sie die Türe auf, lief um den Wagen herum und begann, die

Schneewand zu bearbeiten, die ihr Auto blockierte, trat dagegen, schob, zog und kratzte – doch der Schneeräumdienst hatte das Material derart komprimiert, dass sie kaum vorwärtskam. Binnen Minuten war sie so außer Atem, dass an ein Weitermachen nicht mehr zu denken war, zumal sie kaum die obersten zehn Zentimeter der gut einen Meter hohen Wand abgearbeitet hatte. Wie zum Hohn öffnete Frau Holle auch noch die letzten Schleusen. Dichterer Schneefall war kaum vorstellbar. Binnen Minuten wäre von ihren Bemühungen nichts mehr zu sehen gewesen, das Auto komplett eingeschneit. Erneut trat sie mit voller Wucht gegen die Wand, die einen Teil ihres Fußes mit dumpfem Plopp verschluckte, ohne in ihrer Gesamtheit auch nur ans Wackeln zu denken. Hoffnungslos. Sie war eingesperrt.

Das Telefon vibrierte.

„Stolwerk, Gott sei Dank!" Zuerst hörte sie nur Hecheln, ähnlich dem eines Hundes, nur langsamer, dazu Geräusche, die am ehesten zu versehentlichen Anrufen passten. Als rutschte das Handy in einer Tasche hin und her. Dazu klackerte es. Klack, klack, klack, gleichmäßig wie ein Metronom. Dann Windgeräusche. „Stolwerk? Hallo, hörst du mich?" War das ein Notruf? Aber wie sollte sie ihm helfen, wenn er nichts sagte? Valerie sprang in die Stille der Fahrerkabine ihres Wagens und hörte konzentriert zu. Gab es akustische Hinweise, die für ihre Ohren bestimmt waren und erkennen ließen, wo er war? Böse Menschen, die Stolwerk Antworten herauspressten, Bahnhofsdurchsagen oder das Nebelhorn eines Schiffs? Nein, nein, und – Blödsinn. Ein Auto schien an ihm vorbeizufahren, deutlich waren Reifen auf nassem Untergrund zu hören, dazu das bekannte Klacken und die Windgeräusche.

„Veil...chen?", schrie er ins Telefon, unterbrochen von Ächzlauten. Vor Schreck wäre ihr fast der Apparat aus der Hand gefallen.

„Ja, Stolwerk, was ist? Wo bist du?"

„Mist Veil...chen ... Trenk...walder!"

Mistveilchen? „Stolwerk, was ist los?", drängte sie ihren Gefährten, „ich versteh kein Wort! Was ist mit Trenkwalder?"

Die Windgeräusche nahmen ab. Ein paarmal pustete er lautstark durch. Seine Bronchien pfiffen wie ein Schwarm brunftiger Meerschweinchen. „Stolwerk!", brüllte Valerie ins Gerät und startete den Motor.

„Veilchen, Moment." Nochmals schnaufte er, als wäre er gerade die Hahnenkammabfahrt heruntergeschossen und stünde nun einem Reporter gegenüber, der sich Tiefgründiges über Vergangenheit, Gegenwart und Zukunft seiner Skisportkarriere erwartete. „Veilchen, Mann ... raus ... denke ... Trenkwalder ... Taxi ... Hasenstadel! ... Kind ... Ampel ... Batterie!"

Valerie versuchte, sich einen Reim auf das Gehörte zu machen. Gut, ein Mann war aus dem Gebäude gekommen und in ein Taxi gestiegen. Vermutlich Trenkwalder. Mit Kind? Aber was sollten der Hasenstadel und die Batterie? Meinte er ihren Handyakku, der soeben sein erstes Warnsignal gesandt hatte?

„Stolwerk, jetzt reiß dich zusammen und sag mir endlich, was los ist!"

„Rechts! ... links! Brücke!" Er rang nach Luft. „Fahrrad!", bellte er. Vorwurfsvoll? Dann wieder Windgeräusche.

Offensichtlich war er nicht fähig, ihr den Sachverhalt zu vermitteln, war aber offenbar dabei, einen Verdächtigen zu verfolgen. Das Einzige, was sie jetzt tun konnte, war, ihm entgegenzufahren und dabei zu versuchen, verständliche Sätze aus ihm herauszubekommen. Sie legte den ersten Gang ein, wissend, dass die Schneemauer schon mit gehobener Deckung und verächtlichem Lächeln auf den ersten Punch wartete. Sie gab Gas, kam ein paar Zentimeter weit, ehe der Befreiungsversuch mit lautem Knarzen endete. Zurück und wieder vor, mit demselben Ergebnis. Dann sah sie, dass der Gehsteig auf der linken Seite geräumt war, schlug nach links ein, fuhr zurück, der linke Hinterreifen hüpfte hoch, doch der Streifen war zu schmal, um das Gefängnis zu umfahren. Aber Anlauf konnte sie nehmen und mit voller Wucht gegen den Schneehaufen donnern, welcher den Treffer scheinbar regungslos hinnahm. Wie sie beim Zurückhopsen auf den Gehsteig sah, hatte sie ihn dennoch ein paar Zentimeter weit eingeschoben. Also bewegte er sich doch. Sie sandte ein Stoßgebet an Sankt Airbag, er möge ihr jetzt bloß nicht erscheinen, gab Vollgas und endete aufs Neue im weißen Beton. Die Einbuchtung war trotz der viel höheren Wucht, die sie schmerzlich an ihre Gehirnerschütterung erinnert hatte, nicht wirklich größer geworden.

Sie nahm das Telefon zum Ohr. „Stolwerk, ich komm hier nicht weg! Eingeschneit! Wo bist du? Stolwerk?"

„Veilchen?"

Sie wiederholte das zuletzt in den Apparat Gerufene. „Ich bin ... Moment ... Bach...lechnerstraße!"

Das war eine der großen Hauptstraßen Innsbrucks, nicht weit von Trenkwalders Haus entfernt. „Verfolgst du Trenkwalder? Mit dem Kind?"

„M-hm! Glaube ... Trenkwalder! Brille! ... Taxi! Kind! ... Fahrrad! ... Hasenstadel!" Dazwischen der Warnton, der signalisierte, dass ihr Akku bald den Geist aufgeben würde.

Valerie versuchte, im Gebrabbel ihres Kumpans einen Sinn zu erkennen. Trenkwalder hatte eine auffällige Brille – da Stolwerk ihn nicht kannte, war das das einzige Identifikationsmerkmal, das sie ihm neben Alter, ungefährer Größe und Haarfarbe mitgeben hatte können. Auch Taxi und Kind waren klar. Aber der Rest? Mit einer Hand am Telefon und der anderen am Lenkrad nahm sie noch einen letzten Anlauf gegen die Schneewand, die sich nur noch weiter verdichtete. Es war zwecklos. Valerie stieg aus. Zu Fuß lief sie ostwärts und bog rechts in die Botanikerstraße hinunter. Auf den ersten Metern hätte sie zweimal fast Bodenhaftung verloren, was einen slapstickreifen Füße-in-die-Höh-Sturz nach sich gezogen hätte. Kaum Menschen unterwegs, und wenn, dann schaufelten sie ihre Einfahrten frei. Sich ein Arbeitsgerät zu leihen oder gemeinsam das Auto frei zu machen, hätte viel zu lange gedauert. Es gab nur noch einen Weg für sie: den nach unten.

„Stolwerk, ich komme. Hörst du?" Keine Antwort. Sie sah aufs Display. Leer. „Tu mir das nicht an, du Mistding!", zischte sie, hantierte am Gerät, schob die Rückklappe ab, holte den Akku heraus, hielt ihn ein paar Sekunden in den Händen, um ihn zu erwärmen, und legte ihn wieder ein. Das Gerät fuhr hoch.

Stolwerk zu Fuß zu Hilfe eilen zu müssen, war schon ein Hilferuf für sich. Nun schien sich endgültig alles und jeder gegen sie, Stolwerk und Lizah verschworen zu haben, auch Natur und Technik arbeiteten daran, ihr eine Handlungsmöglichkeit nach der anderen zu entreißen, was auf einen Kampf hinauslief, der mit ungleichen Waffen entschieden werden musste. Von hinten näherte sich ein Fahrzeug. Valerie drehte sich um, stellte sich mitten in die Straße, hob die flache Hand, um „Anhalten" zu deuten, ganz, wie in der Polizeischule gelernt, vor Jahrzehnten, hörte, wie das ABS zu arbeiten begann, der Geländewagen jedoch kaum Geschwindigkeit abbaute. Im letzten Moment sprang sie zur Seite. Das Auto ruckelte hupend an ihr vorbei. Dann lösten sich die Bremsen und es rollte weiter.

„Idiot!", schrie sie ihm nach, wem auch immer. Angepasstes Fahren sah anders aus. Doch dann hätte man an diesem Morgen wohl überhaupt nicht fahren dürfen, so glatt, wie die Straßenoberfläche war. Der Räumdienst hatte den Großteil des Niederschlags an den Rand geschoben, nur eine dünne Schicht komprimiert zurückgelassen, die sich mit dem frisch gefallenen Schnee zu verhängnisvoller Glätte verbunden hatte. Normalerweise wurde die Straße nach dem Räumen noch gesalzen, doch entweder war das Salz zur Neige gegangen oder der Schneefall zu stark gewesen. In zwei Stunden würde der Berufsverkehr in vollem Gange sein. Das Chaos war schon jetzt absehbar. Aber wie auch immer, sie musste zu Stolwerk, hinter Trenkwalder her. Vorläufiges Ziel: Bachlechnerstraße. Zu Fuß eine Ewigkeit. Dem nächsten Fahrzeug würde sie nicht mehr ausweichen, notfalls auf die Motorhaube springen und es so zum Anhalten zwingen. Sie brauchte einen fahrbaren Untersatz, sofort. Das Handy fragte nach dem PIN-Code – konnte es haben. Wieder versuchte sie, Stolwerk zu erreichen, doch das Netz schien gestört zu sein. Also weiter, sie rutschte mehr, als sie lief, hatte aber bald das Gefühl, den Dreh rauszuhaben: Zentral über dem Schwerpunkt, und wenn der Untergrund spiegelglatt wurde, ein Fuß nach vorne, mit dem anderen stützen, kontrollieren, auspendeln. Sie lobte sich dafür, Schlittschuhlaufen zu können, meinte schon, es sei in etwa dasselbe, als sie plötzlich dalag. So unvorhersehbar und schnell, dass sie den Sturz selbst gar nicht mitbekommen hatte. Für ein paar Sekunden blieb ihr die Luft weg. Sie sah nur noch den Himmel und daraus hervorstürzende Flocken, die größer und größer wurden und schließlich auf ihr Gesicht fielen, dazu bunte Blitze und Funkenschwärme. Sie war unfähig, sich zu bewegen, atmete nicht, bis sie sich dazu zwang, zuerst vorsichtig, dann tiefer. Ihr oberer Rücken tat weh. Zwei Meter weiter klingelte ihr Handy, sie hatte es im Sturz fallen gelassen. Obwohl sie ernsthaft wollte, konnte sie sich nicht aufraffen. Irgendein Teil von ihr fand es viel vernünftiger, einfach liegen zu bleiben. Das Läuten hörte auf. War der Saft jetzt endgültig aufgebraucht? Langsam bewegte sie den Kopf hin und her. Nichts und niemand zu sehen. Dann wieder Klingeln. Valerie zwang sich, die Muskeln anzuspannen, drehte sich behutsam auf die Seite und robbte zum klitschnassen Telefon. Vielleicht die letzte Chance auf nützliche Informationen.

„Hallo?"

„Veilchen ... wo bist? Was ist ... mit deinem ... Handy? Komm! Schnell!"

Sie holte Luft. „Stolwerk, Auto eingeschneit!" Sie musste husten, was ihr Rücken gar nicht gut fand. Dann die dringendste Frage: „Stolwerk, wo bist du jetzt? Wohin ist Trenkwalder?"

„Bachlechner...straße. Ampel. Bin auf ... Fahrrad. Biegen links ab ... warte –" Er keuchte wieder, dazu blies der Wind ins Mikrofon seines Handys. Nun war auch klar, woher das rhythmische Klackern kam: von den Pedalen. Stolwerk und Fahrrad? Das überstieg sogar Valeries Fantasie.

„Sehe jetzt ... Schild ... Fürsten...w..." Das Handy pfiff seine Todesmelodie und schaltete sich aus.

Valerie überlegte. Fürstenw..., das war der Fürstenweg, den kannte sie. An seinem Ende lag der Flughafen.
Hätte Trenkwalder auf die Autobahn gewollt, hätte er
diesen Weg nicht genommen. „Er will zum Flughafen!",
rief sie, nicht, dass es noch jemand hören hätte können. Sie stand auf. In Zeitlupe. Ihre Beine zitterten, als
fürchteten sie sich mehr vor einem erneuten Sturz als
ihr Kopf. Behutsam drückte sie die Wirbelsäule durch.
Schien noch alles ganz zu sein. Dann hörte sie, wie sich
ein weiteres Fahrzeug näherte. Dieses würde sie sich
nehmen, egal, ob Ferrari, Golf oder Isetta.

Es war der A-Bus der Innsbrucker Verkehrsbetriebe.
Mit polternden Schneeketten.

Aber sie hatte es ja so gewollt. Das nächste Fahrzeug, das kam. Also ging sie aufs Ganze, stellte sich wieder mitten in die Fahrbahn, erhob dieses Mal – ganz
und gar nicht schulmäßig – beide Hände und schrie
„Halt!" Der Fahrer bremste sofort, brachte das schwere
Gefährt zum Stillstand und forderte mit wischenden
Handbewegungen, den Weg frei zu machen. Valerie trat
direkt an die Windschutzscheibe heran und schmetterte: „Polizei! Sofort aufmachen!" Dann ging sie zum
Eingang. Nach einigen Sekunden des Überlegens öffnete er und sie stürzte in den überheizten Innenraum.

„Mauser, Landeskriminalamt. Bringen Sie mich
sofort zum Fürstenweg!"

Wie Valerie beim Einsteigen aus den Augenwinkeln
gesehen hatte, saß in der ersten Fahrgastreihe eine ältli-
che Dame mit Stock und Hut, unter dem weiße Locken
hervorquollen, die nun mit einem „Tststs" auf sich auf-
merksam machte. Valerie schenkte ihr keine Beachtung.

„Was ist jetzt? Los geht's!", wies sie den Fahrer an.

„Jaja. Fürstenweg liegt eh auf der Strecke. Von mir
aus." Er schloss die Türe und beschleunigte gemäch-

lich, bog am Ende der Botanikerstraße in die Oppolzerstraße ab.

„Geht das nicht schneller?", drängte Valerie. Der
Chauffeur beschleunigte mit aller Sanftheit. Wieder
kam es „Tststs" von hinten. Valerie riss den Kopf herum.
„Was?", herrschte sie die Seniorin an.

Diese keifte zurück: „Dass ihr junges Gemüse es aber
auch immer so eilig haben müsst. Und keine Manieren
mehr. Kein guten Morgen, kein bitte, kein danke, nur
mach das, mach jenes, und alles sofort, du Opfer. Tststs."

Valerie linste an ihr vorbei in den Bus zurück. Ins-
gesamt waren höchstens eine Handvoll Passagiere mit
an Bord, alle im hinteren Bereich. Dass sich die Dame
über ihre Umgangsformen mokierte, würde sie auch
noch einstecken können. Zudem war sie überzeugt,
dass sie Höflichkeit gerade keinen Meter näher zu
Lizah brachte.

Dennoch hatte die Frau Recht. Ihr Auftreten war
sehr unhöflich gewesen. Und obwohl sie keine Ahnung
hatte, warum sie ihrem spontanen Gefühl nachgab, das
sie zur Rechtfertigung drängte, artikulierte sie in Richtung der Greisin, was auch für die Ohren des Fahrers
bestimmt war: „Bitte entschuldigen Sie, gnädige Frau.
Das ist ein Notfall. Ich bin Oberstleutnant Mauser von
der Kriminalpolizei und hinter einem Entführer her,
der ein kleines Mädchen in seiner Gewalt hat. Ich muss
sofort zum Flughafen, sonst ist er davon. Danke für
Ihr Verständnis."

Die Dame nickte anerkennend. Dann legte sie
die rechte Hand auf den Sicherheitsbügel vor sich,
beugte sich nach vorne, hob mit der linken ihren
Stock, stieß diesen in die Seite des Fahrers und don-
nerte mit erstaunlich kräftiger Stimme: „Nun drück
endlich drauf, du Schlaftablette! Da sterbe ich ja eher

an Altersschwäche, als dass ich mit diesem Bus noch irgendwo ankomme! Hast du nicht gehört, das ist ein Notfall, zum Kuckuck! Rechter Fuß auf Anschlag! Gas, Gas, Gas!" Sie zwinkerte Valerie zu, die nicht wusste, wie ihr geschah, doch ihr Lächeln mit offen stehendem Mund erwiderte, was bestimmt unvorteilhaft aussah.

Der Fahrer musste es mit der Angst zu tun bekommen haben, denn nun fuhr er so schnell, dass die Schneeketten gegen die Radkästen donnerten. „Gut festhalten!", rief er.

Valerie, die immer noch im Einstiegsbereich stand, stellte sich breitbeinig hin, lehnte sich hinten an die Türe und hielt sich beidhändig an den Haltestangen fest. An der Ecke Oppolzerstraße und Höttinger Auffahrt wäre der Bus beinahe vom eigenen Heck überholt worden, doch der Fahrer fing die ausbrechenden Hinterräder wieder ein.

„Schneller!", keifte die rüstige Wundertüte und trieb den jungen Steuermann zu fahrerischer Höchstleistung.

„Rechts!", befahl Valerie, als er die linke Spur nehmen wollte, um gemäß seines Fahrplans an der Einbiegung Höttinger Au links abzubiegen, wo der Fürstenweg am nächsten Halt seinen Anfangspunkt hatte, der allerdings kilometerweit vom Straßenende – dem Flughafen – entfernt war. Vor der roten Ampel hielt er den Bus an.

„Nun mach schon, Jungchen! Nicht stehen bleiben! Rechts rum, nicht links, hast du nicht gehört!"

Er schüttelte den Kopf, gehorchte aber, überrollte die rote Ampel und schlug das Lenkrad rechts ein. Der Blitz der Überwachungskamera schoss ihnen hinterher. Dann beschleunigte er wieder und blickte ängstlich zu Valerie. „Wenden Sie sich einfach an mich, wenn es wegen der Ampel Schwierigkeiten gibt, keine Sorge."

Auch die riesigen Scheibenwischer des Busses hatten ihre liebe Mühe mit dem Schneegestöber. Angestrahlt von den mächtigen Scheinwerfern wirkte es fast wie eine Wand, gegen die man fuhr.

„Sie haben aber schönes Haar", lobte die alte Dame das, was unter Valeries Mütze hervorschaute.

„Was?", platzte diese heraus.

„Na, so eine kräftig volle Frisur. Sie sitzen sicher ewig beim Friseur."

Sie seufzte. „Die sind immer so. Leider."

„Ach, Kindchen! Das ist ein Segen. Ein Seeegen! Aber Ihr Auge! Wer hat Sie denn so verprügelt?"

„Der, hinter dem ich her bin."

„Ach!", entrüstete sich die Dame und schien sich aufzuplustern wie ein Jungspatz.

Im Nu waren sie in der Bachlechnerstraße, vor ihnen lag die Abzweigung rechts in den Fürstenweg.

„So, weiter kann ich aber wirklich nicht. Viel Glück!", meinte der Chauffeur, bremste und öffnete demonstrativ die Türe, um Valerie auf den Gehsteig hinauszukomplimentieren.

„Weiterfahren", rief diese. Nichts anderes kam in Frage. Notfalls hätte sie ihn und die Fahrgäste jetzt rausgeschmissen und sich selbst ans Steuer gesetzt.

„Aber ..."

„Nichts aber! Schenk ein!", fiel ihm die Pensionistin ins Wort.

„Was?"

„Na Benziiin!", kreischte sie und schlug ihren Stock neben ihn auf den Boden. Der Fahrer zuckte zusammen, gehorchte, bog in den Fürstenweg ein und drückte das Gaspedal durch.

Ein paar Sekunden darauf – der Bus hatte schon wieder Stadtgeschwindigkeit und beschleunigte weiter – erkannte Valerie in der Ferne etwas Voluminöses, das auf einem dünnen, vertikalen Strich balancierte. Medizinball auf Soletti? Stolwerk auf Fahrrad. Er schlingerte auf dem glatten Untergrund. Je näher sie ihm kam, desto absurder war das Bild, das er abgab. Sein Hintern schien den Sattel und einen guten Teil der Sattelstange verschluckt zu haben.

A.F.F.!, schrie die böse Souffleuse. Valerie grinste.

„Fahren Sie neben diesen Fahrradfahrer, halten Sie sein Tempo und öffnen Sie die Türe", wies sie den Chauffeur an und ergänzte in Befürchtung eines erneuten *Tststs*: „Bitte."

Dieser kam der Aufforderung nach. Als sie parallel waren, schrie Valerie hinaus: „Stolwerk! Hallo, Stolwerk! Halt an!" Dazu fuchtelte sie mit ihren Händen.

Er drehte seinen Kopf zu ihr, runzelte die Stirn und hätte in diesem kleinen Moment der Unachtsamkeit fast die Kontrolle über sein Rad verloren, das Vorderrad war schon halb weggerutscht, aber mit einem kräftigen, erstaunlich wohldosierten Stampfer brachte er sich und seinen Drahtesel wieder ins Lot.

„Halten Sie an!", trug Valerie dem Busfahrer auf. Beide Gefährte kamen gleichzeitig zum Stillstand. Stolwerk stieg ab, lehnte das Fahrrad an einen Mast und sprang in den Bus. Valerie machte ihm Platz. Sein Gesicht war schweißgebadet und sein Geruch war nicht mehr der frischeste.

„Bus?", keuchte er zur Begrüßung und beugte sich dann vor.

„Weiterfahren", befahl Valerie, „bitte."

„So was ... Blödes", kam es von unten, „Autobatterie leer ... Fahrrad." Dazu hechelndes Röcheln, abgelöst von röchelndem Hecheln.

„Meines war eingeschneit. Also den Bus genommen."

„Res...pekt!"

„Stolwerk, hab ich's richtig verstanden? Trenkwalder ist mit einem Kind rausgekommen und per Taxi unterwegs zum Flughafen?"

„Ja ... denke schon ... Brille, jung. Braun! ... groß. Und Rucksack ... Kind ... und Koffer."

„War es Lizah?"

„Keine Ahnung ... Kinder sehen ... doch irgendwie alle ... gleich aus ... Mütze auf ... Foto ... zu weit weg!"

Tun sie nicht, protestierte Valerie still. „Es könnte aber Lizah sein?"

„Ja."

„Und Koffer."

„Ja."

„Dann sind sie sicher zum Flughafen. Autobahn und Hauptbahnhof liegen in der anderen Richtung."

„Ja."

Willst du diese weißhaarige Frau zu deiner Angetrauten nehmen?, versuchte die böse Souffleuse, seinen Ja-Lauf schamlos auszunutzen. Mehr als die zwei Buchstaben schien er nicht mehr herauszubringen.

„Und ... Hasenstall?", fuhr Valerie mit der Rätselstunde fort.

„Hasen...*stadel!*"

„Was?"

„Na Taxi ... Hasenstadel! ... Nackerte!"

„Ist doch klar", rief die alte Dame und schlug mit der flachen Hand auf die gepolsterte Haltestange vor ihr, „das Taxi hatte Werbung für den Hasenstadel drauf! Saunaclub, ha! Als würde man *Wohlfahrt* aufs Casino schreiben! Ein dreckiger Puff ist das! Die Werbung für den Schweinkram fährt doch seit Monaten in Innsbruck herum."

Langsam kam Stolwerk wieder hoch, sah die Rätselkönigin an und hob den Daumen. Dann lachte er, ein wenig zu laut, ein wenig zu irre. Zum Fremdschämen. Doch die rüstige Frau lachte mit, ein wenig zu laut, ein wenig zu irre. Valerie sah nach oben, dann zum Fahrer und drängte diesen, noch schneller zu machen. Vorne rechts sah sie Flutlichter, in deren kegelförmigem Schein kleine, zugeschneite Flugzeuge zu erkennen waren. Der illuminierte Schneefall wirkte, als würde eine höhere Macht eine gigantische Staubzuckerdose schütteln.

„Fahren Sie direkt vors Terminal. Langsam ... Stolwerk, wo ist das Taxi?"

„Ganz vorne, siehst's? ... der Van! Aber vergiss das Taxi ... sind längst ausgestiegen ... und im Terminal! ... stehen bleiben!"

Der Fahrer hielt an und öffnete die Türe. Vorm Aussteigen wandte sich Valerie noch der Seniorin zu. „Vielen Dank. Sie waren ein Engel."

„Finden Sie den Sauhund!", gab sie ihr zum Abschied und zeigte die gedrückten Daumen. Oder Fäuste? Egal.

Nachdem sie auch dem Fahrer ein „Danke!" zugeworfen hatte, sprangen Valerie und Stolwerk ins Freie und liefen ins Abflugterminal. Gottlob gab es in diesem Mini-Flughafen nur wenige Schalter und – zu dieser morgendlichen Stunde, bei diesem Wetter – noch weniger Flüge. Tote Hose. Kaum Menschen auf den Wartebänken, die Sicherheitsschleusen leer. Die Minischlange am Check-in wurde von einer einzigen Bediensteten abgefertigt. Gerade kümmerte sie sich um zwei Anzugträger, dahinter wartete eine Familie, deren Vater so gar keine Ähnlichkeit mit Trenkwalder hatte, dann ein einsamer Eishockeyspieler mit mächtigem Sack und zusammengeklebten Schlägern sowie zwei sichtlich nervöse junge Frauen mit Tramper-Rucksäcken, die noch schnell zwei Kurze in sich

schütteten. Doch so schön es auch gewesen wäre: Keine
Spur von einem einzelnen Mann mit braunen Haaren,
Brille und Kind.

„Stolwerk, frag die in der Personenkontrolle!"

„O.k.", antwortete er und trottete los. Valerie eilte an
der Schlange vorbei, ignorierte das englisch akzentu-
ierte „Hey!" des Eishockey-Cracks und wandte sich an
die Frau im knallroten Kostüm. „Mauser, LKA. Haben
Sie gerade einen großen Mann mit kastanienbraunen
Haaren, Brille und einem kleinen Kind abgefertigt?"

„Zu meinem Bedauern: nein", gab diese zurück und
zwinkerte keck.

Valerie schlug die Hände auf das Pult, wandte sich
ab und drehte einen Halbkreis durch die Halle. Auch
die Bänke im oberen Teil waren verwaist, alle geplan-
ten Ankünfte auf der Anzeigetafel darüber annulliert.
Wenn überhaupt, dann konnte man bei diesen Witte-
rungsverhältnissen höchstens aus Innsbruck abfliegen.
Die Bäckerei im Eck hatte schon geöffnet. Zwei Pen-
sionisten tranken Kaffee und lasen Zeitung, erweck-
ten den sonderbaren Eindruck, zum Inventar zu gehören. Valerie wunderte sich, wie sie es hierhergeschafft
haben mochten, bei dem Chaos, das sich draußen
abspielte. Mehr war nicht zu sehen. Dann kam Stolwerk zurück.

„Und?", warf sie ihm entgegen.

„Nein, sie haben heute noch gar kein Kind gesehen", antwortete er.

„Die können sich doch nicht in Luft aufgelöst haben!"
Sie sah Stolwerk an, der einen hilflosen Gesichtsausdruck aufgesetzt hatte und die Schultern hob. „Das
Taxi!" Noch während sie es sagte, lief Valerie zum Ausgang, hinaus ins Schneegestöber und ganz nach vorne,
wo es immer noch stand. Das Fahrzeug war allseits mit

nackten Tatsachen beklebt, über den entscheidenden Stellen prangte der Schriftzug des Hasenstadels. Valerie klopfte aufs Dach und lief zur linken Vorderseite. Der Fahrer senkte die Scheibe.

„Mauser, Polizei. Haben Sie eben Gäste aus der Noldinstraße zum Flughafen gebracht? Einen Mann mit Brille und ein Kind?"

„Ja, aber ..."

„Warum sind die dann nicht da drin?", unterbrach sie den schnurrbärtigen Mann und deutete aufs allgemeine Abflugterminal.

„*General Aviation*!", sprach er deutsch aus.

„General ... wer? Was für ein General?"

„Na ganz vorne. Über dem Eingang steht ,General Aviation'!"

„Danke!" Valerie machte kehrt, lief los und deutete Stolwerk, der sie inzwischen fast erreicht hatte, mit einer kreisenden Handbewegung, es ihr nachzutun.

„Aber da war no...", hörte sie den Fahrer noch rufen, dann lärmte eine Schneefräse los. Unwichtig. Valerie hastete, so schnell es ihr Zustand erlaubte, ließ Stolwerk links liegen, der sich in Zeitlupe zu bewegen schien, als wäre er in einem Paralleluniversum unterwegs, in dem es eine andere, jedenfalls gemächlichere Zeitkonstante gab.

„Valerie, ich ruf jetzt die Kollegen, o.k.?", schrie er ihr nach.

Soll er machen, dachte Valerie, antwortete ihm aber nicht, lief weiter. Sie würde Trenkwalder gleich geschnappt, Lizah befreit und damit ihre Mission beendet haben. Sollte er aber wider Erwarten mit dem Kind entkommen, führte ohnehin kein Weg um einen internationalen Haftbefehl herum. Wenigstens wusste sie dann, auf wen er auszustellen war.

Valerie kam ans Ende des Gebäudes. Dort stand „General Aviation" über einem Eingang zu lesen. Sie lief hinein und durch den gläsernen Windfang nach links, wo sie zwei Sicherheitsbeamte an einem Röntgengerät für Gepäck und einem Metalldetektor für Personen empfingen – und große Augen machten.

„Mauser, LKA. Haben Sie gerade einen Mann reingelassen? Mitte zwanzig, braune Haare, dicke Brille? Und ein Kind?"

Nun schienen dem jungen Mann und der Frau in den Fünfzigern tatsächlich die Augen rauszukugeln. So musste *Bauklötze staunen* aussehen. Dann sahen sie sich an, zuckten gleichzeitig mit den Schultern und richteten ihre Blicke wieder auf sie.

„Haben Sie oder haben Sie nicht?", drängte Valerie.

Die Frau antwortete: „Doch, aber ... wie war Ihr Name ... Mauser? Vom LKA?"

Die beiden waren zum Mäusemelken. Sie musste an ihnen vorbei. „Ja. Oberstleutnant Valerie Mauser. Landeskriminalamt Tirol. Ich verfolge einen Entführer. Lassen Sie mich sofort durch."

„Aber das haben wir doch gerade!", stammelte der Jüngling.

Nun staunte Valerie Bauklötze. An ihrer Theorie mit dem Paralleluniversum musste etwas dran sein. „Was meinen Sie?"

Die Dame übernahm die Antwort. „Na, eine Frau Mauser vom LKA hat uns ihren Dienstausweis gezeigt und ist raus aufs Vorfeld." Dann flüsterte sie weiter: „Zeugenschutzprogramm!"

„Und die hatte ein kleines Kind dabei? Blond? Lockenkopf?"

„Und einen Mann."

„Mit Brille?"

„Mit Brille."

„Und deren Ausweise?"

„Geheimsache, haben Sie gesagt ... ich meine, die andere", stammelte die Kontrolleurin.

Valerie war außer sich, konnte nicht fassen, dass eine Fremde mit ihrem gestohlenen Ausweis zu den Flugzeugen gelangt war und zwei weitere Personen ungeprüft durchschleusen konnte. Und wo die Marke war, konnte auch die Dienstwaffe nicht weit sein, die seit der Geldübergabe fehlte. „Noch mal: *Ich* bin Valerie Mauser! Haben Sie das Foto am Ausweis nicht geprüft?"

„Die sah genauso aus wie Sie, mit den Haaren und so."

„Ja, bis auf das blaue Auge und das Pflaster, aber nicht so hübsch", ergänzte der junge Mann.

Valerie konnte es nicht fassen. Da standen zwei Platzhalter von Sicherheitspersonal mit Tomaten auf den Augen und einer davon machte ihr auch noch schöne. Augen.

„Lassen Sie mich sofort durch!", forderte Valerie und eilte durch den Metalldetektor, der sofort losmaulte.

Der junge Charmeur stellte sich breitbeinig in den Weg. Sein schmalziges Lächeln war verschwunden. „Halt! Sie dürfen hier nicht durch, ohne sich auszuweisen!"

„Aber die Marke haben Sie doch schon gesehen!"

„Sie müssen zusammen mit Ihrem Ausweis durch die Kontrolle gehen!"

Valerie erkannte die Sinnlosigkeit, Sicherheitsleuten mit Logik oder Flexibilitätswünschen zu kommen. Vorschrift war Vorschrift. Ein flüchtiger Blick auf seine Seite verriet, dass er keine Waffe trug – auch das Personal an der Eingangskontrolle der General Aviation gehörte zu einem privaten Sicherheitsdienst – und sie daher keine Gewalteskalation zu befürchten hatte. Also duckte sie sich unter seinen Armen weg, wie sie es vom Boxen kannte, täuschte links an und drehte sich blitzschnell um die rechte Seite herum. In einer reflexartigen Reaktion hatte er sie zu fassen bekommen, ihr Mantelkragen würgte, doch Valerie gab nicht nach, riss sich los. Ihr Kehlkopf schmerzte. Der Wachmann kam aus dem Gleichgewicht und stürzte, die Frau schien sie gar nicht zu verfolgen. Valerie sah nach vorne und lief durch den Gang, was das Zeug hielt. Zu ihrem Erstaunen war dies die erste und einzige Kontrolle gewesen. Unbehelligt gelangte sie durch eine weitere Türe aufs Vorfeld, wo die Privatflugzeuge standen und gerade ein kleiner Businessjet losrollte. Ein Schwall kalter, schneereicher Luft begrüßte sie. Das Flutlicht wurde von den Eiskristallen verstärkt, Valerie musste sich die Hand an die Stirn halten, um ausreichend sehen zu können. Die Maschine hatte sich um neunzig Grad gedreht und war nun schon auf dem Zubringer zur Startbahn. Sie jagte auf direktem Weg hinterher, durch tiefen Schnee und über glatte, abgezogene Flächen. Ganz draußen an der Westseite des Flughafens war eine Schar diffus-oranger Drehlichter zu erahnen, nicht viel mehr als rhythmischer Lichtschein, dem Geräusch nach zu urteilen Räumfahrzeuge, die noch damit beschäftigt waren, den Niederschlag der Nacht von der Piste zu fräsen. Hinter den Triebwerken des Jets stob der Schnee in alle Richtungen. Es roch nach Kerosin. Das kleine Business-Flugzeug rollte schneller, als Valerie laufen konnte. Nun machte es eine Rechtskurve, um ganz ans östliche Ende der Bahn zu fahren, dort zu wenden und so die volle Beschleunigungsstrecke ausnützen zu können. Das brachte Zeit.

Einige Sekunden später, der Jet hatte inzwischen das Ende der Bahn erreicht und war rechts auf den

Umkehrplatz gebogen, stand Valerie auf der Startbahn und überlegte: *Stehen bleiben oder entgegenlaufen?* Sie sah hinaus zum Flughafengebäude, wo sie im dichten, illuminierten Gestöber Stolwerk und den Sicherheitsmann zu erkennen glaubte. Sie würden nicht rechtzeitig hier sein, um ihr zu helfen. Stolwerk schon gar nicht. Das Flugzeug, in dem Trenkwalder, Lizah und die falsche Mauser saßen, hatte schon neunzig Grad des Halbkreises geschafft, hatte es offensichtlich eilig. Ob die Piloten eine dunkel gekleidete Person rechtzeitig sehen würden, war nicht sicher. Vom Kontrollturm brauchte sie sich keinen Startabbruch zu erwarten, die Sicht war so schlecht, dass aus der Ferne kaum Einzelpersonen auf der Bahn zu erkennen gewesen wären. Und dass die beiden Armleuchter vom Eingangsbereich den Tower verständigt hatten, wagte sie zu bezweifeln. Also sauste sie los, direkt auf den Flieger zu, und sah, wie sich dessen Scheinwerferkegel in ihre Richtung drehten. Gleich würden die Piloten Schub geben. Noch war sie hundert Meter entfernt, da hatte sich das Flugzeug ausgerichtet. Sie blieb stehen. Stand im Rampenlicht, überzeugt, dass man sie nun sehen musste, entschlossen, keinen Zentimeter zu weichen, komme, was wolle. Noch einmal hörte sie sich atmen. Dann das Aufheulen der Turbinen. Waren diese Affen blind?

Sie drehte sich um. Draußen im Westen musste doch noch das Räumkommando sein! Aber die Fahrzeuge hatten die Bahn verlassen, kamen jetzt am südlichen Rollweg zurück zu den Hangars. Sie fuhr herum.

Kanonenfutter, hallte ihr durch den Kopf. *Todessehnsucht im Auge der Gerechtigkeit.* Hatten Stolwerk und die weniger diplomatischen Wiener Kollegen Recht? Wenn, dann stand der ultimative Beweis ihrer Theorie unmittelbar bevor. Die Lichter des Jets wurden größer und heller. Er kam. Nun war es so oder so zu spät, um auszuweichen: Ein Hechtsprung hätte sie vor der Kollision, nicht aber davor bewahrt, vom Schub der Triebwerke gegrillt zu werden. Valerie schloss die Augen. Breitete ihre Arme aus. Todesmutig. Lebensmüde? Fügte sich ihrem Schicksal, das Lizah hieß. Und Rebecca. Doch weder zog ihre Lebensgeschichte an ihr vorbei, noch stellten sich spontane Erleuchtungen ein. Es schneite, war kalt und Tonnen von Aluminium beschleunigten geradewegs auf ihren Körper zu. Ende, aus.

Plötzlich verstärkte sich das Getöse zum Quadrat. Sie öffnete ein Auge. Das Flugzeug verzögerte. Oder war das Wunschdenken? Nein, die Nase war tief über dem Boden. Die machten eine Vollbremsung – mit Umkehrschub! Noch zwanzig Meter ... zehn ... fünf ... dann hob sich die Vorderseite des Jets aus dem Federweg. Stillstand. Keine zwei Meter vor ihr. Valerie wankte drei Schritte zurück, atmete die Luft aus, deren Einatmen ihr entgangen war, sicher aber einige Zeit zurücklag. So vergingen Sekunden, in denen weder die eine noch die andere Seite etwas unternahm.

Dann Licht in der Pilotenkabine. Der Flieger war so klein, dass die Piloten nur wenig oberhalb von Valerie saßen. Nun hatte das Flugzeug ein Gesicht, besser gesagt zwei, beide unbekannt. Der Mann auf der linken Seite drehte sich um, schien den Passagieren zu berichten, was sich vorne abspielte.

„Hallo? Haben Sie den Verstand verloren?", hörte Valerie von hinten und riss den Kopf herum, der die Bewegung mit Schmerzen quittierte. Der junge Mann vom Sicherheitsbereich kam angelaufen, in seiner Rechten ein krachendes Funkgerät.

„Ich hab sie", sprach er hinein und wollte sie zu fassen bekommen, doch Valerie nutzte seinen ungeschickten Angriff, um ihn bauchwärts auf den Boden zu legen und dort zu halten.

„Ein letztes Mal, ich bin Oberstleutnant Mauser vom LKA. Wenn Sie nicht wegen Widerstands gegen die Staatsgewalt festgenommen werden wollen, lassen Sie die Angriffe bleiben und helfen Sie mir!"

Tststs, schallte es von links, aus völlig ungewohnter Richtung.

„*Bitte*. Haben Sie mich verstanden?"

Nach einem erstickten „Ja" ließ sie ihn frei, stand auf und blickte wieder in die Pilotenkanzel, in der nun mehr los war. Als ihr Verstand auflöste, was die Augen sahen, setzte ihr Herz einen Schlag aus, um mit Trommelfeuer weiterzumachen. *Schreck* wäre heillos untertrieben gewesen. *Schockstarre* traf es eher. Trenkwalder war im Cockpit, hatte Lizah im Arm und hielt eine Pistole an die Schläfe des Mädchens. Der Pilot links hielt ihm das Mikrofon vor den Mund.

„Machen Sie den Weg frei, alle beide, auf der Stelle, oder das Mädchen stirbt!", schallte es aus dem Funkgerät des Wachmanns. Valerie machte eine auffordernde Handbewegung, nahm den Apparat an sich und drückte den Sprechknopf. „Trenkwalder, das Spiel ist aus! Geben Sie auf, solange Sie noch können!"

„Das werden wir ja sehen!", rief er zurück, setzte Lizah ab und beugte sich vor. Eine Sekunde später heulten die Turbinen erneut auf. Doch die Bremsen lösten sich nicht. Darauf folgte ein Handgemenge im Cockpit, beide Piloten fuchtelten mit ihren Armen herum, schlugen auf Trenkwalder ein, drückten Knöpfe. Dann erloschen die Lichter. Schlagartig. Die Triebwerke fuhren herunter und kamen zum Stillstand. Als hätte ein

Torero diesem Aluminiumbullen den Todesstoß versetzt. Völlige Stille legte sich über die Szenerie. Nur Atmen. Und Schnee. Konnte man Schnee wirklich fallen hören? Dumpfes Stampfen, Stolwerk, der es auch geschafft hatte und japste, als stünde er vorm Kollaps. Ein vorwurfsvolles „Kanonenfutter!" war alles, was er noch herausbekam.

Der Jet stand leblos vor ihnen. Kein Licht, kein Laut, keine Bewegung. Eine halbe Minute standen sich Menschen und Maschine gegenüber, im dichtesten Treiben, schienen auf eine Reaktion des anderen zu warten.

Wer sich zuerst bewegt, hat verloren. Stolwerk fragt gleich, ob ich Beamtenmikado kenne, dachte sie.

„Oscar Echo Juliet Oscar Echo, not cleared for take-off, return to apron immediately", funkte der Tower sein Startverbot dazwischen.

Wie auf Kommando erwachte der Jet zum Leben, machte allerlei elektrische und hydraulische Geräusche. Dann drehten sich die Schaufelräder der Turbinen, schneller und schneller, bis diese wieder ihr charakteristisches Heulen angestimmt hatten. Das Licht ging an, zeigte Trenkwalder, der die Pistole nun an den Kopf des rechten Piloten hielt. Lizah war nicht mehr zu sehen. Schließlich krachte das Funkgerät.

„Aus der Bahn!"

„Das können Sie vergessen, Trenkwalder!", gab Valerie zurück. Sie als Kampfhühnchen hätte dem Flieger nicht viel anhaben können, aber wer sich einen Brummer namens Stolwerk ins Triebwerk saugte … sie bohrte ihren Blick durch die Cockpitscheibe, direkt zwischen die Augen des Entführers. Stand dort Angst? Sekundenlang tat er nichts. Dann nahm er das Mikrofon zum Mund.

„Mauser! Jetzt habe ich drei Personen in meiner Gewalt! Lassen Sie uns sofort starten, oder der Copilot stirbt! Sie haben zehn Sekunden, um zu verschwinden!"

Trenkwalder drehte den Arm und hielt die Waffe an den Kopf des linken Mannes.

Ja, es war Angst. Und Verzweiflung. Der Einzige, der hier am Steuer saß, war sie selbst. Valerie drückte den Sprechknopf. „Sie meinen vier?", funkte sie in die Metallröhre.

„Was?"

„Mit Ihnen befinden sich noch vier Personen an Bord. Nicht drei. Lizah, die Piloten und der Clown, der sich für mich ausgibt. Wer ist es? Franziska Hofer? Oder Ihre ach-so-nette Arbeitskollegin, Doktor Zach? Oder ein verkleideter Mann? Rauskommen!"

„Aus dem Weg! Sofort!" Die Funkverbindung war noch offen, als er den Piloten mit „Starten!" anbrüllte. Doch der Jet blieb stehen.

„Ich schieße jetzt! Hören Sie? Ich erschieße jetzt den Copiloten, und das ist Ihre Schuld! Drei!"

Valerie wog die Wahrscheinlichkeit ab, dass er Ernst machte. Da stand ein ängstlicher, überforderter junger Mann im Cockpit, der es nicht geschafft hatte, dem entführten Mädchen ein Haar zu krümmen.

„Zwei!"

Drückte er tatsächlich ab, wäre die Gefahr groß gewesen, die Druckkabine zu zerstören und einen Flug aus der Schlechtwetterfront heraus unmöglich zu machen.

„Eins!"

Doch sie durfte kein Menschenleben riskieren, wenigstens kein fremdes. Also hob sie beschwichtigend die Arme und wich langsam zur Seite.

„Einen Augenblick", krachte eine unbekannte Stimme aus dem Funkgerät. Dumpfes Grollen. Der Boden zitterte. Die Kolonne der Schneefräsfahrzeuge war am Terminal vorbeigeschossen und bog nun mit beachtlicher Geschwindigkeit auf die Startbahn, direkt auf den Businessjet zu. Zwanzig Meter vor ihnen stellten sich die schweren Fahrzeuge diagonal auf, um auch die letzte Lücke zu stopfen, durch die das Mini-Flugzeug gepasst hätte.

„Wenn Sie Lust auf Heavy Metal haben, geben Sie Stoff", funkte einer der Fahrer. Dann stiegen er und seine Kollegen aus den Lastern und entfernten sich demonstrativ, als wollten sie sagen: *Fahr sie doch selber weg.* Trenkwalder saß fest. Einige Momente starrte er auf die Barriere, dann drehte er seinen Kopf und schien aufgeregt mit hinten zu sprechen. Valerie, die wie Stolwerk und der junge Wachmann zur Seite gewichen war, versuchte, jemanden in der ebenfalls beleuchteten Passagierkabine zu erkennen. Doch dort schien alles auf Tauchstation gegangen zu sein. Also ging sie wieder direkt vor das Flugzeug, sah Trenkwalder an und hob das Funkgerät vor ihr Gesicht. „Aussteigen."

„Ich sprenge uns alle in die Luft jetzt!", schrie Trenkwalder so laut, dass er beinahe keinen Sprechfunk gebraucht hätte. In einem Dialekt, den er bisher vor ihr versteckt hatte. Besser gesagt, zu verstecken versucht hatte. Ganz war es ihm nie gelungen. Sie starrte den Mann an. Dieser Ausdruck, diese Nase, diese Linien …

Es traf sie wie der Blitz aus schneereichem Himmel. Ihr Gedächtnis löste die Verbindung zwischen zwei Fakten, die nicht zusammengehörten, und legte andere Bilder übereinander, die zu einem einzigen verschmolzen. Im Geist verknüpfte sie die neuen Erkenntnisse zur wahren Erklärung. Ihr wurde heiß vor Erregung, denn wenn stimmte, was ihr gerade bewusst geworden war – und das musste es –, war der Fall geklärt und Lizah gerettet. Auch, wenn man es dann nicht mehr wirklich als *Rettung* bezeichnen konnte.

„Herr Trenkwalder, Sie wollen Lizah in die Luft sprengen? Sie könnten ihr doch keinen Finger krümmen." Dann ging sie aufs Ganze. „Weil Sie ihr Papa sind." Und ergänzte, was das in letzter Konsequenz bedeutete: „Und Ihre Geliebte vom Arlberg, Janette Marinov, kann gleich mit aussteigen. Ich wette, Sie beide kennen sich aus dem Sandkasten, habe ich Recht?"

Er zeigte keine Reaktion. Starrte über Valerie hinweg, scheinbar durch die Räumkolonne hindurch.

„Und jetzt wollten Sie mit Ihrer schrecklich netten Familie und dem Geld verschwinden, solange es noch geht, richtig? Kommen Sie, steigen Sie aus und beenden Sie diese unwürdige Vorstellung." Valerie sah zu Stolwerk zurück, dem der Mund offen stand. Nach einem Augenzwinkern drehte sie sich wieder vor.

Sie hatte die Gemeinsamkeit zwischen Trenkwalder und Janette im Arlberger Dialekt erkannt. Dazu seine Gesichtszüge, die sich überaus dominant in Lizah wiederfanden. Das Mädchen konnte seine Herkunft nicht verleugnen. Doch das Offensichtliche war Valerie bisher verborgen geblieben. Denn ihr Verstand hatte die Ähnlichkeit in Sprache und Aussehen auf eine einzige fremde Person projiziert, die wie ein Phantom durch ihre Gehirnwindungen spukte, aber nie an die Oberfläche kommen konnte. Weil es sie nicht gab. Weil die gesuchte Einzahl in Wirklichkeit Mehrzahl war: Mutter und Tochter.

Eine knappe Minute darauf klackte es an der Seite des Jets und der Einstieg öffnete sich. Zuerst war nur der Copilot zu sehen, der die Türe, die gleichzeitig Treppe war, herabließ und dann wieder zurück ins Cockpit schlüpfte. Anschließend erschien Trenkwalder. Stolwerk polterte auf ihn zu, griff ihn sich, drückte ihn vornüber auf die Tragfläche und tastete nach der Waffe.

Dann drehte er sich zu Valerie, schüttelte den Kopf und hielt Trenkwalder unten. Als hätte sie umsonst auf Trommelwirbel und Tusch gewartet, tauchte die nächste Person erst auf, als Valerie schon daran dachte, hineinzugehen. Trotz gesenkten Kopfes und mächtiger Perücke, die eher einer gebrauchten Toilettenbürste ähnelte als Valeries Haaren, war klar, dass es sich um Janette handelte. Auch Valeries Kleidungsstil hatte sie imitiert: Jeans, Rollkragen, Jacke, sportliche Schuhe. Das Wehklagen der zukünftigen Ex-Frau des Oligarchen war ganz anders als beim Landeshauptmann oder auf ihrem Anwesen: abgründig. Sie schluchzte aus vollen Lungen, man konnte fast sagen, sie grunzte, mit hängenden Schultern, nutzlos herunterbaumelnden Armen und Zitronenknautschgesicht. Valerie packte sie am Arm, zog sie die Treppe hinunter und drückte sie neben Trenkwalder auf den Flügel. Auch bei ihr war keine Waffe zu finden, dafür aber der Dienstausweis, den Valerie dem jungen Sicherheitsbeamten mit den Worten „Schau genau!" zuwarf. Stolwerk legte seine freie Hand auf Janette Marinovs Rücken, sah Valerie an und nickte mit dem Kopf in Richtung Kabine. Noch einmal ging ihr Puls nach oben.

Sie nahm Stufe für Stufe, duckte sich und schaute ums Eck ins Flugzeuginnere. Dort kauerte sie, Lizah, ganz hinten an der Rückwand, die Beine angewinkelt, die Händchen vorm Gesicht. Valerie bewegte sich so leise wie möglich. Am ersten Passagiersitz lag ihre Waffe, noch gesichert. Sie steckte sie ein. In der zweiten Reihe hatte der Rucksack mit dem Geld seinen Platz gefunden.

„Hallo, Lizah", sprach sie sanft, keine zwei Meter vom Mädchen entfernt, „ich bin Valerie. Hab keine Angst. Ich bin hier, um dich zu beschützen."

Lizah weinte leise, antwortete nicht. Hin und wieder schniefte sie. Bittersüß.

„Willst du mit mir nach draußen kommen?"

Mit heftigen Kopfbewegungen verneinte sie, dann schien sich Trenkwalders Abbild in einen nicht vorhandenen Spalt in der Rückwand der Kabine zwängen zu wollen.

Valerie wartete eine halbe Minute, seufzte gut hörbar, wog sorgfältig ab, was sie als Nächstes sagen würde. Langsam holte sie Luft. „Ich bin so froh, dass ich dich gefunden habe. Ich hab auch eine Tochter, weißt du? Sie heißt ... Rebecca."

Keine Reaktion. Sie musste auf Bewährtes zurückgreifen. Auch, wenn sie es hasste.

„Schau mal, meine Haare können ein Kunststück!"

Das Mädchen tat, als ob es nicht hinsehen würde, doch zwei Finger hatten unübersehbar einen Sichtschlitz gebildet. Valerie fasste ihre Mütze ganz oben an und zog sie vom Kopf. Der Afro explodierte zu vollem Volumen. Das Weinen hörte auf. Lizah schien für Sekunden die Luft wegzubleiben. Als die optische Sensation gesickert war, meinte Valerie, ein Glucksen zu hören.

„Noch mal?"

Kopfnicken. Kaum wahrnehmbar. Bewusst oder unbewusst?

Sie wiederholte das unwürdige Spiel. Wie zum Dank setzte sich Lizah gerade hin, nahm die Hände vom Gesicht und zog die Backen hoch. Der Clown war angekommen. Eindeutig. Darüber konnten auch die geschwollenen Augen nicht hinwegtäuschen.

„Du hast aber auch ganz tolle Haare, Lizah."

Der Mädchenmund öffnete sich, formte zunächst nur stumme Vokale und Konsonanten. Dann begann sie zu reden: „Aber die können nicht springen!"

Obwohl sie sich zusammenreißen wollte, konnte Valerie nicht anders, als zugleich loszulachen und dabei zu weinen. Beides aus tiefstem Herzen. Sie kauerte sich zwischen die Sitzreihen vor Lizah und presste heraus, was heraus musste, laut, innig und tränenreich.

Dann spürte sie eine kleine Hand, die mehrmals auf das Haar drückte und daran zog. Valerie sah nicht auf.

„Nicht traurig sein", hörte sie Janettes Tochter sagen, während diese mit der manuellen Inspektion fortfuhr, „sind doch schön ... Mama wollte auch so welche, hat aber nur ganz hässliche bekommen."

Wieder kamen die Emotionen hoch. Lizah setzte sich an Valeries Seite und wartete, bis diese ausgelacht, ausgeweint und sich in ein Taschentuch geschnäuzt hatte.

„Wo ist mein Papa?", fragte sie leise.

Valerie glaubte, sich verhört zu haben. „Dein Papa? Du meinst ... Siegfried?"

Lizah lachte. „Du weißt ja gar nichts! Mein *Papa*", sprach sie russisch aus, den ersten Vokal in die Länge gezogen, „darf ich jetzt endlich wieder zu Papa?"

Draußen war ein Auto zu hören. Blaulicht drang in die Kabine. Valerie überlegte, was mit Lizah geschehen sollte. Boris war erziehungsberechtigt. Zudem schien er an ihrer Entführung emotional zu zerbrechen. Und das Mädchen sagte nichts von Janette oder Siegfried, es wollte *endlich wieder* zu Boris. „Ja, darfst du, Lizah. Ich bring dich zu ihm, versprochen. Wartest du ein bisschen hier drin? Ich komme gleich wieder."

Das Mädchen nickte und kauerte sich wieder an die Wand. Beim Aussteigen nahm Valerie den Geldrucksack mit und bat den Copiloten, die Türe wieder zu schließen, da der Innenraum bereits merklich ausgekühlt war, dazu wehte Schnee herein. Ein ziviler Wagen mit provisorischem Blaulicht hielt neben dem Flugzeug. Die Verstärkung. Ein Mann stieg aus. Valerie hätte lachen können, wenn es nicht zum Weinen gewesen wäre: Es war Nikolaus Geyer. Ihres Vorgängers verhinderter Nachfolger. Im Trainingsanzug.

„Ach? Morgen, Frau Mauser!"

„Grüß Gott, Herr Geyer. Wie kommen Sie denn hierher?"

„Die Bereitschaft hat mich angerufen. Ich wohne ja gleich da drüben." Er deutete auf Häuser am Ostrand des Flughafens. „Verstärkung ist in einer Minute da, Spezialkommando in einer Stunde. Und was veranstalten wir hier?"

Valerie beschloss, ihn die Flapsigkeit seiner Frage postwendend spüren zu lassen: „Die Verhinderung der Entführung aus dem Heiligen Land. Letzter Akt. Verhaften Sie diese beiden Personen und bringen Sie sie getrennt voneinander ins LKA. Verabredungsgefahr. Und geben Sie dem Einsatzkommando Entwarnung." Tststs, kam's von links. „Bitte."

Wie auf Stichwort wich die Anspannung aus seinem Gesicht. Er nickte. Konnte es wirklich sein, dass so ein kleines Wort so große Macht besaß? Wenn, dann hatte sie es bisher sträflich unterschätzt.

„Aber unter welchem Tatbestand? Entführung?"

Valerie überlegte kurz. Das eigene Kind ließ sich schwer entführen. Aber sie hatten dem Oligarchen gedroht, seine Tochter zu töten, und diesen so um Geld erleichtert. „Verdacht auf schwere Erpressung. Der Geschädigte ist Boris Marinov."

„Ach?"

„Ach. Übrigens, es handelt sich bei den Tätern um dessen Frau Janette und ihren Geliebten Siegfried Trenkwalder."

Noch war die Dämmerung schwach, aber auch im Scheinwerferlicht der Fahrzeuge meinte Valerie einen Anflug von Blässe um Geyers Nase zu erkennen.

„Aber wir können doch nicht ..."

„Und wie wir das können. Los, festnehmen." Von links gab es keine Einwände. Ein weiteres *Bitte* wäre dann doch albern gewesen.

„Ganz wie Sie meinen, Frau Mauser." Geyer löste Stolwerk ab, der zuletzt beide Täter mit einem quer über ihre Rücken gelegten Arm festgehalten und mit der freien Hand telefoniert hatte.

Mit dem Handy in der Hand kam er zu Valerie. Jede exponierte Stelle an ihm war angezuckert. Selbst in seinen Augenbrauen und Wimpern hatten sich Schneeflocken verfangen, die zu kleinen Tröpfchen schmolzen. „Das war unser Hilfssheriff. Frau Hofer ist gerade mit den Kindern nach Hause gekommen. Und wie es sich für Freizeitpolizisten gehört, hat er sie gleich in die Mangel genommen. Waren übers Wochenende bei ihrem Bruder im Burgenland und sind während der Nacht auf der Autobahn festgesessen. Und dann hat er mich gefragt, ob er sie einsperren soll."

„Was hast du geantwortet?"

„Das ... möchte ich irgendwie nicht wiederholen."

Der Kleine-Jungen-Blick verriet ihr, dass er böse gewesen war. „Hat er jetzt Angst vor Franziska?"

„Hm."

„Dann müssen wir die Sache wieder in Ordnung bringen."

„Mach ich."

Der Wachmann trat an Valerie heran. Mit einer Entschuldigung gab er ihr die Dienstmarke zurück. Im selben Moment fuhren weitere Polizeiautos vor. Sie übergab das sichergestellte Geld an einen Kollegen. Geyer

organisierte den getrennten Abtransport der Verhaf-
teten. Als diese gefahren waren, klopfte Valerie gegen
die Cockpitscheibe und deutete zur Seite. Der Copilot öffnete, ließ sie hinein und hob die Klappe wieder
hoch. Lizah kauerte wieder an der Rückwand, zwischen den Stühlen der letzten Reihe.

„Ich bin's wieder. Valerie."

Das Mädchen sah auf. „Noch mal!"

Also kamen die Haare zu ihrem dritten Auftritt. Dieses Mal begleitete sie das Aufploppen ihres Afros mit
einem hohen „Kuckuck!" Lizah lachte los.

„Noch mal!"

„Versprochen. Aber jetzt müssen wir erst aus dieser Kiste heraus."

„Wo ist Papa?"

„Komm, ich bring dich gleich zu ihm. Willst du einen
lebendigen Ballon sehen?" Das war fies. Aber käme es
raus, würde er sich zu revanchieren wissen.

„Ja!"

„Na dann komm!" Sie streckte ihr die Hand entgegen. Nach Sekunden des Zögerns griff die Kleine zu.
Valerie zog ihr den Reißverschluss hoch und stülpte
die Kapuze ihrer Jacke über. Dann ließ sie sich wieder aufmachen, stieg aus dem Jet, hob Lizah herunter, ging neben ihr in die Hocke und zeigte auf ihren
Gefährten. „Da! Er heißt Stolwerk!"

Das Mädchen machte große Augen und hob den rechten Arm in seine Richtung, die kleinen Finger vollständig
vom Ärmel verschluckt. „Der ist ja noch dicker wie Papa!"

„Ja, wen haben wir denn da?", brummte der Ange-
sprochene und lachte. Sein Gesicht war von Kälte und
Anstrengung gerötet. Zusammen mit dem Schnee, der
an verschiedenen Stellen auf ihm gelandet war, fehlte
ihm nicht mehr viel zum perfekten Weihnachtsmann.

„Kennst du meinen Papa? Der ist auch ein Ballon."

Stolwerk sah zu Valerie, winkelte die Arme an und flatterte mit imaginären Flügeln. So dezent, dass nur sie es registrierte. Dann antwortete er dem Mädchen: „Ja, den kenn ich. Der freut sich sicher schon ganz doll auf dich. Komm!" Stolwerk wollte ihr die Hand geben, doch das Mädchen krallte sich in Valeries Mantel fest.

„Lizah, sollen wir zu Fuß zu Papa auf den Berg hinaufsteigen oder mit einem richtigen Polizeiauto fahren?", fragte diese.

„Polizeiauto!"

„Mit Blaulicht oder Grünlicht?"

„Blau!"

„Abgemacht! Such dir eins aus."

Unter mehreren Tourans ragte ein Touareg hervor. „Das da!", wählte sie den Geländewagen aus. Valerie lachte. So sehr Siegfried ihr im Gesicht stand, den teuren Geschmack hatte sie unbestreitbar von ihrer Mutter.

Ein junger Streifenpolizist fuhr Lizah, Valerie und Stolwerk auf die Hungerburg. Da der Frühverkehr noch nicht angerollt war, kamen sie gut voran. Immer noch schneite es. Und obwohl es bereits eine ganze Weile dämmerte, wollte es auch an diesem Morgen nicht wirklich hell werden. Lizah hatte auf das versprochene Blaulicht bestanden und starrte gebannt auf alles, was das Licht draußen reflektierte.

„Können Sie bitte ordentlich einheizen?", bat Valerie den Fahrer, da die Aufregung langsam der Kälte wich, die nach wie vor in ihren nassen Kleidern gespeichert war.

Stolwerk, der vorne saß, drehte sich herum und holte Valerie mit gekrümmtem Zeigefinger in Flüsterdistanz. „Willst sie ihm wirklich einfach so übergeben?"

253

„Ich würde sagen, das machen wir situationselastisch", antwortete sie mit dem Wort, das einen österreichischen Verteidigungsminister berühmt gemacht hatte.

Er grinste. „Gut. Und was sagst ihm alles?"

„Jedenfalls nicht, dass er gar nicht Lizahs Vater ist, wenn du darauf hinauswillst. Aber er wird sich fragen, wo Janette ist."

„Meinst, die hat gar nichts von mir gewollt?", spielte er auf ihren Annäherungsversuch an und machte ein Schmollgesicht.

„Hätte sie denn Chancen gehabt?"

„Nö ... außer ..."

„Hm?"

„Außer sie hätte mir dabei einen heißen Kaiserschmarrn unter die Nase gehalten."

Valerie lachte. Dass er eine Mehlspeise als Starter brauchte, um eine Tiroler Schönheit vernaschen zu können, konnte auch nur Stolwerk einfallen.

Der Weg führte an David Hofers Haus vorbei. Ihr Dienstauto stand immer noch diagonal in der Parklücke, eingesperrt von der Schneemauer. In seiner Wohnung brannte Licht. Sie wünschte ihm baldige Genesung. Die Höhenstraße hatten sie dank Allrad schnell bezwungen, und so standen sie keine Stunde nach der Verhaftung der Täter vor Marinovs Haus und klingelten.

„Da?", meldete sich der Austro-Russe persönlich.

„Herr Marinov, hier ist Mauser vom LKA. Ich hab da wen für Sie."

Sofort ging das Tor auf. Sie waren noch am Zufahrtsweg, als er ihnen entgegengelaufen kam. In Socken und Unterwäsche.

„Papa!", schrie Lizah.

Boris Marinov flog zur linken hinteren Türe, als hätte er trotz der verdunkelten Scheiben genau gewusst, wo seine Tochter saß, riss am Griff und schrie: „Lizabetta!"

„Papa!" Sie streckte ihm die Ärmchen entgegen.

Er hob sie aus dem Wagen, hoch ins Schneegestöber und drehte sich mit ihr im Kreis. Dabei schien er zu singen, eine Mischung aus Weinen, Klagen und euphorischem Jubel strömte aus ihm, wie auch die Tränen. Dann nahm er sie zur Brust, umarmte sie und schwang seinen Oberkörper hin und her. Die Kleine stemmte sich etwas ab, legte ihre Nasenspitze an seine und brabbelte los, russisch, wie ein Wasserfall erzählte sie, und er antwortete, Valerie verstand kein Wort. Die innige Vertrautheit zwischen Boris und Lizah räumte alle Bedenken beiseite: Hier waren sich zwei grüner als grün.

Je mehr es aus Lizah strömte, desto ernster schien das Gesicht des Oligarchen zu werden. Valerie glaubte zu erkennen, dass er ihr Fragen stellte und sie diese auf Kinderart, offen und ehrlich, beantwortete. Was erzählte sie ihm gerade? War ihm schon ein Licht aufgegangen, wer ihn die ganze Zeit betrogen hatte?

„Kommen!", rief er den anderen zu.

Dann lachte er wieder, küsste Lizahs Haare und trug das Mädchen ins Haus. Valerie und Stolwerk folgten.

„Danken viele Male … nicht genug wissen sagen … danke."

„Schon gut. Ich freue mich, dass wir Lizah finden konnten", antwortete Valerie und musste sich unwillkürlich schütteln.

„Aber Sie ganz nass, warten!", kommentierte er ihr Aussehen, trottete in einen Nebenraum und kam mit einem Stapel großer Badetücher mit gülden eingestickten M's zurück, die er den Gästen in die Hände drückte.

Dazu hatte er ein russisches Lied auf den Lippen. Lizah war sofort zur Couch gedüst und hantierte an einer Konsole, kurz darauf war die Kleine schon in ihrem Spiel versunken. Boris Marinov stand da, konnte seinen Blick nicht von ihr losreißen, murmelte immer wieder „Lizabetta" und summte dann seine östlich kolorierte Glücksmelodie, während sich Valerie und ihr Gefährte trockenrubbelten.

Nachdem er Stolwerk mit *dem besten Wodka, den er kannte,* beglückt und Valerie ebenso ungefragt einen Whisky in die Hand gedrückt hatte – den sie sich der Kälte wegen auch gönnte –, zog er sie vertraulich zur Seite. „Lizah sagen Janette sie versteckt bei Mann?"

„So, wie es aussieht, ja. Sie haben die Entführung nur vorgetäuscht. Tut mir leid."

Sein Ausdruck verhärtete sich. „Was für Mann ist?"

„Das darf ich Ihnen noch nicht sagen. Aber ist das wirklich wichtig?" Valerie zitterte. Die Kälte saß ihr tief in den Gliedern.

Er wandte sich ab und sah zu Lizah. „Hauptsache, mein Lizabetta wieder da."

Dass sie höchstwahrscheinlich ein Kuckuckskind war, würde er noch früh genug erfahren müssen. Wenn er nicht von selbst draufkam, würden Janette, Trenkwalder oder deren Anwalt möglicherweise dafür sorgen. Wenn sie allerdings clever waren, würden sie ihren Mund halten und ihn für Lizah weiterzahlen lassen. Aber das war nicht mehr Valeries Angelegenheit. Das Kind war hier in überraschend liebevollen Händen, und nur das zählte.

„Herr Marinov, ich muss jetzt ins LKA, die Vernehmungen warten. Bitte tun Sie nichts, ohne mir Bescheid zu sagen, ja?"

„*Da.*"

„Bis bald, Lizah!", rief sie in Richtung Couch.

„Valerie, warte!" Die Kleine ließ das Steuerungsgerät fallen und sauste zu ihr. „Noch mal! ... Papa, schau!"

Sie hatte es versprochen. Also Mütze auf, plopp und Kuckuck. Vor Boris. Lizah schrie vor Vergnügen und starrte gleich darauf ihren Papa an, der ihr verschämt grinsend signalisierte, dass sie wirklich etwas Tolles entdeckt hatte.

„Noch mal!"

Marinov hob sie hoch, sprach russisch auf sie ein und küsste sie. Sie schmollte und stemmte sich ab, womit er sie wieder herunterlassen musste. Dann lief sie zur Couch zurück und versank in ihrer Spielewelt.

Der Oligarch ließ Valerie und Stolwerk nicht gehen, ohne ihnen jeweils eine warme Decke über die Schulter geworfen zu haben.

„Danke", sagte Valerie.

„Ich danke."

Der erste gerade Satz aus seinem Mund musste purer Zufall gewesen sein.

Drei Stunden später schloss Valerie nachdenklich die Türe des Vernehmungszimmers. Gerade hatte Janette Marinov ihre Aussage gemacht und würde bald von der Justizwache abgeholt werden. Geyer war noch an der Untersuchungshaft dran, doch dass diese über sie verhängt werden würde, war eindeutig. Weil sie gesungen hatte wie das viel zitierte Vögelchen, und obwohl sie Siegfried Trenkwalder massiv beschuldigt hatte und keinen Millimeter von ihrer Position abgewichen war, so gut wie unschuldig zu sein. Es blieb genug übrig, das man ihr anlasten konnte. Nun war ihr Mittäter an der Reihe, der ein Zimmer weiter ausreichend Zeit gehabt hatte, sich seine Strategie zurechtzulegen.

Sie trat ein. Mit ihm saß der Anwalt im Raum, auf den Trenkwalder – im Unterschied zu Janette Marinov – bestanden hatte. Valerie war sich sicher, dass deren schön ausgedachte Strategien gleich im Mistkübel landen würden.

„Grüß Gott, Herr Doktor Trenkwalder. Und guten Tag, Herr ...“

„Doktor Markl. Frau Mauser, hab ich Recht? Wegen der ...“ Er zeigte auf seine Haare, meinte aber ihre. Und als hätte sie nicht verstanden, umkreiste er auch noch sein linkes Auge.

„Mauser ja, aber von Geburts wegen. Setzen wir uns.“ Valerie startete das Aufnahmegerät und sprach die Eckdaten der Vernehmung aus. Dann wandte sie sich Trenkwalder zu. „Bitte, beginnen Sie.“

Er sagte nichts, schaute stattdessen zu seinem Anwalt.

„Mein Mandant macht von seinem Aussageverweigerungsrecht gemäß Strafprozessordnung und Europäischer Menschenrechtskonvention Gebrauch.“

Das war zu erwarten, würde sich aber gleich ändern – sobald er gelesen hatte, was sie in Händen hielt. Also schob sie ihm das Blatt zu. „Das hier sollten Sie sich ansehen.“

Doktor Markl beugte sich vor, zog es anstatt seines Mandanten zu sich, nahm seine Brille ab und kaute darauf herum, während er las. Siegfried Trenkwalder lungerte tief in seinem Stuhl, die Arme verschränkt, als ginge ihn das alles nichts an.

Valerie schenkte Wasser ein und hielt es den Herren hin, die sich des Mauser'schen Menschenrechts auf frisches Alpquellwasser entschlugen. Der Anwalt seufzte und legte das Blatt zurück auf den Tisch. „Mein Mandant muss das nicht lesen.“

„Aber er sollte, in seinem eigenen Interesse, nicht wahr?"

Der Rechtsbeistand schien unentschlossen mit sich selbst zu ringen. Valerie beschloss, nachzulegen. „Oder möchte er wirklich als Alleinbeschuldigter vor Gericht stehen?"

„Das ist doch eine Mutmaßung!", protestierte Markl.

Trenkwalder blies Luft aus, nahm das Papier hoch, wollte es, nachdem er es zunächst nur überflogen hatte, scheinbar auswendig lernen.

——

AZ.: 49 LKAT 129/839
T: Erstvernehmung
VnB., Prot.: Oberstleutnant Valerie Mauser
Betreff: Aussage Janette Marinov

Ich, Janette Marinov, gestehe hiermit die Begehung folgender Handlungen und Tatbestände: Auf Anstiftung durch Doktor Siegfried Trenkwalder, den ich seit meiner Kindheit kenne und zu dem ich mehrere Jahre eine Beziehung hatte, habe ich meine Tochter Lizah vergangenen Mittwoch heimlich aus dem Kinderskikurs auf der Seegrube geholt und zu Doktor Siegfried Trenkwalder verbracht, wo sie in beiderseitigem Einvernehmen bis zur gemeinsamen Flucht bleiben sollte. Doktor Siegfried Trenkwalder hatte alleine die Idee, meinen Mann und Vater von Lizah, Boris Marinov, um die Summe von einer Million Euro, einer Million Schweizer Franken und einer Million US-Dollar zu erpressen, indem er die Entführung meiner Tochter vortäuschte. Zu diesem Zweck hat er alleine E-Mails formuliert und an mich gesandt und ich habe darauf so reagiert, wie er von mir gefordert hat. Ich gestehe, an dieser Tat mitgewirkt zu haben, mit dem Vorbehalt, dass ich unter psychischem Druck stand. Als sich mein Mann weigerte, zu bezahlen, hat Doktor Siegfried Trenkwalder alleine beschlossen, den Finger einer Leiche aus seiner Arbeit an der Gerichtsmedizin Innsbruck mitzunehmen und diesen als zusätzliches Druckmittel einzusetzen, wogegen ich mich erfolglos zu wehren versuchte. Bei der Geldübergabe hat er die anwesende Polizistin Valerie Mauser tätlich angegriffen. Ich gestehe, dass ich ihm deren Standort verraten habe, den ich aus der Besprechung am selben Tag kannte, und ihm auch die Funkfrequenz mitgeteilt habe, auf der Frau Mauser und ihr Kollege miteinander kommunizierten. Statt das Geld in den Container zu werfen, habe ich nur kurz davor gehalten und bin dann weitergefahren, um es an einem anderen Platz abzustellen, wo Doktor Siegfried Trenkwalder es dann mit sich nahm. Die Flucht hätte heute Früh sofort nach Öffnung des Flughafens um sechs Uhr erfolgen sollen, da der zu diesem Zweck gecharterte Privatjet erst am späten Montagabend in Innsbruck eingeflogen und dann ab dem Dienstagmorgen verfügbar war. Doktor Siegfried Trenkwalder hatte geplant, den Flugplan während des Flugs von Rom auf Kairo zu ändern und in Ägypten mit gefälschten Dokumenten an Bord einer Verkehrsmaschine nach Kanada zu gehen, wo wir das weitere Vorgehen planen wollten.

Ich bereue meine Mitwirkung an der Tat zutiefst und ersuche aufgrund meines vollumfänglichen Geständnisses um milde Beurteilung. Ich bestehe auf die Aufnahme der Tatsache in dieses Protokoll, dass ich meinen Mann Boris Marinov und unsere gemeinsame Tochter Lizah aufrichtig liebe und ihn inständig um Verzeihung bitte.

Hiermit bestätige ich die vollumfängliche Richtigkeit dieser von Oberstleutnant Valerie Mauser zu Papier gebrachten Aussage.

{Ort, Datum, Unterschrift Janette Marinov}

——

„Das ist doch eine Fälschung", gab er seiner letzten Hoffnung Ausdruck und warf das Blatt auf den Tisch.

Valerie antwortete nicht, ließ ihn selbst auf die Lächerlichkeit seines Vorwurfs kommen. Während er gelesen hatte, war sein Missfallen deutlich zu erkennen gewesen. Dann hatte er sich mehr Mühe gegeben, seine Maske aufzubehalten. Doch nun konnte man es förmlich brodeln sehen. Zeit, ihn aus der Reserve zu locken.

Sie hatte ja schon einige Fluchtpläne zu Ohren bekommen, aber dieser hier war der naivste von allen gewesen. Wie wären sie mit so viel Bargeld durch die vielen Durchleuchtungen gekommen? Möglicherweise hätte man diesen oder jenen Beamten schmieren können, aber alle? Und selbst, wenn ihnen das gelungen wäre, hätten gefälschte Pässe kaum getaugt, um westliche Sicherheitskontrollen zu überlisten. Vielleicht konnte man Trenkwalder mit seiner eigenen Beschämung kommen.

„Oh Canada!", säuselte Valerie ihren bewusst eingesetzten Nadelstich und verlieh ihm die Tonfolge der kanadischen Nationalhymne. Er sah auf und starrte sie an, wuterfüllt, mit bebenden Lippen. Gleich war er so weit. Zeit, den Nerv zu ziehen, wie der Zahnarzt sagte. „Wie konnten Sie Boris Marinov nur seine geliebte Tochter wegnehmen?"

Ja, sein Kragen würde platzen. Der Punkt ohne Rückkehr war überschritten. Unübersehbar. Noch fünf, vier ...

Seine Tochter!", unterbrach er ihren stillen Countdown. „Was wissen Sie schon, Sie Witzfigur! So jemand wie Sie gehört doch in den Zirkus und nicht zur Polizei! Früher hätte man Leute wie Sie ..."

„Schluss jetzt!", bellte der Anwalt dazwischen.

Doch Trenkwalder ließ sich nicht mehr stoppen: „*Seine* Tochter! Dass ich nicht lache!" Er riss Janettes Aussage wieder an sich. „Und diese verdammte Schlampe meint, sie kann einfach wieder zurück und ihr schönes Leben in ihrem beschissenen Oligarchenkokon weiterführen und sich das nächste Bettabenteuer suchen und das nächste Ki... das ist doch alles gelogen! Sie war's. Sie ganz alleine! Haha! Ja, ich bin unschuldig!"

Aus seinem hysterischen Geschrei war vor allem ein Wort herausgestochen: Oligarchenkokon. Valerie erinnerte sich sofort, wo sie es gelesen hatte: im Internet. Steckte Trenkwalder auch hinter den anonymen Anschuldigungen gegen Marinov, die sie dort gefunden hatte?

„Sie sind also auch dieser Blogger ...", sprach sie langsam aus, grübelte und konnte sich tatsächlich an den ungewöhnlichen Namen der Homepage erinnern: „mandersischzeit Punkt at?"

Er schien verdutzt. „Ich sage nichts mehr, außer, dass ich unschuldig bin."

Das war kein Nein. Und drehte man die Zeit zurück, ergab sich im hasserfüllten Artikel ein gemeinsames Motiv zur Monate später vorgetäuschten Entführung. Sie fuhr fort: „Dann haben Sie es zuerst mit Diffamierungen versucht und meine Kollegen auf Marinov gehetzt, und als das nicht geklappt hat, auf vorgetäuschte Entführung und Erpressung umgesattelt, um Ihr gemeinsames Leben zu beginnen?"

Treffer, versenkt. Er musste gar nichts mehr sagen, es genügte, wie er sie ansah. Die Bescherung war angerichtet. Zahn saß auf seiner Insel, der gehörnte Oligarch mit Kuckuckskind in seinem Kokon und Politik und Wirtschaft in dem, was hinten rauskam, wenn man vorne Unverdauliches hineinschaufelte. Freudenschuss' und Schafflers Rollen waren damit deutlich differenzierter zu betrachten, als es den Anschein gemacht hatte. Und der Selbstmord des Hoteliers war vielleicht wirklich nur der Freitod eines in die Enge getriebenen Familienvaters gewesen. Möglicherweise unter der fatalen Annahme, die Lebensversicherung würde den Hinterbliebenen ein besseres Leben bescheren. Handelte es sich bei dieser politisch-wirtschaftlichen Verschwörung in Wahrheit um den plumpen Versuch überforderter Alphatiere, zu reparieren, was nicht kaputt war – oder waren Waidmann und Nadelstreif doch tiefer in diesen Hoteldeal verstrickt als erlaubt? Das stand nicht in den Sternen, sondern in Akten, die sie nicht einsehen durfte. Sicher war nur: Vor ihr saß kein Unschuldiger.

„Ist Lizah Ihr Kind?", unterbrach sie die Stille.

Trenkwalder zuckte, riss sich dann aber zusammen. „Ich sage nichts mehr, außer, dass ich unschuldig bin", wiederholte er.

„Wie Sie wollen. Dann beginnen wir morgen um acht Uhr von vorne. Meine Herren!", schloss Valerie und verließ den Raum, nicht ohne mit Genugtuung registriert zu haben, dass der Pflichtverteidiger seine Augen kurz himmelwärts gedreht hatte. Ob Trenkwalder und die Oligarchenfrau die Wahrheit sagten oder nicht, die Beweise und Indizien reichten aus, um die beiden für Jahre hinter Gitter zu bringen. Was allemal besser für sie war, als Boris Marinov und seine Genossen für Gerechtigkeit sorgen zu lassen.

Draußen wurde Valerie bereits vom Kollegen Geyer erwartet. „Sie sollen sofort zu Berger kommen", teilte er ihr mit. Es war unübersehbar, dass ihm dieser Satz Freude bereitete. Sie ließ den Stuhlsäger kommentarlos stehen und ging ins Sekretariat des LKA-Leiters, wo sie gleich zu ihm durchgewinkt wurde.

„Frau Oberstleutnant!", begrüßte er sie abgehackt. Die Sekretärin zog die Türe zu.

„Leider konnte ich unseren Termin am Vormittag nicht wahrnehmen", kam sie ihm zuvor, „wir hatten einen Fall, in dem die Vernehmungen sofort zu erledigen waren. Verabredungsgefahr."

Oberst Doktor Dietmar Berger schwieg. Sie beschloss, es ihm gleichzutun. Der gebürtige Vorarlberger, groß, grau und gertenschlank, stand knapp vor der Pensionierung, weshalb er auch *der alte Berger* genannt wurde. Sein Hemdkragen war ihm im Lauf der Jahre entwachsen, musste gut drei oder vier Nummern zu groß sein. Er saß einfach da und spielte mit seinem Bleistift. Sah sie nicht an. Dachte er darüber nach, ob er sie gleich beurlauben oder es bei einem Verweis belassen sollte? Ob eine Strafversetzung das bessere Mittel als ein Disziplinarverfahren war? Pest oder Cholera? Geyer musste alles gepetzt haben, ihr eigenmächtiges Vorgehen, die missbräuchliche Verwendung von LKA-Ressourcen und die ganze Litanei ihres Fehlverhaltens. Sie war so gut wie erledigt. *Ist es das alles wirklich wert?,* schallte ihr Stolwerks Frage ins Bewusstsein. Die Antwort stand unmittelbar bevor, denn Berger holte Luft, sah auf, an ihr vorbei, zum Fenster hinaus.

„Ich kannte Ihren Vater."

Dieser Satz passte nicht hierher. „Ja?"

„Hartmut und ich waren in derselben Studentenverbindung. Er war zehn Jahre älter als ich, mein Mentor und Freund. Und obwohl er schon in Wien lebte, hat er sich immer für unsere Verbindung Zeit genommen. Wir haben uns auch privat öfters getroffen. Sein Tod hat mich tief erschüttert." Berger sprach ungewöhnlich sanft. „Wer weiß, ob ich je ans LKA gekommen wäre, hätte er sich damals nicht für mich eingesetzt."

Es roch, besser gesagt stank nach Vitamin B. Valerie konnte nicht glauben, dass sie erst jetzt davon erfuhr. Sie war immer darin bestärkt worden, dass ihre Kompetenz und Erfahrung für sie gesprochen hatten. Hatten sie nicht. In Wahrheit war sie einfach die Tochter des Mentors vom Chef. Dieser Stachel war dick und würde verdammt tief sitzen.

„Sie sagen nichts dazu, Valerie?", fragte er. Zum ersten Mal hatte er sie mit Valerie angesprochen, in dieser idiotischen Pseudo-Vertrautheit aus *beim Vornamen nennen und trotzdem siezen.* Was er ihr gerade mitgeteilt hatte, überstieg ihre Befürchtungen: Sie war eine Vitamin-B-Besetzung. Vielleicht auch ein bisschen Quotenfrau. Valerie bevorzugte stillen Protest.

„Ich kenne Sie schon, seit Sie ein kleines Mädchen waren." Andererseits schien Schweigen die Situation zu verschlimmern. Gleich erzählte er ihr noch, sie hätten *Hoppareiter* gespielt.

„Und jetzt leite ich einen Ermittlungsbereich in Ihrem LKA."

„Valerie, ich kann mir vorstellen, welchen Eindruck das auf Sie macht. Deshalb habe ich bisher nichts davon erzählt. Ich kann Ihnen versichern, dass meine Entscheidung für Sie nichts mit meiner Freundschaft zu Ihrem Vater zu tun hat. Obwohl ich zugeben muss, dass ich Ihre Karriere von Beginn an verfolgt habe."

„Haben Sie sich schon früher für mich starkgemacht?", fragte sie und bemühte sich, das Beben ihres Kinns zu unterdrücken.

„Nein."

„Dann war das alles, was Sie mir sagen wollten, Herr Oberst?"

„Nein. Ich wollte Ihnen noch mitteilen, dass Sie meine Erwartungen voll erfüllt haben. Sehen Sie, welch bessere Bestätigung für Ihre Kompetenz könnte es geben, als die Klärung eines äußerst verstrickten Sachverhalts, und das übers Wochenende?"

„Hat Ihnen Major Geyer davon berichtet?"

„Ja. Und ich denke, er war durchaus beeindruckt. Was mich verwundert, schließlich sitzen Sie auf dem Stuhl, der lange für ihn vorgesehen war."

Die Achterbahn der Gefühle ging weiter. Der Sägemeister hatte sie gar nicht bei Berger angepatzt?

Dieser fuhr fort: „Nicht jeder in Ihrem Team hat dieselbe Loyalität gezeigt."

„Was ... wen meinen Sie?"

„Das tut jetzt nichts zur Sache. Aber ich muss Sie daran erinnern, dass Sie eine Abteilung zu führen haben. Und Eigenmächtigkeiten werde ich nicht dulden. Wissen Sie, wo die Kollegen sind, die alles alleine regeln wollen, Valerie?" Nach einer rhetorischen Pause fuhr er fort: „Am Friedhof. Und da gehören Sie nicht hin. Aber berichten Sie mir jetzt von heute Morgen. Es ging um Boris Marinov?"

Valerie musste sich zu einer Antwort überwinden. Lieber wäre sie eine Runde im Erdboden versunken, vor Scham über den Hintergrund ihrer Besetzung, aber auch über ihre Voreingenommenheit gegenüber Geyer. „Ja ... wir haben seine Frau und deren Liebhaber verhaftet. Schwere Erpressung, fingierte Entführung der Tochter. Ich vermute, die beiden spielen auch eine Hauptrolle im Hofer-Marinov-Fall."

„Inwiefern?"

„Ich habe Anhaltspunkte, dass sie Boris Marinov Tobias Hofers Tod umhängen wollten."

„Womit mächtige Leute aufgescheucht wurden. Da haben sich einige ganz schön bekleckert, aber nicht mit Ruhm ... uns eingeschlossen."

„Ja."

„Deshalb wollte ich die Sache ruhen lassen, bis es wenigstens stichhaltige Indizien gibt. Von Beweisen ganz zu schweigen. Aber Oberst Zahn hat sich völlig verkeilt."

„Und deshalb haben Sie ihn gefeuert und den Akt verschwinden lassen", strömte es aus ihr, hart und unversöhnlich.

„Ich kann Ihre Wut verstehen. Nein, ich habe weder das eine noch das andere getan. Das kam von höherer Stelle."

„Woher?"

„Sehen Sie sich die Seilschaften und Vorgeschichten der handelnden Personen an. Besser gesagt, lassen Sie es um Himmels willen bleiben. Sonst stehen Sie schnell mitten im Minenfeld. Wer hat Sie eigentlich beigezogen? Freudenschuss?"

Valerie sagte nichts.

„Dann seien Sie froh, dass es so glimpflich ausgegangen ist. Wir werden den Fall und Ihr eigenmächtiges Vorgehen reparieren, keine Sorge. Aber halten Sie sich in Zukunft vom Roten Telefon fern. Verstanden?"

„Ja."

„Ich erwarte bis morgen sieben Uhr dreißig Ihren Bericht. Auf Wiedersehen, Frau Oberstleutnant."

Als Valerie draußen am Gang war, blieb sie stehen und sah hinaus. Alles war grau. Der Himmel, die Häuser, die Straßen. Und so manches und mancher in ihrem Kopf. Freudenschuss, Schaffler, und jetzt auch Berger – uniform grau. Umstrichen vom Nebel ihrer widersprüchlichen Aussagen und Handlungen, geschützt vom Nimbus ihrer Funktion, irgendwo zwischen Gut und Böse. Wer hatte seine Macht missbraucht und wer nicht, und wo hatte man dies als ethisch vertretbar sehen können? Es war kein schaler Nachgeschmack, es war das Grau, das von ihrem Einstand bleiben würde. Tirol hatte ihrem Leben nicht die erhoffte Vereinfachung gebracht. Die Charaktere und Beziehungsgeflechte waren genauso komplex wie überall sonst auf der Welt.

Valerie ging in ihr Büro und rief die E-Mails auf. Eine vom Vortag öffnete sie sofort.

——

Von: kriemhild@emailio.de
An: valerie.mauser@polizei.gv.at
Betreff: ihr kopf

passen sie auf, dass sie ihren kopf demnächst
nicht ganz verlieren. wir wissen, wo sie sind.
wenn sie auch nur einen finger rühren, werden
sie und das mädchen sterben.

——

Sie klickte auf *Antworten*, zog die Tastatur heran und
begann zu tippen.

——

Von: valerie.mauser@polizei.gv.at
An: kriemhild@emailio.de
Betreff: AW: ihr kopf

Lieber Herr Doktor Trenkwalder, oder soll ich
Kriemhild sagen? Leider komme ich erst jetzt
dazu, Ihre Zeilen zu lesen. Ich hatte viel um
die Ohren. Danke, meinem Kopf geht es besser.

Siegfried und Kriemhild, das Liebespaar aus
dem Nibelungenlied. Sie wissen sicher, wie die
Geschichte für Siegfried ausgegangen ist. Möge
Ihr Schicksal gnädiger sein.

——

Sie hielt den Mauszeiger auf *Absenden*, entschloss sich dann aber, den Entwurf zu löschen und stattdessen das offizielle Rechtshilfeersuchen in Gang zu bringen, um an die Aufzeichnungen des E-Mail-Providers zu gelangen. Was laut Schmatz' Auskunft nichts bringen würde, aber zu professioneller Polizeiarbeit gehörte – und sie an den jungen Kollegen erinnerte, dessen Durchwahl sie gleich darauf wählte.

„Frau Mauser? Grias di!"

„Grias di, Schmatz. Na, wie geht's?"

„Super. Brauchst du mich wieder für einen Einsatz? Darf ich fahren?"

„Nein, den Fall haben wir gerade geklärt. David Hofer hatte übrigens nichts damit zu tun."

„Ach geh! Und was macht dein Kopf?"

„Geht so."

„Ich hab Zahn gestern angerufen."

„Und?", fragte sie der Neugier halber. Nicht, dass es noch etwas geändert hätte.

„Er will nicht mit dir reden."

Valerie zuckte die Schultern, verstand seine ablehnende Haltung mit jedem Tag besser. „Und sonst?"

„Hab ihm von deinen Zweifeln erzählt. Also hat er die Webcam rausgehalten. Das sah schon stark nach Insel aus. Und dann hat er mir seine neue Freundin gezeigt."

„Hübsch?"

„Boah! Sieht aus wie Rihanna. Dass der nicht mehr zurückwill, kann ich verstehen."

Sie lachte. „Schmatz, gehen wir die Woche mal Mittagessen?"

„Du zahlst."

„Einverstanden. Pfiat di, Schmatz."

„Pfiat di, Frau Mauser."

Sie war müde, und obwohl die Heizung auf voller Leistung lief, fror sie wieder. Doch an einen frühen Feierabend war nicht zu denken. Berger erwartete ihren Bericht – bis halb acht am nächsten Tag, einer Uhrzeit, zu der sie sich gewöhnlich nochmals umdrehte. Er war definitiv Frühaufsteher.

Senile Bettflucht, dröhnte das kleine Teufelchen und schielte zur blassen Zwergin, die neuerdings auf Valeries linker Schulter saß und nur „Tststs!" herausbrachte, und selbst das nicht oft.

„Nützt nichts", antwortete Valerie und begann zu tippen, löschte, schrieb erneut. Es fiel ihr schwer, ihr eigenes Verschulden in dieser Himmelfahrtsaktion schönzufärben. Das Einzige, was an ihrer Leistung gestimmt hatte, war das Endergebnis. Nach mehreren Stunden druckte sie die Version aus, die sie vertreten konnte: offen, ehrlich, schonungslos mit sich selbst. Berger würde sich schon melden, wenn er Bedenken hätte. Und da sie nicht vorhatte, extra für ihn den Wecker vorzustellen, beschloss sie, den Bericht gleich abzugeben.

Erst als der Bildschirm erlosch, bemerkte sie, dass es draußen bereits dunkel war. Sie stand auf, tastete sich zur Türe und verließ ihr Zimmer. Der Anblick des leeren Stuhls ihrer ausgebrannten Assistenzkraft erinnerte sie, dass es nicht damit getan sein würde, Fälle zu lösen. Sie war Führungskraft und musste sich als solche beweisen, musste dafür sorgen, dass erstklassige Arbeit den Gestank des Vitamin B übertünchte. Vorerst aber brauchte sie die heißeste Dusche ihres Lebens. Und etwas zu essen.

Zwanzig Minuten später kam sie zuhause an. Stolwerks Schnarchen begrüßte sie, also ging sie nochmals hinunter und holte sich eine *Bosna*. Mit der sinkenden Anspannung waren die Schmerzen in ihr Bewusstsein zurückgekehrt, die sich beim Treppensteigen vergrößerten. Im Vorbeigehen bemerkte sie, dass es bei Sandro Weiler still war. Sie würde ihn noch früh genug kennenlernen. Als sie am Esstisch saß und die gewürzte Bratwurst im Brotmantel verzehrte, staunte sie, dass Stolwerk so fest schlief, dass er nicht einmal vom Essensgeruch wach wurde. So ließ sie ihn schlafen und genoss die erste warme Mahlzeit seit einer gefühlten Ewigkeit. Keine besonders gute, aber eine, die sie sich bewusst gönnte und aufaß, obwohl ihr Hunger bereits auf halbem Weg gestillt war. Nachdem sie sich geduscht und ihre Wunden versorgt hatte, folgte sie dem Beispiel ihres Gefährten und legte sich aufs Ohr. Zehn Minuten darauf, sie war schon halb eingedöst, surrte der Vibrationsalarm ihres stummgeschalteten Handys.

„Hallo?"

„Dirndl, ich hatte ja keine Ahnung! Also, dass die Janette so ein Luder ist und uns von Anfang an dermaßen an der Nase herumgeführt hat. Aber du hast dich nicht täuschen lassen. Bravo!"

Valerie überlegte, woher Freudenschuss vom Geschehen erfahren haben konnte, kam aber zu keinem eindeutigen Schluss. Am wahrscheinlichsten hatte sich sein Freund Boris bei ihm gemeldet. Aber wer wusste schon, an welchen Fäden gerade wieder gezogen wurde. Sein *Dirndl* hallte nach. Aus einer dunklen Ecke kam ein noch dunklerer Impuls, diesem aufgeblasenen Gockel sein ganz persönliches Halali zu blasen. Die böse Souffleuse setzte sich auf, griff sich das Gerät und sprach unisono mit Valerie: „Herr Freudenschuss, wenn Sie mich noch einmal duzen oder Dirndl nennen oder in einen Fall verwickeln, in den Sie selbst mehr als nur verstrickt sind, komme ich persönlich in Ihr Büro und reiße sämtliche Kadaver von der Wand. Und das größte Hirschgeweih setze ich Ihnen auf. Und wenn Sie glauben, der Hofer-Marinov-Fall ist für Sie erledigt, haben Sie sich getäuscht. Aber gewaltig. Verstanden?"

Hatte er. Wenn nicht, war es auch egal. Sie legte auf und schaltete das Gerät ganz aus. Sollte er sich mit seiner Beschwerde an ihren Vorgesetzten wenden. Wahrscheinlicher war, dass er bald mit einem Strauß roter Rosen auf der Matte stehen würde.

Mittwoch

Stolwerk musste wieder nach Hause. Nach dem gemeinsamen Frühstück, für das Valerie frühmorgens in einer Altstadtbäckerei Brot gekauft hatte, fuhr er sie hinauf zu ihrem Wagen. Die Pannenhilfe hatte seinen schon am Vortag wieder flottgemacht, und bevor Stolwerk alle viere von sich gestreckt hatte, war er noch zu Franziska Hofers Nachbar gefahren, um die Verhältnisse zu klären.

„Da vorne steht er", sagte Valerie.

„Na, den haben sie aber anständig eingebaut."

Gemeinsam gruben sie den Dienstwagen frei. Schließlich stand das Unvermeidliche an.

„Danke für alles", begann Valerie und umarmte ihren treuen Freund, der sie hochhob und so fest zurückdrückte, dass ihr die Luft wegblieb.

„Aber gerne, Veilchen. Meldest dich wegen Jesolo?"

„Hmff ..."

Er ließ locker.

„Uff. Mach ich. Und nächstes Mal ... muss ich dir ein paar Dinge erzählen, die du noch nicht weißt. Von mir. Das bin ich dir schuldig." *Und Rebecca. Und meiner Familie. Und mir,* fügte sie still hinzu.

„Immer. *Ready when you are.*" Stolwerk zwinkerte ihr zu, öffnete die Fahrertüre seines Wagens und ließ den Blick ein letztes Mal über die Berge streifen. Dieser Mittwochmorgen war strahlend schön. Das Blau des Himmels hob sich mit großartigem Kontrast von der tief verschneiten Nordkette ab. Die Sonne wärmte, und wenn man sich Mühe gab, konnte man sogar jene verwegenen Vögel zwitschern hören, die den Tiroler Winter dem warmen Süden vorzogen. Schmelzwasser plätscherte durch die Dachrinnen der umliegen-

den Häuser. Demonstrativ nahm Stolwerk einen letzten Zug frischer Luft. Dann stieg er ein, zog die Türe
zu und ließ das Fenster hinunter.

„Schön hast du's hier, Veilchen."

Der Autor

Der Autor freut sich über Ihre Rückmeldung und
Kontaktaufnahme:
E-Mail: joefischler@gmail.com
Homepage: www.joefischler.com
Facebook: www.facebook.com/johannfischler
Facebook-Seite der *Veilchen*-Krimis:
www.facebook.com/veilchenkrimis

Die Lieder

Die Lieder, deren Liedtexte Sie auf den nächsten Seiten finden, kommen in der Handlung dieses Krimis vor
und wurden von Joe Fischler geschrieben und vertont.
Auf der Homepage http://www.joefischler.com stehen
diese kostenlos zum Anhören und Herunterladen bereit.

Alle Rechte an der Musik: Joe Fischler.

Sie erhalten diesen Krimi auch in einer Sonderedition
als Hardcover (ISBN 978-3-7099-7187-1) mit beigelegter
CD, welche alle Lieder enthält.

Zur Ruh

Musik und Text: Joe Fischler 2012/2014

Die Sonne ist untergegangen
Und die Grillen haben zu zirpen begonnen
Und die Bienen sind zuhause bei ihren Waben
Und ich denk mir: Was für ein schöner Sommerabend

Der Gehsteig ist immer noch warm
Ich geh barfuß, geht keinen was an
Eine Brise fährt mir wohlig durch das Haar
Und ich denk mir, unsere Welt ist wunderbar

Und geht's am Tag in meinem Leben noch so zu
Weiß ich genau, in deinen Armen komm ich zur Ruh

Die Ampeln laufen auf Nachtbetrieb
Keine Regeln, wo's nichts zu regeln gibt
Und die Züge fahren einsam raus aufs Land
Und ich nehm dich – nehm dich heimlich an der Hand

Und geht's am Tag in meinem Leben noch so zu
Weiß ich genau, in deinen Armen komm ich zur Ruh

In der Handlung: Ihr unterer Nachbar, dessen Namen und Aussehen Valerie zu diesem Zeitpunkt noch nicht bekannt ist, spielt „Zur Ruh" am Balkon, als zweites Lied, das Valerie von ihm hört. Als sie sich vorbeugt, knarzt das Geländer, er bricht ab und geht zurück in die Wohnung.

***

Schwerelos

Musik und Text: Joe Fischler 2012

Und wenn sich kein Rad mehr dreht
Und wenn nichts mehr vorwärtsgeht
So soll es eben sein
Und ist keine Hand in Sicht
Und niemand hält, was er verspricht
So soll es eben sein

Denn du und ich, wir sind schwerelos

Und wenn die Jahre kommen und gehen
Und keine Uhr bleibt für uns stehen
So soll es eben sein
Und wenn die Kohle nicht mehr reicht
Und auch die letzte Frist verstreicht
So soll es eben sein

Denn du und ich, wir sind schwerelos

Schwerelos, ich trage dich, du trägst mich
Wir kommen trocken durch den Regen und die Stürme
unserer Zeit

Denn du und ich, wir sind schwerelos

*In der Handlung: „Schwerelos" ist das zweite Lied, das
Valeries musikalischer Nachbar Sandro Weiler vor ihrem
Haus zum Besten gibt. Valerie bleibt im Hauseingang
stehen und hört heimlich zu.*

***

Nicht mehr da

Musik und Text: Joe Fischler 2012

In dieser Nacht kann mir niemand nehmen
In mein finstres Tal zu gehen
Ich hab die Hoffnung eingepackt
Und mich zu dir aufgemacht
In dieser Nacht will ich dich wiedersehen
Ganz wie im früheren Leben
Als du noch bei mir warst
Immer für mich da

Mir fehlte der Boden, als du nicht mehr warst
Den Tod nie erwogen, doch nun ist mir klar
Durchtrennt bleibt was verbunden war – du bist
Nicht mehr da, nicht mehr da
Nicht mehr da, nicht mehr da

In dieser Nacht wird der Mond nicht scheinen
Jeder Farbton sich vereinen
Und wärst du jetzt ein Stern
Oh ich säh' dich nur zu gern
In dieser Nacht werden wir uns wiedersehn
Und vielleicht kann ich dann verstehen
Und sei es nur im Traum
Ich würd' die größten Brücken bauen

Mir fehlte der Boden, als du nicht mehr warst
Den Tod nie erwogen, doch nun ist mir klar
Durchtrennt bleibt was verbunden war – du bist
Nicht mehr da, nicht mehr da
Nicht mehr da, nicht mehr da

In dieser Nacht hab ich dich gefunden
Alle Grenzen überwunden
Und du sahst glücklich aus
Bist mir ein großes Stück voraus

In der Handlung: Am Abend des Tages, an dem Valerie zum Landeshauptmann geholt und in den Fall verstrickt wurde, hört sie ein leises Gitarrenlied, das von draußen in ihr Schlafzimmer dringt. Sie betritt den Balkon – die Föhnlage sorgt für außergewöhnlich milde Temperaturen – und stellt fest, dass die Musik von unten kommt und live gespielt wird. Beim Zuhören erinnert sie sich an Rebecca, ihre Tochter, die sie in jungen Jahren zur anonymen Adoption freigegeben hat und deren richtigen Namen sie gar nicht kennt.

***

Mutig

Musik und Text: Joe Fischler 2012

Du hast deine Sorgen nie gezählt
Es wären auch zu viele, als dass du sie noch zählen könntest
Früher lachtest du so unbeschwert
Warst einfach nur am Leben, und nichts lag dir im Weg

Doch mutig gehst du in den Tag hinein
Mutig bist du oft allein – so allein
Mutig von dir, immer so mutig zu sein
In dieser Welt aus Eis und Stein

Du hast deine Miene gut im Griff
Lässt niemanden spüren, was in dir geschieht
Auf Regentage folgt der Sonnenschein
Zwingst du dich zu sagen, wenn dich die Nacht umgibt

Doch mutig gehst du in den Tag hinein
Mutig bist du oft allein – so allein
Mutig von dir, immer so mutig zu sein
In dieser Welt aus Eis und Stein

In der Handlung: Valerie sieht Sandro Weiler zum ersten Mal, als er vor ihrem Haus „Mutig" spielt. Er sitzt auf dem weißen Brunnen vor ihrem gemeinsamen Hauseingang – sie beobachtet ihn aus den gegenüberliegenden Innsbrucker Altstadtlauben, geht dann an ihm vorbei – nicht ohne ihm einen Zehner in den Gitarrenkoffer geworfen zu haben.

***

Sonne durch

Musik und Text: Joe Fischler 2014

Das Leben ist Chaos
Du tanzt den Tanz
Und suchst den Sinn
Es hat nicht auf dich gewartet
Und manchmal kommt dir vor
Es geht viel zu schnell dahin

Doch es gibt noch diese Tage, die sich lohnen
An denen einfach alles richtig ist

Nichts geht von alleine
Du bist, du hast, und du zahlst dafür
Sag, wer baut deine Träume
So strahlend groß
Doch vergisst die Türen

Doch dann sind da diese Tage, die sich lohnen
An denen nichts und niemand wichtig ist

Die Wolken ziehen weiter
Komm bleib hier
Denn bald kommt die Sonne durch
Die Wolken ziehen weiter
Komm bleib hier
Denn bald kommt die Sonne durch

Du wagst dich an den Abgrund
Denn zwischen Sein und Gewesensein
Passt kein Gefühl

Sekundenweise lebendig
Suchst du den Rausch
Der dich nicht finden will

Doch da gibt's noch diese Tage, die sich lohnen
Es sind die Tage, die du nie vergisst

Die Wolken ziehen weiter
Komm bleib hier
Denn bald kommt die Sonne durch
Die Wolken ziehen weiter
Komm bleib hier
Denn bald kommt die Sonne
Bald kommt die Sonne durch

Sag, kannst du auch die Sonne sehen
Wie sie durch die Wolken bricht
Sag, stehst du immer noch im Regen
Dann pass gut auf, hier kommt das Licht

Oh ... Hier kommt die Sonne durch
Oh ... Hier kommt die Sonne durch

In der Handlung: „Sonne durch" ist das Lied, das Valerie im Radio hört, als sie im bitterkalten Auto sitzt und darauf hofft, dass der Verdächtige David Hofer in seine Wohnung zurückkehren wird.

***

Spannend, skurril, temporeich –
die Max-Broll-Krimis von Bernhard Aichner bei Haymon!

Die Krimiserie mit dem außergewöhnlichen Helden:
Max Broll bringt Leute unter die Erde. Der sympathische
Totengräber lebt in einem scheinbar gemütlichen Alpendorf
in Tirol, wo sich nicht nur am Friedhof Abgründe auftun.
Schräge Vorkommnisse verlangen Max Broll einiges ab.
Angetrieben von Liebe und Freundschaft begibt sich der
Totengräber auf Spurensuche. Rasch stößt er auf seltsame
Todesfälle und wohlgehütete Geheimnisse hinter der
idyllischen Kulisse des Tiroler Alpendorfes.

Mit viel schwarzem Humor, witzigen Dialogen und einer
mitreißenden Handlung präsentiert Bernhard Aichner drei
Krimis der Extraklasse.

„Geistreich, mitreißend, süchtig machend."
Der Standard, Ingeborg Sperl

Die Schöne und der Tod	**Für immer tot**	**Leichenspiele**
Krimi	Ein Max-Broll-Krimi	Ein Max-Broll-Krimi
HAYMON taschenbuch 27	HAYMON taschenbuch 82	HAYMON taschenbuch 115
256 Seiten, € 9.95	240 Seiten, € 12.95	264 Seiten, € 12.95
ISBN 978-3-85218-827-0	ISBN 978-3-85218-882-9	ISBN 978-3-85218-915-4

www.haymonverlag.at

Georg Haderer
Engel und Dämonen
Kriminalroman
448 Seiten, € 12.95
HAYMON taschenbuch 170
ISBN 978-3-85218-970-3

23 Tage – und noch immer keine Spur von Major Schäfer.
Die Suche nach ihm führt seinen Assistenten Bergmann
zu ein paar hundert Kilo Sprengstoff und einem obskuren
Geheimbund – alles deutet darauf hin, dass Schäfer in die
Fänge dieser Männer geraten ist.
Der harte Realismus der Polizeiarbeit trifft auf surreale Heils-
versprechen, die Wiener Unterwelt auf Erzengelseminare im
Waldviertel – höllisch spannend, himmlisch humorvoll, mit viel
Herz und noch mehr Blut.

www.haymonverlag.at